BIBLIOTHÈQUE MUNICIPALE

-∞-

PARIS. — TYPOGRAPHIE MORRIS ET COMPAGNIE

6t, rue Amelot

-∞-

BIBLIOTHÈQUE MUNICIPALE

PUBLICATIONS

ADMINISTRATIVES

PAR

LOUIS LAZARE

JEAN LE CHARRON
Prévôt des Marchands
1572

TOME QUATRIÈME

PARIS
EN VENTE CHEZ L'AUTEUR
10, BOULEVARD DU TEMPLE

—

1864

PUBLICATIONS ADMINISTRATIVES

COMMISSION DES LOGEMENTS INSALUBRES.

RAPPORT GÉNÉRAL

SUR LES

TRAVAUX DE LA COMMISSION

Pendant les années 1860 et 1861.

A Monsieur le Sénateur Préfet du département de la Seine..

MONSIEUR LE PRÉFET,

Depuis le dernier rapport que la Commission des logements insalubres a eu l'honneur de vous adresser, un fait considérable s'est produit : l'annexion à Paris des communes et des portions de communes situées en deçà des fortifications.

Il ne nous appartient pas de faire ressortir l'importance de cette mesure, dont vous avez suffisamment

IV.   1

expliqué, en différentes circonstances, le but et la portée, au double point de vue de l'intérêt matériel et de l'intérêt moral des populations. La Commission ne s'en est donc occupée qu'en ce qui concerne l'application, aux territoires annexés, de la loi du 13 avril 1850.

Vous avez voulu, Monsieur le Préfet, que cette application, qui n'était pas un des moindres avantages de l'annexion, ne se fît pas attendre; la Commission s'est empressée de répondre à votre appel.

Mais vous avez pensé que, quels que fussent son zèle et son dévouement, elle ne pouvait satisfaire, autant que vous le désirez et qu'elle le désirait elle-même, à toutes les exigences d'un état de choses qui augmentait ses travaux dans des proportions considérables; vous avez reconnu que son personnel était insuffisant, et que son organisation n'était plus en harmonie avec les nécessités du service; vous avez donc, Monsieur le Préfet, afin que rien ne pût mettre obstacle à l'exécution de la loi du 13 avril 1850, proposé au Conseil municipal d'organiser la Commission sur de nouvelles bases.

Tel a été l'objet de la délibération en date du 2 mars 1860 et de votre arrêté du 10 du même mois.

Cet arrêté porte les dispositions suivantes :

« Le Sénateur, Préfet du département de la Seine,

» Vu la délibération prise le 2 mars, présent mois, » par le Conseil municipal, touchant la réorganisation » de la Commission des logements insalubres, par » suite de l'extension des limites de Paris,

» Arrête :

» A l'avenir, la Commission des logements insalu-
» bres est composée :

» 1° De sept membres-nés, savoir :

» L'Inspecteur général des Ponts et Chaussées, Di-
» recteur du Service municipal des Travaux publics de
» Paris ;

» L'Ingénieur en chef de la Voie publique (Divi-
» sion centrale) ;

» L'Ingénieur en chef de la Voie publique (Division
» suburbaine) ;

» L'Ingénieur en chef des Eaux et des Égouts ;

» Le directeur du Service de la Voirie de Paris ;

» Le Chef de Division des Travaux publics (1) ;

» Le Chef du Bureau de la Voirie (1) ;

» 2° Des membres titulaires désignés par le Conseil
» municipal, en nombre égal à celui des arrondisse-
» ments de Paris, savoir :

» MM. MÊLIER, médecin consultant de l'Empereur,
» membre et ancien Président de l'Académie impériale
» de Médecine, inspecteur général des services sani-
» taires.

» BARRESWIL, professeur de chimie à l'école Turgot.

» BEAU, membre du Bureau de Bienfaisance, ancien

(1) Par suite de la réorganisation des bureaux de la Préfecture de la Seine, le chef de Division des Travaux publics
et le Chef de Bureau de la Voirie ont été remplacés par le
Chef de la Section du Plan et des Alignements de Paris, et
par le Chef du Bureau des Alignements.

» membre du Conseil municipal de Paris et de la Com-
» mission de l'Assistance publique.

» Le comte de FÉRAUDY, membre de la Commission
» d'hygiène du 8ᵉ arrondissement.

» GOBLEY, professeur agrégé à l'École de Pharmacie,
» membre de l'Académie impériale de Médecine.

» LETELLIER-DELAFOSSE, membre de la Chambre de
» Commerce de Paris.

» ROBINET, ancien membre du Conseil municipal de
» Paris, vice-président de l'Académie impériale de Mé-
» decine.

» THOYOT, ingénieur en chef des Ponts et Chaus-
» sées.

» TRÉBUCHET, membre du Conseil d'hygiène et de
» salubrité, et membre de l'Académie impériale de Mé-
» decine.

» DUVIVIER, docteur en médecine.

» GILBERT jeune, architecte.

» MARCHAL, ingénieur des Ponts et chaussées.

» DEVILLE, docteur en médecine.

» BROCHIN, docteur en médecine, rédacteur en chef
» de la *Gazette des Hôpitaux*.

» DE HENNEZEL, ingénieur en chef des Mines, inspec-
» teur général des Carrières de la Seine.

» MONESTIER-SAVIGNAT, ingénieur des Ponts et
» chaussées.

» CHAUVEAU-LAGARDE, juge au Tribunal civil de la
» Seine.

» BUIGNET, secrétaire général de la Société de Phar-
» macie.

» **DOLLFUS-GALLINE**, propriétaire.

» **DELICOURT**, vice-président du Conseil des Prud'-
» hommes.

» 3° De cinq membres suppléants, également dési-
» gnés par le Conseil municipal, savoir :

» MM. **JUMELIN**, architecte.

» **PERRIN**, docteur en médecine, membre de la Com-
» mission d'hygiène du 4ᵉ arrondissement, médecin-
» vérificateur des Décès.

» **MARQUET**, ancien entrepreneur, ancien juge au
» Tribunal de Commerce.

» **DE MONTMAHOU**, répétiteur à l'École centrale des
» Arts et manufactures, professeur à l'école Turgot.

» **MOUTON**, ancien négociant, ancien juge suppléant
» au Tribunal de Commerce. »

Par suite de cette nouvelle organisation et des changements successifs opérés dans la Commission, son
personnel se trouvait ainsi composé au **31** décembre
1861 :

BUREAU (1).

LE SÉNATEUR PRÉFET DE LA SEINE, président.

MM. **MÊLIER**, premier vice-président.

MICHAL, deuxième vice-président.

TRÉBUCHET, secrétaire.

ROBINET, secrétaire adjoint.

(1) Le Bureau a été organisé par un arrêté de M. le Sénateur, Préfet de la Seine, en date du 6 avril 1860.

Membres titulaires.

MM. BARRESWIL, BEAU, BROCHIN, BUIGNET, CHAU-
VEAU-LAGARDE, DELICOURT, DEVILLE, DUVIVIER, DE
FÉRAUDY, GOBLEY, DE HENNEZEL, JUMELIN, LETELLIER-
DELAFOSSE, MÊLIER, MARQUET, MONESTIER-SAVIGNAT,
PERRIN, ROBINET, THOYOT, TRÉBUCHET.

Membres suppléants.

MM. DE MONTMAHOU, MOUTON, VICTOR ROYÉ, TRE-
LON, CLÉRY.

Changements dans le personnel.

Si voüs comparez cette liste, Monsieur le Préfet, à
celle des années précédentes, vous remarquerez l'absence de plusieurs noms dont la Commission était fière
à plus d'un titre.

Le personnel de la Commission a, en effet, subi plusieurs changements, par suite de décès ou de démissions. Nous avons eu à regretter la perte de MM. MORT
et GILBERT jeune, décédés dans la force de l'âge, et
alors que nous pouvions compter pendant longtemps
encore sur leur concours. Vous avez partagé nos regrets, Monsieur le Préfet ; vous aviez pu apprécier,
comme nous, leur zèle infatigable et tout ce que la
Commission devait à leurs lumières et à leur dévouement. Leur souvenir nous inspirera souvent encore et
restera toujours présent parmi nous.

Les démissions ont été celles de MM. GEORGE, MAR-
CHAL, PICOT et DOLLFUS-GALLINE.

Les deux premiers ont appartenu pendant bien des

années à la Commission, où ils se sont distingués par d'importants travaux.

Quant à **MM PICOT** et **DOLLFUS-GALLINE**, ils ont passé peu de temps parmi nous, mais assez pour nous faire regretter que leurs occupations ne leur aient pas permis de continuer à prendre part à nos délibérations.

Statistique des travaux.

L'arrêté d'organisation, en date du **10 mars 1860**, a répondu à toutes les nécessités du service. Les hauts fonctionnaires que vous avez si heureusement fait entrer dans le sein de la Commission ne se sont pas bornés à lui prêter le concours assidu de leurs lumières spéciales et de leur autorité ; ils lui ont apporté, ce qui n'est pas moins précieux, comme la Commission vous l'a déjà exprimé, l'excellent esprit qui les anime et qui vous est si bien connu. Aussi est-ce avec l'accord le plus parfait, avec l'entente la plus cordiale que la nouvelle Commission a fonctionné jusqu'à ce jour ; il en est d'elle comme du Paris actuel, il semble qu'elle n'ait jamais été autrement constituée, tant la fusion est entière et le concert bien établi entre les anciens membres et les nouveaux.

Grâce à cette organisation nouvelle, la Commission a cru pouvoir aborder à un point de vue plus général des questions qu'elle n'avait fait qu'indiquer dans ses précédentes réunions, et dont quelques-unes trouveront place dans le présent rapport.

Ses travaux ont d'ailleurs été considérables, et tels

qu'on devait le pressentir par suite de l'extension des limites de **Paris**.

Ainsi, pendant les deux années 1860 et 1861, qui font l'objet du présent rapport, la Commission a statué sur 4,571 affaires, savoir : 1,656 en 1860, 2,915 en 1861.

Sur ce nombre d'affaires, 3,957 ont été terminées à l'amiable par notre seule intervention ; 514 ont été déférées au Conseil municipal ; 18 au Conseil de Préfecture ; 114 au Tribunal de Police correctionnelle, chargé de prononcer les amendes et les peines encourues par les propriétaires qui n'ont pas exécuté les travaux prescrits ou fait cesser l'occupation des lieux dont l'habitation a été interdite.

Nous croyons, Monsieur le Préfet, répondre entièrement à vos vues et à celles du Conseil municipal, en terminant à l'amiable le plus d'affaires qu'il nous est possible. Aussi vous remarquerez combien peu d'affaires ont été renvoyées au Conseil municipal, si l'on compare leur nombre au chiffre général de celles qui ont été traitées : 514 sur 4,571, un peu moins d'un dixième : c'est trop peut-être encore ; aussi, tous nos efforts, nous le répétons, tendent-ils à restreindre ce nombre, soit en traitant à l'amiable avec les propriétaires, soit en mettant de plus en plus dans nos avis, suivant nos habitudes, tous les ménagements compatibles avec la salubrité, l'hygiène des habitations et les exigences de notre mandat.

Le tableau suivant, dressé par le bureau d'attribution, donne la statistique exacte des affaires traitées par arrondissement et pour chacune des années 1860 et 1861. Nous saisissons cette occasion de rendre justice au zèle empressé de ce bureau et à ses constants efforts pour rendre notre tâche plus facile :

AFFAIRES ENVOYÉES A LA COMMISSION				MÉMOIRES ENVOYÉS au Conseil municipal.	
1860		1861		1860	1861
1er Arr.	105	1er Arr.	176	242	272
2e —	135	2e —	179		
3e —	111	3e —	171		
4e —	129	4e —	147		
5e —	96	5e —	193		
6e —	87	6e —	145		
7e —	66	7e —	103		
8e —	45	8e —	96		
9e —	103	9e —	192		
10e —	119	10e —	195		
11e —	103	11e —	155		
12e —	62	12e —	121		
13e —	59	13e —	87		
14e —	62	14e —	144		
15e —	43	15e —	79		
16e —	25	16e —	43		
17e —	42	17e —	180		
18e —	122	18e —	241		
19e —	72	19e —	120		
20e —	70	20e —	148		
TOTAL...	1,656	TOTAL...	2,915		

Nous aurions voulu, Monsieur le Préfet, établir une statistique spéciale pour les portions de territoire annexées à Paris, mais ce travail eût offert de graves difficultés, au moins pour quelques arrondissements ; d'un autre côté, il n'eût présenté qu'un intérêt fort secondaire. En comparant le chiffre des affaires traitées depuis l'annexion à celui des années précédentes, il est facile de constater l'importance que cette mesure a donnée à nos travaux. Nous ajouterons toutefois que, dans les communes annexées, la Commission a dû souvent, en tenant compte d'une foule de circonstances qu'il nous paraît inutile d'énumérer, se montrer moins sévère dans les prescriptions proposées, qu'elle ne l'est pour les maisons de l'ancien Paris. Elle pense que vous l'approuverez d'agir ainsi.

La Commission a pu constater, d'ailleurs, les heureux résultats de l'annexion pour les communes nouvellement réunies à l'ancien Paris, et dont quelques-unes étaient dans le plus déplorable état.

Déjà, sur plusieurs points de ce vaste territoire, on s'aperçoit de l'action bienfaisante de votre administration, en ce qui concerne surtout le pavage, l'éclairage, le nettoiement, les égouts (1) ; nous savons que ces questions sont l'objet de vos plus constantes préoccupations.

Causes d'insalubrité constatées.

La Commission n'a rien changé à la marche qu'elle

(1) 54,000 mètres de conduites d'eau et 15,000 mètres d'égouts ont été exécutés dans le courant de l'année 1862.

a adoptée pour ses travaux, et dont elle vous a rendu compte dans son dernier rapport.

Elle n'a point eu à constater d'autres causes d'insalubrité que celles dont elle vous a entretenu dans ce même travail, et qui sont généralement, en ce qui concerne l'intérieur des habitations, le défaut de propreté, l'insuffisance de lumière, d'aération et de capacité, l'humidité et l'encombrement.

Enfin, la Commission n'a point eu à modifier les prescriptions qu'elle vous a fait connaître, et qui lui ont paru les plus propres à faire disparaître ces causes d'insalubrité. Elle juge donc inutile de reproduire ces détails dans le présent rapport (1). Il en est de même des causes extérieures d'insalubrité ; elles constituent généralement, ainsi que nous l'avons déjà dit, des infractions à des règlements de police, et la Commission, toutes les fois qu'elle les a constatées, les a signalées à l'autorité compétente.

(1) Un membre de la Commission avait demandé que les murs d'une chambre fussent grattés à vif et recouverts *d'un crépi en plâtre fin.*

La Commission a considéré qu'un enduit grossièrement fait a l'inconvénient de conserver la poussière ; que, pour une chambre habitée, il est nécessaire que l'enduit des murs soit uni. C'est ainsi que dans certains hôpitaux les murs sont recouverts en stuc, et que, lors de l'épidémie du choléra, on avait demandé que les murs fussent unis et les anciens papiers enlevés.

On doit donc exiger des enduits unis, tels que des enduits en plâtre, en laissant d'ailleurs au propriétaire le choix des moyens d'atteindre le but proposé.

Il ne nous reste donc à vous entretenir aujourd'hui, Monsieur le Préfet, que de quelques questions d'un intérêt plus général et que nous recommandons à toute votre sollicitude.

Il en est deux surtout qui ont déjà particulièrement fixé votre attention. Nous voulons parler de l'obligation à imposer, dans certains cas, aux propriétaires, de fournir de l'eau à leurs locataires, et de la responsabilité des locataires ayant élevé des constructions sur des terrains qui ne leur appartiennent pas.

Les rapports sur ces deux questions ont été préparés, le premier par M. ROBINET, le second par M. CHAUVEAU-LAGARDE.

Circulaires ministérielles.

Mais, avant d'entrer dans le détail de nos travaux, permettez-nous, Monsieur le Préfet, de rappeler ici l'opinion émise sur notre dernier rapport par Son Exc. le Ministre de l'Agriculture, du Commerce et des Travaux publics, auquel vous l'avez communiqué.

Déjà, par de précédentes circulaires, en date des 25 avril 1857 et 27 décembre 1858, Son Excellence avait bien voulu présenter nos rapports généraux comme des exemples à suivre par les Commissions instituées dans les départements. La dernière circulaire, en date du 2 août 1860, témoigne de nouveau du prix que M. le Ministre attache à nos travaux ; elle pose d'ailleurs des principes généraux qu'il nous paraît utile de reproduire ici :

« Monsieur le Préfet, avec ma circulaire du 25 avril

» **1857**, j'ai eu l'honneur de vous transmettre des
» exemplaires du rapport de la Commission des loge-
» ments insalubres de la ville de Paris, sur ses opéra-
» tions pendant les années **1852** à **1856**. Je vous adresse
» aujourd'hui plusieurs exemplaires du même travail
» pour les années **1857**, **1858** et **1859**.

» Je vous invite à prendre connaissance de ce remar-
» quable document, et à le signaler à l'attention des
» administrations locales, ainsi que des commissions
» spéciales des logements insalubres, instituées déjà
» ou que vous pourrez faire établir dans votre départe-
» ment. Elles le consulteront très-utilement. L'indica-
» tion des difficultés vaincues, du bien réalisé, de celui
» que l'on peut espérer encore, dans un centre de po-
» pulation aussi considérable que Paris, ne saurait
» manquer de soutenir les efforts des autres villes ou
» communes de l'empire.

» Le même rapport renferme d'utiles renseigne-
» ments se rattachant soit à l'hygiène, soit à d'impor-
» tantes questions de droit et à la jurisprudence qui se
» fonde pour l'application de la loi du **13 avril 1850**,
» qu'il importe de généraliser le plus possible.

» En ce qui touche l'intérêt hygiénique, je dois ap-
» peler surtout votre attention sur les observations
» relatives aux inconvénients résultant de la construc-
» tion des sous-sol et à l'utilité des enduits hydrofuges.

» Je me plais à espérer que les travaux et l'exemple
» de la Commission des logements insalubres de la ca-
» pitale produiront leurs fruits, même dans les autres
» parties de la France, en y provoquant des travaux

» analogues et en facilitant leur exécution. Je compte
» sur vos soins éclairés pour que ce désirable résultat
» soit prochainement obtenu dans votre département,
» et je recevrai avec beaucoup d'intérêt les communi-
» cations que vous m'adresserez à ce sujet. »

. . . .

QUESTION DE L'INTRODUCTION DE L'EAU DANS LES HABITATIONS.

Considérations générales.

En poursuivant l'accomplissement de sa mission, la
Commission s'est trouvée en présence d'une question
dont la solution intéresse au plus haut degré la salubrité des habitations.

Réduite à ses termes les plus simples, cette question
serait ainsi formulée :

« Une maison habitée peut-elle être considérée
» comme salubre, lorsqu'elle n'est pas pourvue en
» abondance de l'eau nécessaire aux divers usages de
» la vie privée et publique, et jusqu'à quel point peut-
» on obliger le propriétaire à mettre cette eau à la dis-
» position de ceux qui doivent l'employer ? »

Un exemple pris entre plusieurs suffira pour faire
bien saisir l'importance de la question, et sa discussion démontrera les difficultés qu'elle présente.

Dans un des quartiers hauts de Paris, on trouve
une vaste propriété, composée de divers bâtiments
très-élevés, entourant des cours étroites et même de
petits jardins.

Les bâtiments sont occupés par 245 personnes peu aisées. En outre, ils contiennent une école élémentaire, une salle d'asile et une crèche. Il y a des écuries et quelques ateliers. Les cuisines d'un restaurateur s'ouvrent sur l'une des cours.

Ces cours ne sont pas entièrement pavées. Il y a des ruisseaux d'une étendue considérable et d'une faible pente.

Des gargouilles conduisent les eaux dans la rue, en passant sous plusieurs bâtiments. Toutes les eaux ménagères s'y rendent, ainsi qu'une partie des urines qui sortent des latrines ou qui sont jetées, par négligence, dans les plombs. Ces ruisseaux reçoivent aussi les urines des écuries.

Dans les nombreux escaliers de la propriété, il y a des latrines et des plombs très-mal tenus.

Les escaliers eux-mêmes réclameraient de fréquents lavages, en raison de la population qui les fréquente.

Dans cette vaste propriété, il n'y a ni puits, ni citerne, ni réservoir, ni eau concédée ; en un mot, il n'y a point d'eau.

Pour s'en procurer, il faut aller, en suivant une pente rapide, jusqu'à une fontaine publique située à plus de 200 mètres, ou acheter de l'eau à la voie.

Il n'y a point de bornes-fontaines dans la rue. (*Pièce justificative A ; rapports sur des maisons dépourvues d'eau.*)

On demande si, dans de telles conditions, une maison peut être entretenue dans un état de salubrité suffisant pour que la santé et la vie des occupants ne soient pas compromises, soit d'une manière permanente, soit accidentellement, par une saison anormale ou une constitution épidémique, et si le propriétaire de cette maison ne peut pas être contraint de mettre de l'eau à la disposition des personnes qui doivent en user, par tel moyen qu'il aura préféré.

Les discussions préalables auxquelles cette affaire a donné lieu dans le sein de la Commission, ont démontré la nécessité d'entrer à ce sujet dans un examen approfondi. En effet, soit qu'on prenne le parti de poursuivre les propriétaires, au nom de la loi du 13 avril 1850, en suivant toutes les juridictions qu'elle a établies, soit qu'on sollicite de l'autorité administrative ou même législative des dispositions nouvelles et obligatoires, il convient d'examiner dans tous ses détails l'état actuel des choses et celui qu'on voudrait lui voir substituer.

En conséquence, la Commission croit devoir vous soumettre, Monsieur le Préfet, le résultat de ses recherches et de ses méditations.

Elle espère démontrer que ses conclusions ressortent d'un ensemble considérable de dispositions administratives qui, bien évidemment, ont eu pour but d'assurer ou d'améliorer la salubrité de la voie publique et celle des habitations, et qui toutes sont antérieures à la discussion soulevée dans ces derniers temps sur les moyens d'augmenter l'approvisionnement d'eau dans la capitale.

Le travail de la Commission est divisé de la manière suivante :

1re question. — L'emploi de l'eau peut-il être considéré comme indispensable pour remédier à l'insalubrité des habitations ?

2e question. — Dans l'état actuel des choses, à Paris, l'eau peut-elle être mise à la disposition des habitants et en quantité suffisante ?

3e question. — Le propriétaire peut-il être contraint de mettre de l'eau à la disposition des locataires, comme moyen de remédier à l'insalubrité de l'habitation ?

Première question.

L'emploi de l'eau peut-il être considéré comme indispensable pour remédier à l'insalubrité des habitations ?

Des causes d'insalubrité, et notamment de la malpropreté.

Avant d'aborder cette question, nous croyons utile d'exposer quelques considérations générales sur les causes d'insalubrité, en ce qui concerne l'habitation et la voie publique.

Dans ses rapports précédents, la Commission s'est expliquée avec détail sur l'interprétation qu'elle a donnée à la loi du 13 avril 1850.

Cette loi s'étant exprimée en termes très-généraux, nous avons dû nous appliquer à définir les causes d'insalubrité qu'elle nous donnait la mission de rechercher.

L'expérience nous a bientôt appris que ces causes consistaient surtout dans l'absence de lumière, le dé-

IV.

faut d'air, la difficulté d'entretenir une température convenable et l'humidité portée à un certain degré.

Dans quelques cas, la malpropreté de l'habitation a été aussi considérée comme une cause flagrante d'insalubrité. Nous pensons qu'il convient d'insister fortement sur sa répression.

Il paraît, en effet, incontestable qu'une des conditions de la santé est l'entretien de la propreté, soit dans les vêtements, qui s'appliquent immédiatement sur le corps de l'homme, soit dans l'habitation, qui est, pour ainsi dire, un second vêtement destiné, comme le premier, à nous défendre des influences fâcheuses des agents extérieurs.

Lorsque la négligence des moyens de propreté est poussée à un certain degré dans le logement lui-même ou dans ses dépendances, elle devient évidemment une cause grave d'insalubrité, par l'influence qu'elle exerce sur la composition de l'atmosphère dans laquelle se tiennent les habitants. L'air des chambres, des escaliers et même des cours, souvent d'une capacité insuffisante, peut se trouver chargé d'odeurs, de miasmes ou de gaz plus ou moins incommodes ou même dangereux. Son action incessante sur les organes de la respiration, sur la peau, finit par altérer profondément la santé.

Il n'y a pas un médecin qui n'ait eu occasion d'observer les funestes effets de la malpropreté et les heureuses conséquences du retour à la propreté.

Dans les hôpitaux, aussi bien que dans les agglomérations d'individus sains, c'est seulement par un entretien souvent minutieux de la propreté qu'on parvient à éviter les maladies les plus funestes.

Ces vérités nous paraissent assez généralement admises pour que nous puissions nous dispenser de les démontrer ici par des citations et des exemples qui abondent dans l'histoire de l'hygiène.

Nous croyons donc pouvoir ajouter la malpropreté aux causes d'insalubrité que les commissions de logements insalubres doivent rechercher et faire disparaître.

Mais nous n'avons à nous préoccuper ici que de la malpropreté du logement et de ses dépendances.

Dans son rapport de 1857, la Commission a cru pouvoir établir en principe que la propreté sèche était de beaucoup préférable à la propreté humide. Elle entendait, par là, exprimer qu'il valait mieux balayer de la poussière sèche que de laver, même à grande eau, les lieux habités; car, si l'on n'a pas soin, dans ce dernier cas, d'enlever l'excès d'humidité, cet excès peut produire des effets très-nuisibles.

De la propreté. — Des moyens d'entretenir la propreté.

Notre opinion à cet égard ne s'est pas modifiée.

Dès 1833, l'un de nous établissait ce principe. (*Pièce justificative* B.)

En effet, l'entretien de la propreté sèche paraît être la plus pratique et la mieux raisonnée, du moins sous des climats chauds et secs, à la condition, toutefois, de ne pas laisser accumuler autour des habitations des immondices que la moindre pluie convertit en foyers pestilentiels.

Cela est si vrai, que certaines épidémies ont presque disparu de l'Orient, et notamment d'Alexandrie et du Caire, devant la seule précaution de faire enlever de la voie publique les détritus de tous genres qu'on était dans l'usage d'y laisser séjourner.

Les médecins des hôpitaux de Toulon ont remarqué que l'arrosage des salles de malades, en été, donnait presque constamment lieu à une recrudescence des accidents dans la plupart des maladies à caractère putride.

Mais cette propreté sèche est-elle possible dans les contrées tempérées ou septentrionales ? Nous ne le pensons pas. C'est en vain que là on voudrait se contenter de l'enlèvement par le balayage des détritus plus ou moins solides, plus ou moins humides, plus ou moins liquides qu'une population condensée verse et répand sans cesse sur le sol, aussi bien dans l'intérieur des habitations que sur la voie publique. Sans lavages fréquents et abondants, les causes de malpropreté s'accumulent et constituent bientôt une insalubrité aussi incommode que dangereuse. De là cette vive préoccupation des administrations municipales de tous les siècles ; de là ces soins, ces dépenses, ces efforts sans nombre qu'elles ont faits pour assurer aux populations les bénéfices d'une double propreté : celle de la voie publique et celle des habitations ; de là cette opinion générale que la salubrité des villes est proportionnelle à leur propreté, qui dépend elle-même de l'abondance des eaux publiques et de la quantité dont on peut disposer en faveur des particuliers.

On trouve les preuves de cette sollicitude dans une foule d'ordonnances et de documents dont quelques-uns remontent à des temps reculés de notre histoire. (*Voir la pièce justificative* C.)

Pour compléter, autant qu'il nous est possible de le faire dans ce rapport, la discussion de la question qu'il s'agit de résoudre, nous examinerons successivement les moyens de remédier à la malpropreté, tant au point de vue général, c'est-à-dire sur la voie publique, qu'au point de vue particulier, c'est-à-dire dans l'habitation elle-même.

De la malpropreté de la voie publique et des moyens d'y remédier.

La malpropreté de la voie publique a été considérée de tout temps comme un véritable danger pour la santé générale.

Aussi voyons-nous dans l'histoire administrative des grandes villes, et particulièrement de Paris, se succéder des ordonnances, arrêts ou règlements ayant pour objet d'assurer la propreté.

Nous n'avons pas à nous occuper ici de ceux qui sont relatifs à l'enlèvement des immondices, à l'écoulement des eaux, aux égouts, au balayage, etc.

Il nous suffira de mentionner les règlements dans lesquels l'emploi de l'eau par les habitants est considéré comme un moyen de salubrité et formellement prescrit.

Une ordonnance de François Ier, de 1539, est ainsi conçue :

« Art. III. — Qu'ils fassent (toutes personnes quel-
» conques) jetter des eaux par chacun jour devant
» leurs huis sur ledit pavé, afin que les ruisseaux et
» esgouts ne soient empêchés à l'endroit de leurs mai-
» sons et que les immondices ne puissent s'y arrêter.

» Art. IV. — Défendons de vuider ou jetter ès-rues
» et places de ladite ville et faubourgs d'icelle, ordures,
» charrées, infections, ni eaux quelles qu'elles soient,
» et de retenir longuement ès dites maisons, urines,
» eaux croupies ou corrompues; ains enjoignons de les
» porter et vuider promptement au ruisseau, et après,
» jetter un séau d'eau nette pour leur donner cours.

» Art. V. — Et ce, sur peine de cent sols parisis
» contre chacun qui sera trouvé contrevenant, pour la
» première fois ; de dix livres parisis pour la seconde ;
» et pour la tierce, de punitions corporelles ou de pri-
» vation du revenu de la maison pour trois ans, qui
» sera incontinent mis en nostre main selon la qualité
» des personnes et grandeur de la désobéissance. »

L'ordonnance de 1608, celle de 1663, et beaucoup d'autres, répètent à peu près ces prescriptions.

Ces sages prescriptions ont été reproduites depuis avec les modifications que les temps, les usages et les lois ont rendues nécessaires ; mais de toutes il résulte que l'eau a toujours été considérée comme un des moyens les plus efficaces de remédier à l'insalubrité de la voie publique. Les administrateurs, à toutes les épo- ques, ont cru qu'il était de leur devoir d'en mettre le plus possible à la disposition des habitants. (*Voir la pièce justificative* C.)

De la malpropreté de l'habitation et des moyens d'y remédier. —
Du logement et de ses dépendances.

Dans les citations comprises au chapitre précédent, on a vu quelle importance on a attaché de tout temps à l'entretien de la propreté de la voie publique. Mais les vues des administrateurs de la cité ne se sont pas bornées à cette partie de l'hygiène publique ; leurs regards ont pénétré dans l'habitation elle-même, et dès 1539 (ordonnance citée), il est fait défense aux habitants : « de retenir longuement ès dites maisons, uri-» nes, eaux croupies ou corrompues, ains enjoignons » de les porter et vuider promptement au ruisseau, et » après jeter un séau d'eau nette pour leur donner » cours. » (*Voir la pièce justificative* C.)

Des prescriptions de même genre se retrouvent de temps en temps dans les règlements postérieurs, et enfin, le 28 novembre 1848, est promulguée une ordonnance de police préparée et formulée dans le cours de l'année 1847, et dont la publication avait été seulement retardée par les événements politiques de Février. — Cette ordonnance a été remplacée par celle du 23 novembre 1853.

Voici les articles qui se rapportent au sujet qui nous occupe :

« Art. 1er. Les maisons doivent être tenues, tant à » l'intérieur qu'à l'extérieur, dans un état constant de propreté.

» Art. 2. Les maisons devront être pourvues de
» tuyaux et cuvettes en nombre suffisant pour l'écou-
» lement et la conduite des eaux ménagères.

» Ces tuyaux et cuvettes seront constamment en bon
» état ; ils seront lavés et nettoyés assez fréquemment
» pour ne jamais donner d'odeur.

» Art. 3. Les eaux ménagères devront avoir un écou-
» lement constant et facile jusqu'à la voie publique, de
» manière qu'elles ne puissent séjourner ni dans les
» cours ni dans les allées ; les gargouilles, les cani-
» veaux, les ruisseaux destinés à l'écoulement de ces
» eaux seront lavés plusieurs fois par jour et entre-
» tenus avec soin, etc.

» Art. 5. Il est défendu de jeter ou de déposer dans
» les cours, allées, passages, aucune matière pouvant
» entretenir l'humidité ou donner de mauvaises
» odeurs, etc.

» Le sol des écuries devra être rendu imperméable
» dans la partie qui reçoit les urines ; les écuries de-
» vront être tenues avec la plus grande propreté ; les
» ruisseaux destinés à l'écoulement des urines seront
» lavés plusieurs fois par jour, etc. »

Comme on voit, cette sage ordonnance, rendue sur
le rapport du Conseil de salubrité, n'a fait que répéter
ou préciser les précautions déjà indiquées dans les
plus anciens règlements. (*Voir les pièces justificatives*
B *et* C.)

Elle n'a point été abrogée ; elle prescrit formellement l'entretien de la propreté dans le logement et ses
dépendances. Son principal moyen est le lavage de

toutes celles de ces dépendances dont la mauvaise tenue pourrait compromettre la salubrité de la maison.

Mais comment obéir à ces règlements, si l'eau n'est pas mise en quantité suffisante à la disposition des habitants?

On allèguerait en vain qu'il est généralement facile de se procurer de l'eau, fût-ce même en l'achetant à ceux qui la colportent.

Il suffit d'avoir connu une ville réduite à cette ressource pour savoir qu'on n'achète de l'eau que pour la boisson, et qu'il n'y a guère de maison qui n'ait une citerne pour satisfaire les autres besoins.

En effet, que deviendrait une maison dont les habitants seraient réduits au peu d'eau qu'ils se seraient ainsi procurée à prix d'argent? Les cours, les ruisseaux, les cuisines et autres lieux ne seraient jamais ou presque jamais lavés.

En supposant qu'on tienne peu de compte de cette dépense dans les ménages aisés, il en sera tout autrement dans les ménages pauvres, et c'est de ceux-là surtout que nous avons à nous préoccuper. Ce n'est pas en général pour les hôtels que sont faits les règlements, mais bien pour les maisons modestes habitées par la classe ouvrière ou indigente.

Ces ménages, si l'eau n'est pas mise abondamment à leur disposition, ne deviendront-ils pas des foyers d'infection ?

Il faut lire dans les anciens règlements ce qu'on prescrivait autrefois, en cas d'épidémie. Les puits n'étaient pas oubliés. Ils devaient être visités avec soin et entretenus en bon état de service et de salubrité. (*Voir la pièce justificative* E.)

Nous croyons pouvoir conclure de ce qui précède :

1° Que la propreté de l'habitation est une condition nécessaire de la salubrité ;

2° Que dans les climats tempérés et septentrionaux cette propreté ne peut être entretenue qu'au moyen de l'eau, mis en abondance à la disposition des habitants.

Des latrines, de leurs dépendances et de la vidange.

Il est impossible de contester la grande influence qu'exercent sur la salubrité d'une habitation les bonnes dispositions et le bon entretien des latrines, qu'elles aient le caractère de communs ou celui de privés. Nous n'aurons aucune peine à démontrer que ces bonnes dispositions et ce bon entretien dépendent absolument d'une abondante distribution d'eau.

Nous aurons, pour appuyer notre démonstration, le raisonnement d'abord, puis l'exemple que nous donnent les diverses parties de l'Angleterre.

Tous les hommes compétents, tous ceux qui ont étudié cette question de salubrité, s'accordent pour dire qu'on n'obtiendra jamais un bon entretien de propreté dans les latrines, tant qu'elles ne seront pas pourvues d'un réservoir ou d'un robinet. (*Voir la pièce justificative* D.)

C'est à peine si dans des appartements bien tenus et habités par des personnes d'une éducation distinguée on pourra obtenir la propreté des lieux d'aisances au moyen d'eau mise en réserve dans un vase quelconque.

Dans toute autre condition on n'aura que des latrines infectes et dégoûtantes.

Nous supposons, bien entendu, qu'il faut renoncer aux latrines à trou béant, dites latrines à la turque. La Commission s'applique à les faire disparaître, et quand elle les tolère, ce n'est qu'exceptionnellement, à la condition d'une ventilation puissante ou d'un isolement qui les rend sans inconvénients.

Or, du moment qu'on adopte un système de latrines à fermetures hydrauliques, il faut absolument que ce système comprenne un réservoir ou un robinet à écoulement libre.

Où prendra-t-on cette eau? A la rigueur, des puits avec une pompe pourront la fournir, lorsque sa consommation sera modérée. Dans beaucoup de maisons, des réservoirs d'eau de pluie suffiraient aussi amplement à ce service.

Ne serait-il pas enfin très-facile d'alimenter des réservoirs de ce genre au moyen d'une pompe que le concierge manœuvrerait chaque jour pendant quelques courts instants?

Mais si, faute d'emplacement, ou, pour éviter les inconvénients inhérents aux réservoirs, le propriétaire se décidait à prendre une concession d'eau de la Ville, toute espèce de difficultés disparaîtrait à l'instant, grâce à une légère dépense, qui d'ailleurs pourrait être répartie entre ceux qui jouiraient de ce bienfait. Nous n'hésitons pas à nommer ainsi une commodité de la vie intérieure, à laquelle on attache un grand prix dès qu'on a eu occasion de l'apprécier.

Ici se présente un grand inconvénient, devant lequel sont venues échouer la plupart des tentatives faites jusqu'à ce moment pour introduire l'eau dans l'intérieur des habitations.

Lorsqu'on a de l'eau en abondance, on en abuse ; on la verse souvent sans utilité dans les latrines ; les enfants et les domestiques, par caprice ou par négligence, laissent couler cette eau ; les fosses se remplissent en peu de temps et une charge très-lourde retombe sur le propriétaire.

De là sa résistance, contre laquelle on luttera en vain tant qu'on n'aura pas levé cette difficulté. Nous connaissons des exemples de cette résistance auxquels on croirait difficilement.

Tantôt un propriétaire se refuse absolument soit à établir, soit à laisser établir des réservoirs ou des robinets dans les cabinets d'aisances ; tantôt un autre propriétaire ou principal locataire fixe dans ses baux la quantité d'eau qu'on pourra introduire chaque jour dans les privés, etc.

Heureusement pour l'avenir de la salubrité, ces résistances n'auront bientôt plus de prétextes. Déjà, en autorisant l'écoulement direct des eaux vannes dans les égouts, après désinfection, la Ville a donné un puissant encouragement à l'usage des latrines pourvues d'eaux de lavage.

Mais le décret du 26 mars 1852, en prescrivant la construction des branchements d'égouts pour toutes les maisons dans les rues qui ont un égout public, a donné la meilleure solution du problème. Il peut être aujourd'hui posé dans les termes suivants :

« Pour que l'eau soit introduite avec largesse dans
» les habitations, il faut que cette eau ne devienne pas
» une charge pour le propriétaire ; elle cessera d'être
» une charge et deviendra au contraire une cause d'é-
» conomie, le jour où la maison étant mise, par un
» branchement, en communication avec l'égout public,
» le propriétaire n'aura plus à supporter que rarement
» la dépense et les inconvénients de la vidange. »

Expliquons-nous :

L'article 6 du décret du 26 mars est ainsi conçu :

« Art. 6. Toute construction nouvelle dans une rue
» pourvue d'égouts devra être disposée de manière à y
» conduire ses eaux pluviales et ménagères.

» La même disposition sera prise pour toute maison
» ancienne, en cas de grosses réparations, et, en tous
» cas, avant dix ans. »

Ainsi donc, depuis le 26 mars 1852, on aurait pu exiger que toutes les maisons bordant des rues dans lesquelles il existe un égout public fussent mises en communication directe avec cet égout.

MM. les Ingénieurs du Service municipal estiment que la dépense de cette amélioration peut s'élever, pour chaque maison, de 200 à 700 fr., suivant les circonstances.

D'un autre côté, l'Administration a fait dresser les plans d'un système de fosses mobiles avec séparateur, qui peut être établi à l'extrémité du branchement d'égout sous le tuyau de chute des latrines. (*Voir la figure à la pièce justificative* **D.**)

Ce système des fosses mobiles coûte généralement moins cher à établir qu'une fosse étanche suivant l'ancien système.

Une fois établi, tous les liquides versés dans les latrines, quelque nombreuses que soient celles-ci, se rendent directement et immédiatement à l'égout public ou dans la canalisation spéciale qui sera établie ultérieurement par les soins de l'Administration. Les solides seuls restent dans le récipient qui leur est destiné.

Enfin, ces solides peuvent être extraits par l'égout public, de telle sorte que la vidange se fait sans que les habitants de la maison en aient même connaissance.

Ajoutons que ce système de fosses mobiles offre l'immense avantage d'éviter toute infection dans les cours, les escaliers et les appartements.

Ces considérations et ces avantages ont décidé déjà quelques propriétaires à faire établir la communication directe du séparateur avec l'égout public.

De tout ceci on doit conclure qu'un propriétaire qui aura profité des facilités que lui donnent aujourd'hui les nouveaux appareils et les règlements de l'Administration, tout en mettant sa maison à l'abri d'une cause grave d'insalubrité, évitera la plus grande partie de la dépense des vidanges et pourra assurer à ses locataires la jouissance d'une abondante distribution d'eau.

C'est dans cette combinaison, aussi favorable à la salubrité des habitations qu'aux intérêts bien entendus du propriétaire, que nous voyons, comme nous le disions plus haut, la solution du problème dont nous nous occupons.

Nous disons en conséquence :

1° Que la salubrité complète des habitations ne peut être assurée que par un bon système de latrines, de fosses et de vidanges, auquel est affectée une abondante distribution d'eau ;

2° Que les inconvénients de cette distribution d'eau pouvant être presque toujours évités, il n'en reste plus que les avantages.

Nous pensons qu'il n'est pas inutile de faire remarquer les différences considérables qui distinguent les dispositions proposées pour Paris, de celles qui existent à Londres depuis longtemps et qui ont justement motivé les réclamations du public.

On sait qu'à Londres il n'existe ni fosses d'aisances, ni appareils séparateurs. L'égout public reçoit tout ce qui est déposé dans le *water closet*, et conduit à la Tamise les déjections de toute nature.

De ce fâcheux système est résulté une infection épouvantable à laquelle on ne pourra porter remède que par des travaux gigantesques.

Il en sera tout autrement à Paris. Quand le système de canalisation souterraine sera complet, les eaux vannes seront versées par des conduites distinctes à des établissements spéciaux, sis au loin, pour être utilisées au profit de l'agriculture.

Avec la concentration des eaux de tous les égouts dans un collecteur général, il sera peut-être même possible plus tard d'utiliser également toutes les déjections de la Ville.

Il était essentiel de tracer cette ligne de démarcation entre les deux systèmes.

(La suite dans le 5ᵉ volume.)

LE

CHEMIN DE FER MÉTROPOLITAIN DE PARIS

LE

METROPOLITAN RAILWAY DE LONDRES

La nation anglaise semble avoir le privilége de s'emparer des idées des autres nations, ses voisines et ses sœurs.

Tandis que les inventeurs français sont parfois abreuvés d'ennuis dans leur pays, par suite des difficultés qu'y rencontre la fécondation de leurs idées, ces idées traversent la mer, et l'Anglais les accueille, s'en empare pour en faire ensuite des applications à son profit. Bientôt ces idées sont dénationalisées, et l'Anglais s'en attribue le mérite comme le bénéfice de l'invention.

Voici un fait qui témoignerait de cette vérité, si elle n'était reconnue depuis longtemps par le monde scientifique et industriel.

Dans son numéro du 16 décembre 1855, *la Revue Municipale* publiait un projet de chemin de fer souterrain des Halles Centrales, qu'on désigna plus tard sous le nom de *Chemin de fer métropolitain de Paris.*

Ce projet, éminemment remarquable, émanait de deux ingénieurs les plus distingués, MM. Édouard Brame et Eugène Flachat. Il avait pour but de faciliter l'approvisionnement de Paris, d'établir une communication directe et facile avec les grandes Halles et le chemin de fer de ceinture, et, par suite, avec les autres voies de fer.

Son exécution devait assurer les avantages ci-après:

1° Désencombrement des quartiers du centre, en supprimant l'emploi de plus de six mille voitures sillonnant pendant des heures entières les rues de Paris, pour le service de l'approvisionnement des grandes Halles;

2° Diminution sensible des accidents causés aujourd'hui par la difficulté de la circulation aux abords des Halles ;

3° Extension importante du rayon d'approvisionnement de Paris ; nouvelles garanties données aux producteurs par la rapidité du service ;

4° Facilité d'enlever à l'instant et souterrainement les immondices des quartiers les plus populeux de

Paris, en complétant l'idée de l'Administration municipale, qui fait poser des rails dans les grands égouts à cuvette de construction récente ;

5° Apport souterrain des matériaux destinés aux chaussées ;

6° Notable économie dans les frais d'entretien de la voie publique ;

7° Transport des voyageurs, et notamment des ouvriers qui, par suite des transformations opérées dans les quartiers du centre, sont obligés de se loger aux extrémités de la ville ;

8° Enfin, mise en valeur de 40,000 mètres carrés de surface que représentent les caves des Halles Centrales beaucoup trop étendues aujourd'hui pour la resserre des denrées.

Telle est, le plus sobrement possible, l'énumération des avantages que devait réaliser l'exécution du projet de MM. Brame et Flachat.

L'habileté bien connue des deux ingénieurs devait concilier au moins à leur projet les sympathies de l'Administration municipale, dont MM. Brame et Flachat servaient si heureusement les intérêts ; il n'en fut rien. Elle se montra à l'égard des deux ingénieurs toute hérissée de difficultés.

Mais l'idée a passé de la Seine à la Tamise. On lui avait montré à Paris une figure triste et glacée, on lui fit à Londres un accueil courtois et chaleureux.

Depuis quelques mois à peine le *Metropolitan railway* est en exploitation, et la voie souterraine transporte déjà de 40 à 45,000 voyageurs par jour. Les actions de 10 livres sterlings (250 fr.) sont aujourd'hui à 15 livres (375 fr.).

Ceci nous rappelle une réflexion émise devant nous par M. H. Boulay de la Meurthe, alors qu'il était Conseiller Municipal de Paris :

« Il y a toujours, disait le Magistrat, dans les administrations publiques, des cartons dont on fait de petites tombes dans lesquelles il arrive quelquefois d'enterrer vivantes des idées généreuses et utiles. »

Quant à la pensée récemment émise par certains journaux de recourir à des ingénieurs anglais pour la construction du chemin de fer métropolitain de Paris, nous n'y croyons pas, tant il serait indigne de confier à des mains étrangères ce que des ingénieurs français feraient au moins aussi bien que les Anglais.

Louis Lazare.

ÉTUDES

SUR LES

EXPROPRIATIONS POUR CAUSE D'UTILITÉ PUBLIQUE

L'administration de la Ville de Paris a été le sujet constant de nos études et l'affection de toute notre vie.

Parmi ces études, celle qui nous a le plus vivement intéressé, est sans contredit la question qui a rapport aux expropriations pour cause d'utilité publique.

Pour nous former une opinion sur la législation encore en vigueur aujourd'hui, nous nous sommes procuré tous les ouvrages spéciaux dont les commentaires ont excité nos sérieuses réflexions.

Nous avons pensé qu'il entrait dans notre devoir d'écrivain d'assister également aux séances du jury d'expropriation, et de tenir compte des faits et discussions de nature à éclairer nos appréciations.

Bien souvent, nous avons été à même de reconnaître des exagérations fâcheuses soit dans l'argumentation du défenseur de la Ville, soit de la part des avocats des expropriés.

Dans cette situation, nous avons cru qu'une intervention toute pacifique de notre part pourrait présenter un certain intérêt.

En raison des immenses travaux que l'Administration municipale va continuer, beaucoup d'entre nos abonnés peuvent être expropriés ou appelés à faire partie du jury. N'est-ce pas leur être utile que leur indiquer la marche qui nous paraît la meilleure à suivre, et leur faire connaître tout ce qui peut éclairer leur jugement et guider leur conscience.

A plusieurs reprises, nos lecteurs nous avaient engagé à leur soumettre nos appréciations, à leur donner notre avis sur des questions posées par eux.

Nous nous sommes empressés d'accéder à leur désir, en publiant, il y a quelques années, dans *la Revue Municipale*, plusieurs articles que notre public a daigné accueillir avec bienveillance.

On nous demande aujourd'hui la réimpression de ces

articles, et l'on nous adresse d'autres questions, en nous invitant à leur donner la solution que nous estimerons la meilleure.

Comme notre ambition a toujours été de complaire à nos abonnés, nous commençons par reproduire plusieurs articles de *la Revue Municipale*, après lesquels nous discuterons les questions qui nous sont posées.

Toutefois, nous croyons devoir déclarer que les opinions émises par nous ne sont que de simples avis, et que nous n'avons pas le moins du monde la prétention de dicter des jugements.

Ce serait même un bonheur pour nous, alors que nos opinions ne seraient pas adoptées par nos abonnés, de les voir combattre nos arguments; nos lecteurs sont certains de recevoir dans nos publications une hospitalité courtoise.

REVUE MUNICIPALE (19ᵉ année)

Jeudi 1ᵉʳ novembre 1860, n° 354, pages 252 et suivantes.

QUESTION.

Le propriétaire d'une maison en bon état et qui donne un revenu net et annuel de cinq mille francs, est-il convenablement indemnisé par une somme de cent mille que lui offre la Ville?

Nous avons contracté l'habitude d'assister aux séances du jury d'expropriation et de prendre note de tout ce qui peut être utile à nos lecteurs, en servant également l'Administration municipale.

Dans la séance du 5 octobre dernier, tous les défenseurs des expropriés ont laissé sans réplique un argument formulé par M⁰ Picard, bien que cet argument, à notre avis, fût en tous points vulnérable.

L'avoué de la Ville exposait l'opinion suivante : « Le
» propriétaire d'une maison en bon état, rapportant
» cinq mille francs de rente tous frais payés, est large-
» ment indemnisé par la remise d'une somme de cent
» mille francs. Réclamer pour *remploi* un excédant
» quelconque, est une prétention qu'on ne saurait jus-
» tifier. »

Le défenseur de la Ville ajoutait :

» Si le détenteur d'un immeuble, comme celui qui
» est en cause, voulait vendre sa propriété rapportant
» cinq mille francs, il ne trouverait pas d'acquéreur
» venant lui proposer les cent mille francs offerts par la
» Ville, et cela par la raison que le preneur ne man-
» querait pas d'objecter au vendeur que les frais d'ac-
» quisition, venant augmenter le capital à débourser
» de près de dix pour cent, la maison, si elle était payée
» cent dix mille francs, ne produirait plus l'intérêt que
» nous capitalisons.

» Qu'ainsi, pour ramener cet intérêt au taux de cinq
» pour cent, le vendeur serait obligé de défalquer du
» prix principal de cent mille francs la somme afférente
» aux frais.

» Donc, par ce fait irrécusable, disait en terminant
» l'avoué de la Préfecture de la Seine, le propriétaire
» en question doit se trouver mieux traité par la Ville
» que s'il vendait lui-même son immeuble à toute autre

» personne qu'à l'Administration qui s'en empare au
» nom de l'intérêt général. »

Tel est le sens exact des paroles de M⁰ Picard ; nous
les avons écrites au fur et à mesure que l'avoué de la
Ville motivait son opinion. — Seulement, dans cette
séance du 5 octobre, il y avait une fraction dans le revenu du propriétaire exproprié, ainsi que dans le capital
tal offert par l'Administration, mais le rapport de
l'immeuble était toujours de cinq pour cent, et si nous
posons ici le chiffre rond de cinq mille francs de revenu, c'est uniquement pour rendre la discussion plus
nette et plus précise.

Eh bien, l'argumentation de M⁰ Picard repose sur
une base si fragile, qu'elle ne saurait résister à une
discussion sérieuse et logique.

D'abord, il est impossible d'établir raisonnablement
la moindre analogie entre la situation d'une personne
qui, de son plein gré, veut vendre sa maison, et celle
d'un propriétaire obligé, contraint de l'abandonner à
l'expropriation.

Dans le premier cas, le propriétaire *commande* à la
vente, dans le second il la *subit*. Ainsi, sous ce rapport, l'argumentation de M⁰ Picard tend à une comparaison inadmissible, en cherchant à créer une analogie
qui ne saurait exister.

En effet, le propriétaire qui veut vendre son immeuble agit de son propre mouvement, se décide en toute
liberté, et quelquefois avec l'espoir ou même la certitude d'un remploi avantageux.

Mais l'expropriation ne consulte ni l'intention, ni le

désir, ni le goût, ni l'intérêt du propriétaire. Elle lui dit : J'ai besoin de ta maison, il me la faut, je la prends d'abord, je la paye ensuite.

Mais paye-t-elle, indemnise-t-elle avec cent mille francs un revenu de cinq mille? Là est toute la question.

D'abord, qu'est-ce que la propriété dans son essence la plus pure? La récompense, ou mieux la glorification du travail.

Comment ! voici un homme qui, après toute une vie de labeur, a fini par amasser sou à sou un capital qu'il place, qu'il assure en achetant une maison. Le revenu que cette maison produit, c'est la sécurité, le pain de toute une famille. Cet homme est tranquille, heureux, et l'avenir de ses enfants complétement assuré.

Tout à coup vous expropriez sa maison ; à l'instant vous venez troubler son repos, lui créer des soucis, lui faire courir des risques, le forcer à spéculer, fatalement peut-être, et vous vous croyez moralement quitte en ne lui allouant rigoureusement que cent mille francs pour un revenu net de cinq mille.

D'abord, dans cette somme, pas la moindre compensation pour ce préjudice moral, pour ces affections brisées, pour ce repos troublé, pour cet avenir compromis, pour ce pain des enfants qui cesse d'être assuré.

Mᵉ Picard vous répliquera peut-être : Il faut immoler tout cela, en faire une offrande à l'intérêt général.

Soit. J'accomplis ce sacrifice sans me plaindre. Je

veux aussi ma petite part de gloire dans votre grande
épopée administrative. Mais enfin, après avoir brisé
toutes mes affections, vous allez me restituer la représentation matérielle de ce que vous m'avez enlevé,
c'est-à-dire une maison semblable, au moins comme
rapport, à celle que l'expropriation vient de me ravir,
car je ne veux pas aller jouer mes cent mille francs à
la Bourse, et j'entends redevenir propriétaire.

— C'est chose facile, réplique Mᵉ Picard, vous trou-
verez une autre maison qui vous rapportera cinq mille
francs, comme celle que la Ville vient de vous payer
cent mille.

— Mais, ajoute l'exproprié, j'ai à remettre en outre
une dizaine de mille francs pour les frais ; c'est le préjudice dont je me plains et que me cause l'expropriation. Pour me restituer l'équivalent matériel de ce
qu'elle m'a pris, il faudrait que la Ville m'allouât une
indemnité de *cent* DIX *mille francs.*

Ce raisonnement est inattaquable ; c'est l'argumentation retournée de Mᵉ Picard avec la pointe du glaive
sur la poitrine de notre adversaire.

Il y a lieu d'ajouter que si pareille expropriation se
renouvelait cinq fois d'une manière semblable, au détriment du même propriétaire, la moitié de l'avoir de
cet homme y passerait.

La seule objection qui reste à faire et que Mᵉ Picard
ne manquera pas de nous adresser est celle-ci : — Ce
propriétaire exproprié peut avec ses cent mille francs
aviser, chercher des occasions ; on en rencontre parfois, souvent même.

Mais est-ce bien là un argument sérieux, concluant et qu'une grande Administration puisse faire valoir par l'organe d'un défenseur aussi habile que l'est d'ordinaire Mᵉ Picard ?

— D'abord, qui m'assure, peut répliquer l'exproprié, que je trouverai une de ces occasions fantastiques ; qui me garantit d'une erreur ? Ensuite je n'ai ni le temps, ni le loisir de chercher. D'ailleurs, l'expropriation est elle venue consulter mes convenances, interroger mes dispositions? Pas le moins du monde. La Ville avait besoin de ma propriété, la Ville me l'a prise ; maintenant elle veut ne me la payer que cent mille francs, je dis, je soutiens que je ne suis pas indemnisé, puisque pour me faire un revenu égal à celui dont je jouissais tranquillement avant d'être exproprié, il me faut donner dix mille francs de plus que je ne recevrai de l'Administration municipale.

Inutile d'insister ; en cette circonstance, l'exproprié a trop grandement raison.

Ceci n'est point une critique à l'endroit de l'Administration municipale, qui entend payer ce qu'elle doit, rien de plus, mais rien de moins.

Cet article n'est pas une lutte que nous engageons avec Mᵉ Picard, dont le talent vraiment supérieur n'est parfois en défaut que par excès de zèle ou par un amour trop passionné, trop oriental des intérêts de la Ville de Paris.

Nos Édiles verront dans cet article une de ces bonnes et franches discussions soulevées dans l'intérêt de tous, avec la certitude de ne blesser personne, encore moins notre adversaire que tout autre.

Notre devoir, et nous n'y avons jamais manqué, est de faciliter à l'Administration l'accomplissement de sa noble tâche ; aussi, parmi les expropriés qui se sont entendus avec la Ville, *la Revue Municipale* revendique pour sa part deux cent vingt-huit de ses abonnés.

Quand un écrivain a l'habitude de bien faire, il a conquis la liberté de tout dire.

Louis Lazare.

REVUE MUNICIPALE.

Samedi 10 novembre 1860, numéro 355, page 258.

SUR L'ACCEPTION DU MOT **INDEMNITÉ** EN MATIÈRE D'EXPROPRIATION POUR CAUSE D'UTILITÉ PUBLIQUE.

Nous remercions nos lecteurs des encouragements dont ils ont daigné nous honorer au sujet de la publication de notre premier article sur les expropriations.

Plusieurs de nos abonnés qui siègent au Conseil d'État et à la Cour de Cassation, ou qui ont déjà fait partie du jury d'expropriation, nous ont engagé fortement à continuer cette discussion en suivant toujours le même principe de modération et d'indépendance.

Nous avons dit, contrairement à l'opinion du défenseur de la Ville, et nous le répétons : le propriétaire exproprié d'un immeuble en bon état et qui donne un revenu net de cinq mille francs, n'est pas INDEMNISÉ par une allocation de cent mille.

Nous ne reviendrons pas sur toutes les raisons que nous avons exposées en faveur de notre opinion ; si l'avoué de l'Administration veut essayer de nous contredire, notre *Revue Municipale* est à sa disposition et toute prête à donner aux idées de notre adversaire une hospitalité courtoise.

Dans ce second article, nous allons démontrer que l'argumentation de M⁰ Picard est contraire à l'esprit de la loi.

D'abord, quelle a été l'intention de nos législateurs dans l'emploi du mot *indemnité* en matière d'expropriation ? Tous ont voulu lui donner la signification de *dédommagement*. Or, qui dit dédommagement, implique un préjudice. En effet, l'expropriation est toujours la cause d'un préjudice, soit matériel, soit moral; — cela est vrai sans réplique.

Maintenant, capitaliser le revenu comme le propose M⁰ Picard au jury, ce n'est pas même une restitution de ce que la Ville a pris, ce n'est pas même rembourser au moyen d'un capital le revenu d'une maison que l'expropriation enlève.

Si l'on veut qu'il y ait remboursement complet, bonne et loyale restitution, il faut donner au propriétaire les moyens de se remplacer, c'est-à-dire de se procurer le même revenu ; or, offrir à un exproprié cent mille francs pour un revenu net de cinq mille, c'est proposer un remboursement insuffisant.

En effet, en agissant ainsi, vous ne restituez qu'une partie de ce que vous avez pris, puisque l'exproprié, s'il trouvait une maison en tout semblable à celle que vous lui faites perdre, devrait donner cent DIX mille francs, alors qu'il n'en aurait reçu que cent mille. Cette différence de **10,000** francs au préjudice du propriétaire, est pour. les frais d'acquisition dont la Ville est exonérée quand elle exproprie, mais que subit fatalement le propriétaire, alors qu'il veut se créer le même revenu en achetant une maison semblable à celle qu'il a perdue.

Maintenant, nous disons à Me Picard : Si vous accordez seulement à l'exproprié cette différence de dix mille francs dont il ne bénéficie pas, puisqu'elle est appliquée aux frais, croyez-vous avoir INDEMNISÉ, selon le législateur, la personne à laquelle vous avez enlevé son immeuble ? Pas le moins du monde.

Vous avez remboursé par un capital le revenu que vous avez pris ; c'est une simple restitution, voilà tout. Entre ces deux mots restitution et indemnité, la distance comme signification est immense. Poursuivons : vous empruntez à un homme cent mille francs en or, vous les lui rendez en argent ou en billets de banque, voilà un remboursement ordinaire, une simple restitution ; mais il n'y a pas là d'indemnité.

Eh bien, c'est ce que la Ville fait strictement quand elle accorde un capital avec lequel l'exproprié redevient propriétaire comme par le passé, c'est-à-dire avec son revenu d'autrefois. En cette circonstance la Ville restitue ce qu'elle a pris ; mais où donc est l'indemnité ? Il n'y en a pas, et cependant la législation exige qu'il y en ait une.

Ici, abordons d'autres considérations d'un ordre en-

core plus élevé, et voyons quelle noble signification nos
législateurs ont donnée à cette juste et si honnête appel-
lation : L'INDEMNITÉ !

Ils ont d'abord envisagé la propriété dans sa plus
pure expression. Ils l'ont considérée comme la récompense du travail, la sécurité de la vieillesse,
l'avenir des enfants, le pain assuré de la famille. Puis,
appréciant, ou mieux savourant eux-mêmes toutes les
joies du foyer domestique, ils ont compris qu'il fallait
entourer tout ce bonheur suprême d'une sainte protection. Alors ils se sont dit : ce droit si beau, ce droit
sacré de la propriété ne s'inclinera désormais que devant un intérêt plus grand, plus incontestable, plus
légitime encore : le bien-être de tous.

Cette maison, dont chaque lambris est une page
d'histoire intime, cette maison où se sont concentrées
toutes les affections de la vie, toutes les douleurs de
l'humanité, la loi la protége et la sauvegarde jusqu'au
jour où des souffrances publiques viendront en commander la destruction.

Alors apparaît l'administrateur, qui interprète cette
utilité dans sa conscience et sous le regard de Dieu, en
disant à ceux qui possèdent : Tout ce quartier manque
d'air et de lumière, je vous prends vos maisons, non
dans le but de donner la picorée à ma vanité, mais
dans la bonne intention de créer un grand ventilateur
assainissant toute cette partie de la ville, qui a droit
aux rayons d'un soleil joyeux et bienfaisant.

Alors le législateur, qui impose un sacrifice, exige
aussi une réparation et prescrit une indemnité.

Pour la donner aussi complète que possible, car il sait bien qu'il est un préjudice moral, des affections brisées que tout l'or du monde ne saurait compenser ou faire revivre, le législateur fait estimer le dommage par ceux qui, pouvant en souffrir à leur tour ou qui l'ayant déjà subi, sont à même de l'atténuer honnêtement. De là cette création d'un jury qui apprécie avec son cœur le préjudice tout à la fois moral et matériel que subit l'exproprié.

Maintenant que Me Picard formule son mode de *remboursement* ou de *restitution* devant ce tribunal. Tous les membres comprendront, comme ils l'ont déjà compris, qu'il n'y a pas là indemnité dans la sincérité d'un dédommagement quelconque. Tous sentiront, comme ils l'ont senti jusqu'à présent, que s'ils étaient dupes d'un faux raisonnement aujourd'hui, ils pourraient en être victimes demain.

Comment peuvent-ils entendre le mot indemnité, et de quelle manière doivent-ils l'expliquer par leurs allocations?

D'abord et avant tout, il faut capitaliser le revenu assez largement pour que l'exproprié ait la certitude d'un avoir égal à celui qu'on lui prend — voilà pour le remboursement, pour la restitution.

L'*indemnité* consiste dans un excédant d'allocation que nous n'avons pas à limiter rigoureusement, pourvu que cet excédant soit toujours une réparation sérieuse, un dédommagement complet.

Dans toute la pureté de notre conscience, nous l'estimons d'ordinaire à dix pour cent en sus de la somme dite de remboursement.

Ainsi, il nous paraît incontestablement juste, en thèse générale, d'allouer à un propriétaire qui jouissait, par exemple, d'un revenu net de dix mille francs, une somme de deux cent vingt mille.

C'est un principe sans doute bien éloigné de celui que M⁰ Picard exposait au jury le 5 octobre dernier. Mais si nous consultons nos archives formées de documents officiels, et en prenant au hasard cent expropriations d'immeubles en bon état, nous voyons que les jurés, outre la *capitalisation* du revenu, ont alloué ce que nous appelons une INDEMNITÉ, dont le chiffre s'est élevé communément à *onze pour cent* au-dessus du prix rigoureux de remboursement.

Dans notre opinion, dans notre conscience, ceci est bien et noblement jugé.

Louis LAZARE

REVUE MUNICIPALE.

Samedi 1ᵉʳ décembre 1860, n° 357, page 278 et suivantes.

QUESTION.

Lorsque l'Administration Municipale a fait exécuter dans un quartier de grands travaux d'amélioration qui ont déterminé une plus-value, les propriétaires et locataires expropriés ne sont-ils pas fondés à réclamer le bénéfice de cette augmentation récente ?

Au commencement de chaque session du jury d'expropriation, Me Picard, l'avoué de la Préfecture de la Seine, expose en termes succincts et parfaitement sentis la nature de la création ordonnée par l'Autorité supérieure, son utilité, ses avantages, soit au point de vue de l'assainissement de Paris, soit sous le rapport de la splendeur de la Capitale.

Puis, l'habile défenseur de l'Administration énumère les propriétés expropriées pour livrer passage à la voie nouvelle ou faire place à l'établissement décrété.

Si Me Picard s'arrêtait après cet exposé, nous n'aurions que des éloges bien sincères à lui adresser. Malheureusement, ce n'est là qu'un prologue, et l'avoué de la Ville se livre à des dissertations inspirées sans doute par la bonne intention de servir amoureusement sa belle et riche cliente, mais dont la justesse est loin d'être toujours irréprochable et virginale.

Tantôt Me Picard interprète à sa façon notre législation en matière de grande voirie et d'expropriation pour cause d'utilité publique ; parfois il essaye de déterminer, de son autorité privée, le mode de capitalisation du revenu d'une propriété, et il émet en cette circonstance des principes que le jury repousse d'ordinaire, et que nous avons dû combattre dans les trois derniers numéros de *la Revue Municipale*.

Enfin, il expose sur la *plus-value* résultant des améliorations réalisées dans tel ou tel quartier, des opinions si étranges, que notre devoir est de leur barrer passage pour leur faire subir la visite qu'on impose aux objets prohibés.

Avant d'aborder de front la discussion d'une de ces théories infortunées, qu'il nous soit permis de dire toute notre pensée sur la haute mission que la Ville de Paris doit constamment tenir à honneur de remplir.

A notre avis, tout ce qui émane de l'Édilité parisienne doit porter l'empreinte sévère d'un grand savoir, d'une profonde érudition, d'une intelligence lumineuse et d'une équité parfaite.

Pareille et aussi sainte obligation est imposée aux agents qui parlent au nom de la première administration municipale de l'Europe. Les défenseurs de la Ville de Paris doivent s'imposer une grande réserve, se défendre d'un zèle exagéré qui, loin de garantir l'Administration, la découvre davantage. Il ne faut jamais exposer l'Édilité parisienne à être discutée, combattue victorieusement, car tout échec est une déchirure à sa robe de pourpre.

En ce qui concerne les expropriations, ce n'est pas une raison, même un prétexte, alors que les avocats des expropriés se livrent d'ordinaire à des divagations fabuleuses, à des exagérations fantastiques dont le bon sens du jury fait toujours justice, ce n'est pas une raison, disons-nous, pour que le défenseur de la Ville risque une opinion que la réflexion et la sagesse écartent comme le vent éparpille la fumée dans l'air..

Dans son argumentation, M⁰ Picard doit être ferme, solide, vrai, irréprochable toujours et quand même.

La discussion suivante va démontrer à nos lecteurs que l'intelligence élevée du défenseur de la Ville n'est pas exempte d'erreurs et de déceptions.

Dans le courant du mois d'octobre dernier, nous assistions, selon notre habitude, aux séances du jury.

Il s'agissait d'une section du boulevard de Beaujon. Après avoir indiqué sommairement le but de l'opération, Me Picard ajouta les paroles suivantes :

« On ne manquera pas, messieurs les jurés, de re-
» vendiquer la plus-value. Elle est réelle et considé-
» rable ; mais devez-vous en tenir compte aux expro-
» priés ? Il ne faut pas oublier que cette plus-value est
» la conséquence des améliorations récemment exécu-
» tées dans cette partie de la ville et au prix des plus
» grands sacrifices. On ne doit accorder aux expro-
» priés que les seules indemnités auxquelles ils avaient
» droit *avant* la réalisation de ces percements, sans
» tenir compte d'un excédant qui n'est pas une aug-
» mentation normale de la valeur de la propriété dans
» cette partie du faubourg Saint-Honoré. »

Cette citation est rigoureusement exacte, et plusieurs des assistants l'ont notée comme nous pendant l'allocution du défenseur de la Ville.

Eh bien, nous allons poser en face de cette opinion un principe tout différent et que nous formulons en ces termes :

« Dès qu'une plus-value s'est produite dans un quar-
» tier de Paris, n'importe lequel, que cette plus-value
» soit le fait de travaux exécutés par la Ville ou de
» toute autre circonstance, les jurés en doivent tou-
» jours compte aux expropriés. »

Mettons ces deux opinions en présence.

D'abord, et avant tout, sur quoi le jury a-t-il à statuer ? Sur des indemnités à donner *de suite* pour des immeubles qu'on exproprie, pour des industries qu'on déplace *à l'instant même*. Il ne s'agit pas de savoir ce que rapportaient ces immeubles, ce que valaient ces industries, mais bien et uniquement d'apprécier leur situation présente pour les indemniser selon le préjudice actuel, *pendant que la blessure saigne*, pour nous servir des expressions employées par un jurisconsulte éminent auquel nous soumettions notre pensée.

M⁰ Picard répliquera sans doute : Mais telle maison, par exemple, qui ne rapportait en 1855 que dix mille francs de revenu, en donne, en 1860, quinze mille. Il y a là une différence énorme et provenant du fait seul de nos travaux qui ont transformé tout le quartier.

Ainsi, c'est la Ville qui a payé ces améliorations, et c'est encore la Ville qui tiendrait compte du bénéfice accidentel et dévolu à certains propriétaires ou industriels.

Nous répondons à l'avoué de l'Administration : C'est un bonheur sans doute pour les expropriés et un malheur pour la Ville ; mais que faire ! Cela ne vous donne pas le droit de fausser la législation et de n'allouer qu'une indemnité rétrospective au lieu d'accorder une indemnité présente en réparation d'un préjudice actuel. D'ailleurs votre argumentation est un glaive que vous prenez par la pointe et qui doit vous blesser. Supposons qu'au lieu d'exproprier dans un quartier où la propriété est en hausse, vous ayez à faire la même opération dans une localité où les maisons se trouvent en baisse ; disons encore mieux, admettons que l'expropriation se fasse à une époque calamiteuse, loin de se réaliser dans un moment de prospérité, que feriez-vous ? Ce que vous avez fait en 1831 et 1849, c'est-à-dire que vous vous borneriez à capitaliser un revenu amoindri, désastreux, et que vous ne manqueriez pas de dire aux propriétaires ou industriels qui feraient valoir leur situation florissante avant les événements : que vous n'avez pas à vous occuper du passé, mais bien et uniquement d'allouer présentement une indemnité pour un préjudice actuel.

Ainsi, l'argumentation de Me Picard trouve en elle-même sa réfutation, et l'on va voir que, d'ordinaire, un raisonnement qui tremble sur sa base est un raisonnement injuste.

Une plus-value qui se produit dans un quartier est un avantage dont tous les propriétaires, commerçants et industriels bénéficient. Or, l'expropriation frappe les uns, en épargnant les autres; serait-il juste que les premiers fussent punis par une réduction d'indemnité, tandis que les seconds, qui sont exonérés, en recueilleraient tous les bénéfices. Les expropriés, en cette circonstance, sont toujours les moins heureux, parce que la plus-value que vous leur devez bien réellement, s'arrête au moment où vous prenez ce qui leur appartient, tandis que ceux dont vous ne touchez pas les immeubles ou les industries, ont un avantage présent avec une présomption d'accroissement de fortune dans l'avenir.

Il faudrait donc, pour que votre argumentation fût supportable, mettre sur un même pied d'égalité *expro-*

priés et *exonérés;* il faudrait, si vous proposez de ramener les premiers à leur ancienne situation, qu'il fût
possible d'obliger les seconds à restituer à la Ville la
plus-value dont ils jouissent et que vous contestez à
ceux qui sont condamnés à livrer leurs immeubles.

Or, comme vous sauriez faire payer les uns, de quel
droit prétendez-vous faire contribuer les autres?

Nous trouvons ensuite assez plaisant de la part de
Me Picard de venir dire, pour motiver son refus de
tenir compte de la plus-value, que cet accroissement
de revenu est le résultat des grands sacrifices que la
Ville s'est imposés:

Mais d'abord, une question : Qu'est-ce que la Ville?
Une mineure dont les Édiles sont les parrains, ou
mieux les tuteurs. L'argent dont ces tuteurs ont besoin pour la toilette de cette belle mineure, où le trou-
vent-ils? Dans nos poches, principalement dans celles
des propriétaires, des commerçants et industriels.

Maintenant, voyez où aboutit le raisonnement de
Me Picard ; d'un côté, la Ville nous dirait : — Votre
quartier a considérablement gagné, et j'entends que
l'impôt s'élève au niveau de vos revenus, et de l'autre
je ferai mon profit exclusif si vous êtes exproprié de
cette plus-value à laquelle vous avez si largement contribué.

Heureusement le jury a le sens droit et élevé ; s'il
fauche les exagérations des avocats des expropriés, il
sait aussi faire bonne et loyale justice de la parcimonie
de Me Picard.

Louis Lazare.

QUESTION DES BAUX

PAR RAPPORT AUX DÉCRETS AUTORISANT L'OUVER-
VERTURE DE VOIES PUBLIQUES DANS PARIS,
SANS DÉTERMINER L'ÉPOQUE DE L'EXÉCUTION
DE CES PERCEMENTS.

Nous avons rappelé dans *la Revue Municipale* et dans le cours de notre nouvelle publication, le système d'ensemble suivi dans l'étude du plan de Paris.

Nous avons dit combien ce système qui remplaçait l'ancien mode d'éparpillement si mesquin, si coûteux et si impuissant, était favorable aux améliorations générales autant sous le rapport de la salubrité que dans l'intérêt de la splendeur de Paris.

Malheureusement, l'application de ce système a révélé bien des fautes et causé de graves préjudices qu'il importe de signaler à la sérieuse attention de nos lecteurs.

Lorsque les études concernant le plan de Paris ont été terminées, soudain, dès 1855, éclatèrent de nombreux décrets approuvant l'ouverture d'un grand nombre de voies publiques; mais tous ou presque tous ces actes officiels se taisaient sur l'époque de l'exécution de ces percements.

La publication des plans soumis à l'enquête ne laissait aucun doute sur les propriétés condamnées à l'expropriation et qui se sont trouvées par cette publicité frappées en quelque sorte d'interdit.

Il est facile de comprendre le tort causé non-seulement à la propriété, mais encore au commerce et à l'industrie, placés sous le coup d'une expropriation immanquable pour des projets dont la réalisation restait inconnue.

Voyons d'abord dans quelle situation un pareil état de choses place le propriétaire.

Les baux qu'il a contractés viennent à s'épuiser ; plusieurs appartements ou magasins sont vacants.

Viendra-t-on fonder dans cette propriété, dont la durée est incertaine, un commerce considérable, une industrie importante? Évidemment non. De là un préjudice grave, par le fait seul de l'incertitude de l'époque de l'expropriation.

Maintenant, supposons que ce même propriétaire ait besoin de faire à sa maison des réparations importantes qui dans une situation normale lui permettraient d'augmenter plus tard ses locations devenues plus agréables.

Sous la menace de l'expropriation, le propriétaire est contraint de s'abstenir, au moins en ce qui concerne les dépenses de luxe. Qu'arrive-t-il s'il subit un délai de cinq, de dix ans même? Sa maison se détériore, son revenu s'amoindrit.

Passons au locataire, commerçant ou industriel.

Il peut se trouver dans une position doublement défavorable. Supposons d'abord qu'il arrive à fin de bail. Son propriétaire peut lui dire : Je ne veux ni le renouveler, ni le prolonger, parce que je cherche à m'entendre avec la Ville, et qu'elle se montrera d'autant plus facile à mon égard, qu'elle aura par mon fait moins à payer en indemnités locatives.

Dans un autre cas, le propriétaire peut lui faire acheter chèrement un renouvellement ou une prolongation de bail, car il a grand intérêt à augmenter ses revenus, qui sont un des éléments principaux de l'indemnité.

Maintenant, pour se préparer un nouvel emplacement, pour qu'il puisse recevoir une industrie importante, pour l'agencer enfin, il faut du temps; quelle est alors la position d'un locataire qui sait qu'il doit être exproprié, mais qui est laissé dans l'ignorance complète de l'époque de l'expropriation?

Cette incertitude est donc, comme on le voit, compromettante pour le propriétaire, le commerçant et l'industriel, et par contre préjudiciable aux intérêts de la Ville, obligée de réparer le préjudice matériel qu'elle a causé.

Comment pouvait-on s'épargner une situation si fâcheuse? En faisant précisément tout le contraire de ce qui a été fait.

Le plan d'ensemble terminé comme étude, il fallait lui donner la publicité d'une enquête non partielle, mais générale, puis classer les percements par degré d'utilité et par ordre d'exécution, annoncer nettement que tel projet serait exécuté en 1864, tel autre en 1866 par exemple.

De cette manière, et tout naturellement, se serait établie d'elle-même une heureuse coïncidence entre la durée des baux et l'époque de l'exécution des voies projetées.

Évidemment cette nouvelle situation clairement définie, nettement expliquée, eût été favorable à tous les intérêts sérieux et respectables.

Nous nous réservons de développer cette idée en lui consacrant plusieurs articles.

Louis Lazare.

RAPPORT

SUR

LA NOMENCLATURE DES RUES

ET

LE NUMÉROTAGE DES MAISONS

FAIT A M. LE SÉNATEUR PRÉFET DE LA SEINE

Au nom d'une Commission spéciale (1)

PAR M. CH. MERRUAU

VII

Il restait à examiner si avant d'étendre à la zone annexée les dispositions du décret du 4 février 1805 (15

(1) Voir le 2ᵉ volume, page 224, et le 3ᵉ, pages 68 et 177.

pluviôse an XIII), relatives au numérotage des maisons de Paris, on en modifierait les bases.

Cinq systèmes différents sont pratiqués par les principales édilités du monde :

1° Le plus ancien n'emploie qu'une série de numéros pour toutes les maisons d'une ville : le château du prince régnant ou du principal fonctionnaire commence ordinairement cette unique série, et prend le numéro 1 ; puis viennent les maisons particulières et les édifices publics de la ville proprement dite, et enfin les bâtiments des faubourgs. Un registre matricule, ouvert à la municipalité, les inscrit et les classe au début, selon l'ordre de proximité par rapport au château, ensuite selon l'ordre de construction. Ce système, qui ne saurait convenir qu'à de petites villes, est usité dans beaucoup de cités de l'Italie centrale, de l'Italie méridionale, d'Autriche, de Bohême, de Pologne, etc. On comprend quelles corrections perpétuelles entraînent pour la ville entière chaque démolition ou chaque construction effectuée dans un quartier central. Ordinairement, pour éviter de trop nombreux changements on prend le parti de donner les numéros vacants aux maisons nouvelles, quoiqu'elles s'élèvent sur d'autres points que les maisons détruites ; mais alors une confusion croissante s'introduit d'année en année dans la série ; les numéros que l'arithmétique éloigne le plus les uns des autres sont topographiquement juxtaposés ; loin d'aider à la recherche des domiciles, ils la compliquent. Le recours à d'autres indications plus claires devient alors nécessaire, et, dans quelques grandes villes, l'inscription du nom du propriétaire au-dessus de la porte est passé en usage.

2° Le second système est une amélioration du premier ; il consiste dans la division de la ville en différents quartiers qui prennent chacun une série particulière de numéros. Les maisons de Moscou et d'un certain nombre de villes russes, les villes d'Allemagne, Vienne, Augsbourg, Kœnigsberg, etc., sont ainsi numérotées ; les districts et les sections de Paris n'avaient pas mieux fait, pour la plupart, après 1789. Les inconvénients qui résultent de ce procédé sont considérables ; ils ont été signalés plus haut ; ils s'accroissent en proportion de l'étendue et de la population des quartiers. Plusieurs villes, telles que Vienne, ont jugé d'ailleurs utile de combiner le système ancien avec celui du numérotage par quartier, de telle sorte que chaque édifice porte deux numéros, habituellement de couleurs et de dimensions différentes, celui de la ville et celui du quartier, double cause de confusion et d'erreurs.

3° Une meilleure combinaison est adoptée à Carlsruhe, à Mannheim, à Mayence, etc. Chaque îlot de maisons, ordinairement circonscrit par quatre rues tracées régulièrement, et nommé *quadrat* ou carré, est désigné par une ou plusieurs lettres, et prend, pour les maisons qui le composent, une série de numéros ; plusieurs carrés forment un quartier affectant une couleur spéciale. Ainsi, l'adresse d'un habitant de Carlsruhe doit mentionner la couleur du quartier, la lettre ou les lettres du carré, le numéro de la maison. Ce procédé, applicable aux villes de médiocre grandeur et de construction régulière, ne conviendrait en aucune sorte aux grandes cités qui renferment d'innombrables îlots de maisons de toutes formes, et des voies publiques d'un immense développement, dans lesquelles les recherches, au milieu de couleurs, de lettres et de numéros sans aucun lien méthodique ou apparent aux yeux des passants, deviendraient impraticables.

4° Tous les systèmes qui viennent d'être exposés ont un vice commun : ils n'ont pas pour base l'unité de la rue, et ne sont pas conformes en ce point à la nature des choses. En effet, lorsqu'on parcourt une ville pour y chercher une maison, un édifice, pour y faire, avec certitude et célérité, ses propres affaires ou celles du public, on n'est nullement porté à distinguer et à compter les îlots de maisons, encore moins à étudier les divisions administratives des quartiers. C'est le chemin qu'il faut suivre dont on s'inquiète tout d'abord, c'est la voie publique elle-même avec ses deux alignements de maisons qu'on embrasse le plus possible dans son ensemble, et qu'on interroge du regard. Le numérotage par rue est donc le plus commode. La première forme qu'il ait prise est encore pratiquée à Londres, dans beaucoup de villes d'Angleterre et d'Écosse, aussi bien qu'à Genève, à Berlin, à Dresde, à Munich, à Dusseldorf, à Pesth, etc. Il consiste dans l'inscription sur les maisons de chaque rue d'une suite de numéros se succédant suivant l'ordre arithmétique (1, 2, 3, etc.) et commençant par l'un des côtés de la rue pour re-

venir par l'autre au point de départ, de telle sorte que
la maison portant le dernier numéro se trouve en face
de celle qui porte le premier. Il y a un siècle environ
que les maisons ont été ainsi numérotées à Londres.
On n'aperçoit pas qu'une règle fixe et générale y ait
été suivie pour indiquer le commencement des voies
publiques. Oxford street part de l'est et place son premier numéro à droite; le Strand commence à l'ouest
ayant aussi à droite le numéro 1.

5° Le système français, appliqué aux maisons de
Paris depuis 1805, a été décrit et justifié plus haut;
il se résume ainsi : numéros impairs à gauche de la
rue, numéros pairs à droite; entrée des rues déterminée d'après leur direction, par rapport à des points
invariables. Ce mode a été adopté à Londres pour un
certain nombre de voies publiques, principalement
dans le quartier aristocratique du West-End. Regent
street, par exemple, est ainsi numérotée. Le *board* métropolitain paraît avoir tenté, sans succès, de généraliser ce numérotage par une résolution en date du 20
février 1857, qui plaçait l'entrée de chaque rue au
point le plus rapproché de Saint-Paul.

Les villes de Manchester, de Glascow, d'Édim-
bourg, etc., suivent la méthode parisienne, à cette exception près que les maisons des places et des *squares* et
les *terrasses* y conservent l'ordre arithmétique continu.

En Amérique, en Belgique, dans un grand nombre
de villes d'Espagne, à Lisbonne, à Turin, à Naples, à
Milan, dans des cités commerçantes d'Allemagne,
comme Hambourg et Francfort, à Varsovie, à Stock-

holm, à Saint-Pétersbourg, etc., le système de numérotage français paraît adopté et appliqué d'une manière plus ou moins complète. A Saint-Pétersbourg,
la Néva forme un tel circuit, qu'il n'a pas été possible
de déterminer l'entrée de chaque rue d'après le cours
de la rivière ; mais, ce qui vaut mieux encore, le dessin
général de la ville a permis de prendre le palais impérial pour point de départ de la direction de chaque
voie publique.

Le système du numérotage des maisons de Paris sert
donc de modèle à presque toutes les édilités, et, sous
ce rapport, notre administration municipale n'a rien
d'essentiel à emprunter à l'étranger. Toutefois, on
s'est demandé s'il ne serait pas utile de modifier, à
l'exemple de quelques grandes villes, et particulièrement de Saint-Pétersbourg, les règles qui, à Paris,
déterminent le commencement de chaque voie publique.

Dans les rues perpendiculaires ou obliques relativement à la Seine, les numéros s'accroissent à mesure
que l'on s'éloigne du fleuve, rien de plus rationnel.
Les premières constructions se sont élevées au bord
de l'eau ; la ville s'est formée et grossie en s'étendant
sur l'une et l'autre rive ; le numérotage suit donc un
ordre simple, clair, conforme à la succession des faits;
mais, dans les rues parallèles à la Seine, le numérotage commence à l'est, en amont, et suit le cours de
la rivière. Il en résulte qu'un certain nombre de voies
publiques, comme l'avenue de Vincennes, la rue de
Charenton ou celle de Bercy, etc., doivent prendre le
numéro 1 à partir de la ligne des fortifications, c'est-

à-dire au point même où, en réalité, elles finissent. Ce n'est pas tout, deux voies ayant à peu près la même direction, mais l'une étant rangée parmi les parallèles, et l'autre parmi les obliques, terminent ou commencent toutes deux leur série de numéros au point même où elles se rencontrent, et, quoique étant orientées d'une manière presque semblable, marchent en sens inverse quant au numérotage. Il y a là un inconvénient qu'on ne peut éviter d'une manière absolue, quoiqu'on le puisse atténuer dans la pratique. Il est, par exemple, peu de rues qui soient rigoureusement parallèles à la Seine et qui ne puissent très-bien être considérées comme obliques, ce qui lèvera parfois toute difficulté; mais cette solution ne peut être appliquée à tous les cas. Aussi plusieurs personnes ont pensé qu'il vaudrait mieux faire partir le numérotage pour toute la ville d'un point central, tel que le Louvre ou l'Hôtel de Ville, de telle sorte que chaque rue prît son commencement à celle de ses extrémités la plus voisine du centre. Ce système, irréprochable en théorie, a été l'objet d'une étude approfondie de la part de la Commission, et elle en a tenté l'application; mais elle s'est promptement aperçue qu'il était impraticable et qu'on avait eu toute raison de l'écarter en 1805. Très-peu de rues de Paris affectent une direction rayonnante; au contraire, la plupart aboutissent perpendiculairement au fleuve ou en suivent à peu près parallèlement le cours. Un très-grand nombre de voies, soit perpendiculaires, soit obliques, soit principalement parallèles, s'éloignent à la fois par leurs deux extrémités du point central qu'on choisirait; d'autres, comme les boulevards, se courbent à l'entour. Si l'on mesurait géométriquement la distance des deux bouts de chaque rue à l'Hôtel de Ville, pour placer le n° 1 à la maison qui en serait le plus proche, on tomberait dans un désordre inextricable; parmi les rues du même quartier, les unes commenceraient à l'est, les autres à l'ouest ou même au nord et au sud, sans raison apparente. On serait bien vite amené à reprendre pour point de départ des rues perpendiculaires le cours de la rivière, et de choisir une grande ligne croisant la Seine, le boulevard de Sébastopol, par exemple, pour en faire le point de départ des rues parallèles, afin d'en accorder, autant que possible, le numérotage avec le système de rayonnement. Serait-ce un avantage? Au contraire; d'abord l'embarras recommencerait à l'égard des rues obliques. Pour en marquer le commencement, rapporterait-on leur direction à la Seine ou au boulevard de Sébastopol? Ensuite, toutes les voies qui traversent cette dernière ligne devraient être divisées, et des noms différents devraient être imposés à leurs deux parties; enfin, dans le système actuel, les rues sont classées seulement en trois catégories : 1° perpendiculaires ou obliques à la Seine, sur la rive droite; 2° perpendiculaires ou obliques à la Seine, sur la rive gauche; 3° parallèles au fleuve sur l'une et l'autre rive. Dans le nouveau système, elles seraient classées en cinq catégories au moins : 1° perpendiculaires à la Seine, sur la rive droite; 2° perpendiculaires à la Seine, sur la rive gauche; 3° perpendi-

IV.   5

culaires au boulevard de Sébastopol, à l'est ; 4° perpendiculaires au boulevard de Sébastopol, à l'ouest ;
5° obliques à l'une ou l'autre des lignes maîtresses,
selon une règle qu'il n'est pas facile de déterminer. La
mémoire en serait-elle aidée ? Les recherches en seraient-elles plus faciles ? La Commission ne l'a pas
pensé ; elle a jugé que le système de 1805 est encore
le meilleur, malgré quelques inconvénients, que l'on
peut corriger dans la pratique, et elle est d'avis, Monsieur le Préfet, d'en étendre l'application à la zone annexée.

RÉSUMÉ.

VIII

L'ensemble de nos propositions se résume ainsi :

Maintenir, pour l'ancien Paris, et appliquer aux nouveaux territoires municipaux le système de nomenclature des rues et le système de numérotage des maisons,
tels que les usages parisiens et les dispositions succes-
sives de l'autorité publique les ont établis ;

Réduire les diverses espèces de voies publiques exis-
tant aujourd'hui aux catégories suivantes pour les
voies publiques : *boulevards, avenues, rues, ruelles,
faubourgs, quais, places, impasses ;* pour les voies pri-
vées et closes : *passages, galeries, cités ;*

Réunir sous une même dénomination les voies publiques qui sont le prolongement l'une de l'autre, qui
ont le même axe, une largeur sensiblement égale, une
semblable direction, et dont le parcours, n'excédant

pas 3,000 mètres, n'est pas interrompu par les boulevards, les quais ou une ligne de premier ordre servant
de limite à des arrondissements ;

Donner un nom différent à chaque voie, si ce n'est
à des voies contiguës et appartenant à des catégories
diverses, qui peuvent alors, sans inconvénient, recevoir un nom identique, conformément aux états ci-
joints ;

Soumettre ces propositions à la double épreuve des
délibérations du Conseil municipal et de l'enquête publique ;

Demander la consécration d'un projet définitif par
un décret de l'Empereur.

PROJET

DE

DÉPLACEMENT ET DE RECONSTRUCTION

DE

L'HOTEL DES POSTES

I

En déposant à l'enquête son plan pour le déplacement et la reconstruction de l'Hôtel des Postes, l'Autorité cherche évidemment à interroger l'opinion publi-

que sur un projet qui touche à de si graves intérêts.

Avant de les discuter, dans la bonne intention au moins de servir l'Administration autant que les Parisiens, il importe de rappeler aussi succinctement que possible l'origine de cet établissement.

L'hôtel occupé encore aujourd'hui par l'Administration des Postes, n'était, vers la fin du quinzième siècle, qu'une maison ordinaire ayant pour enseigne : *l'Image de Saint-Jacques*. Elle appartenait alors à Jacques Rebours, procureur de la Ville. Jean-Louis Nogaret de la Valette, duc d'Épernon, l'acheta et la fit rebâtir. — Elle fut vendue par Bernard de Nogaret, son fils, à Barthélemy d'Hervart, contrôleur général des Finances, qui reconstruisit cet hôtel presque entièrement, et en fit une habitation splendide.

Elle devint ensuite la propriété de Joseph-Jean-Baptiste Fleuriau d'Armenonville, chevalier, garde des Sceaux de France.

Ici, presque tous les écrivains qui se sont occupés de l'histoire des monuments de Paris, ont commis une erreur en disant que cet hôtel appartenait au comte de Merville, ministre et secrétaire d'État aux affaires étrangères, lorsque le Roi en ordonna l'acquisition en 1757, à l'effet d'y placer le bureau des Postes.

Voici l'extrait d'une pièce officielle que nous devons à l'obligeance d'un de nos lecteurs :

« Le 1er mars 1757, par contrat passé devant Briant » et Doyen, notaires au Châtelet de Paris, le sieur Lau- » rent Destouches, architecte et conseiller, secrétaire » du Roi et maître-général contrôleur et inspecteur

» des bâtiments de la Ville de Paris , garde ayant
» charge des fontaines publiques, et maître des œuvres
» de charpenterie de ladite ville, et dame Anne-Char-
» lotte Julie Beausire, son épouse, duement autorisée
» de son mari, ont solidairement vendu au Roi, un
» grand hôtel appelé l'*hôtel d'Armenonville*, sis à Pa-
» ris, rue Plastrière (1), faisant deux coins de la rue
» Verdelet et l'un des coins de la rue du Coq-Héron.....
» moyennant la somme de *cinq cent mille livres*, avec
» intérêt au denier vingt jusqu'à parfait payement... »

La confirmation faite en Parlement, à la requête du
Procureur général du Roi, est du 30 août 1758 (2).

II

On ne découvre aucune trace de l'institution des
postes durant les siècles de barbarie qui suivirent la
chute de l'empire romain. C'est à Charlemagne qu'appartient l'honneur de s'être occupé le premier de leur
organisation.

Cette haute et merveilleuse intelligence avait pres-
senti les services qu'elle pouvait rendre, en rattachant
à un centre commun les diverses provinces de son vaste

(1) Depuis rue Jean-Jacques Rousseau.
(2) Cette pièce, qui nous permet de rectifier une erreur
trop longtemps accréditée, nous a été confiée par M. Destouches, propriétaire, l'un des descendants de Laurent Destouches, architecte et conseiller, secrétaire du Roi. M. Destouches est beau-frère de M. Lefuel, architecte de S. M.
l'Empereur.

empire. « Partout où j'étendrai le bras, disait le grand
Empereur, je veux sentir battre sous ma main le cœur
de la nation. » Charlemagne répara les voies militaires
dont les Romains avaient sillonné la Gaule, et institua
peu de temps après des courriers qui s'appelaient *vere-
darii* ou *cursores*.

De Charlemagne à Louis XI, on ne peut se procurer
de nouvelles des provinces que par l'entremise des
messagers, que l'Université avait seule le droit d'envoyer dans les principales villes du royaume.

L'esprit vif et pénétrant de Louis XI apprécia bientôt tout le parti qu'on pouvait tirer de cette institution.
Le 19 juin 1464, parut un Édit dans lequel Sa Majesté
expose « qu'ayant mis en délibération avec les sei-
» gneurs du Conseil qu'il est moult nécessaire et im-
» portant à ses affaires et à son Estat de sçavoir dili-
» gemment nouvelles de tous côtéz, et y faire, quand
» bon lui semblera sçavoir des siennes, d'instituer et
» d'establir en toutes les villes, bourgs, bourgades et
» lieux que besoin sera jugé plus commodes, un nom-
» bre de chevaux courants de traite en traite par le
» moyen desquels ses commandements puissent être
» promptement exécutez...

» Ma volonté et plaisir, ajoute Louis XI, est que dès
» à présent et d'ores en avant, il soit mis et establi
» spécialement sur les grands chemins de mon dit
» royaume, personnes stables, et qui feront serment
» de bien et loyalement servir le Roy, pour tenir et en-
» tretenir quatre ou cinq chevaux de légère taille, bien
» enharnachez, et propres à courir le galop durant le

» chemin de leur traite, lequel nombre on pourra aug-
» menter, s'il en est besoin. »

Le caractère sombre et défiant du Roi Louis XI, se
révèle dans cet Édit, dont l'article 10 est ainsi conçu :

« ... Après avoir vu et visité par les dits commis les
» paquets des dits courriers, et connu qu'il n'y ait rien
» de contraire au service du Roy, les cachètera d'un
» cachet qu'il aura du dit grand maître des coureurs,
» et puis les rendra au dit courrier avec passeport que
» Sa Majesté veut être en la forme qui en suit :

» *Maistres tenants les chevaux courants du Roy* (de-
» puis tel lieu jusqu'à tel autre), *montez et laissez*
» *passer le dit courrier* (nommé tel), *qui s'en va* (en
» *tel lieu*) *avec sa guide et malle en laquelle sont* (le
» nombre de tant de paquets de lettres cachetez du
» cachet de notre grand maître des coureurs de France),
» *lesquelles lettres ont été par moy vues, et n'y ai rien*
» *trouvé qui préjudicie au Roy notre sire; au moyen*
» *de quoy, ne lui donnez aucun empeschement, ne por-*
» *tant autre chose que telle somme pour faire son*
» *voyage.* »

On comprend les services qu'un pareil établissement
dut rendre au Roi Louis XI.

Le prix de la *traite* pour quatre lieues, en y comprenant le salaire du guide, est fixé par le même édit,
à la somme de 10 sols.

De grandes améliorations furent successivement introduites dans le service des Postes: Charles VIII mit
la France en correspondance réglée avec plusieurs
États voisins, notamment avec l'Italie.

Henri IV, pour faciliter les communications et rendre les voyages plus fréquents, créa, en 1597, un établissement destiné à fournir aux voyageurs des chevaux de louage de traite en traite sur les grands chemins. — Les considérants de l'Édit du Roi méritent d'être rapportés :

« Comme les commerces accoutumez, dit Sa Ma-
» jesté, cessent et sont discontinuez en beaucoup d'en-
» droits, et ne peuvent nos dits subjects vaquer libre-
» ment à leurs affaires, sinon en prenant la poste qui
» leur vient en grande cherté et excessive dépense; à
» quoi désirant pourvoir, et donner à nos dits subjetcs
» les moyens de voyager et commodément continuer le
» labourage, avons ordonné et ordonnons que par
» toutes les villes, bourgs et bourgades de nostre
» royaume, seront establis des maistres particuliers
» pour chacune traite et journée, déclarant néanmoins
» n'avoir entendu préjudicier aux priviléges et immu-
» nités des Postes. »

Bientôt on réunit les deux institutions des relais et des postes. Sous Louis XIII, il fut ordonné que les courriers partiraient de Paris pour les principales villes du royaume deux fois par semaine, et qu'ils feraient nuit et jour une poste par heure. — Louis XIV exempta les maîtres courriers de la taille pour 60 arpents de terre, de la milice pour l'aîné de leurs enfants, et le premier de leurs postillons, du logement des gens de guerre, de la contribution pour les frais du guet, gardes et autres impositions.

A Louis le Grand appartient également l'honneur

d'avoir créé la poste aux lettres ou petite poste. Voici
le titre concernant cette fondation :

« Louis, par la grâce de Dieu... Considérant que la
» grande étendue de notre ville de Paris et la multi-
» tude des personnes qui la composent, causent beau-
» coup de longueur ou de retardement au nombre in-
» fini des affaires qui s'y traitent et qui s'y négocient,
» nous avons reconnu qu'il étoit nécessaire d'apporter
» quelque ordre particulier, afin d'en avoir une plus
» prompte et diligente expédition, et après avoir exa-
» miné plusieurs propositions qui nous ont été faites
» sur ce sujet, nous n'en avons pas trouvé de plus in-
» nocente pour les particuliers, ni de plus advanta-
» geuse pour le public, que l'établissement de plu-
» sieurs commis dans notre dite ville de Paris, lesquels
» étant divisés par quartiers, auront la charge et le
» soing de partir tous les matins, et de prendre chacun
» dans un bon nombre de boistes, qui seront mises en
» différents endroits des dits quartiers pour la commo-
» dité de tout le monde, les billets, lettres et mémoires
» que l'on est obligé d'écrire à tous moments et à tou-
» tes rencontres, et de là les porter dans une boutique
» ou bureau qui sera dans la *Cour du Pallais*, pour y
» être distribuez par ordre de quartier, et rendus par
» les dits commis sur-le-champ, diligemment et fidè-
» lement à leurs adresses, d'où retournant reporter au
» Pallais sur le midy et à trois heures, et même plus
» souvent, s'il est nécessaire, les billets, lettres et mé-
» moires qui auront été mis dans les dites boîtes pen-
» dant le dit temps, etc.

» Considérant aussi que ceux qui sont à Paris ont
» plus d'affaires avec les personnes qui sont dans la
» dite ville qu'avec ceux qui sont dans les provinces,
» dont on a bien souvent plus facilement des nouvelles
» et des responses que ceux qui sont dans les quartiers
» esloignés, et qu'il est bien à propos d'establir, pour
» la facilité du commerce et pour la commodité du pu-
» blic , une correspondance si nécessaire à tout le
» monde, et particulièrement aux marchands qui ne
» peuvent quitter leurs boutiques, à l'artisan , qui n'a
» rien de si cher que le temps et son travail qui le
» nourrit, et à l'officier, qui, de quelque condition
» qu'il soit, devant l'assiduité à son exercice, ne le
» peut abandonner...

» A ces causes... nous avons donné à nos chers et bien
» amez les sieurs de *Nogent* et de *Villahier*, maistres
» des requêtes, en considération des bons et agréables
» services qu'ils nous ont rendus et rendent tous les
» jours, la permission et faculté de faire ledit établis-
» sement dans notre ville et fauxbourgs de Paris, et
» autres villes de notre royaume, où ils verront qu'il
» sera nécessaire, à l'exclusion de toutes autres per-
» sonnes, pendant le temps et espace de quarante an-
» nées, durant lesquelles nous voulons et entendons
» que les dits sieurs de Nogent et de Villahier jouis-
» sent seuls de la dite faculté, de tous les profits et
» émoluments qui en pourront venir.

» Données à Paris, au mois de mai de l'an 1653, et
» de notre règne le 11ᵉ.

» Signé : LOUIS. »

Il est un fait à constater de suite, parce qu'il a une certaine signification dont nous tirerons parti dans le cours de la discussion que nous allons soulever : Sa Majesté Louis XIV avait fait droit à la juste observation présentée par le Prévôt des Marchands, Antoine le Febvre, au nom des Échevins et Conseillers de Ville qui étaient unanimement d'avis de placer le nouvel établissement au centre de Paris, c'est-à-dire dans la cour du palais que nous appelons aujourd'hui le Palais de Justice.

III

L'institution nouvelle ne réussit pas dans ses premiers moments; aussi Pellisson en parle-t-il comme d'une apparition qui devait bientôt s'évanouir. — On trouve dans une annotation écrite de sa main, en marge d'une lettre que mademoiselle de Scudéry lui avait envoyée par l'entremise de la *boîte des billets*, cette curieuse indication : « M. de Villahier avoit obtenu un » privilége ou don du Roi pour pouvoir seul establir » ces boistes, et avoit ensuite establi un bureau au » Pallais, où l'on vendoit pour un sol pièce certains billets imprimés et marqués d'une marque qui lui estoit particulière. Ces billets ne contenoient autre » chose, sinon : *Port payé ce jour de... l'an mil six* » *cent cinquante trois ou cinquante quatre.* Pour s'en » servir, il falloit remplir le blanc de la date du jour et » du mois auquel vous escriviez, et après cela vous » n'aviez qu'à entortiller le billet autour de celui que

» vous escriviez à votre ami et les faire jeter ensuite
» dans la boiste. »

Le secret des lettres ne resta pas longtemps sans être
violé. Le Ministre Louvois, le premier, se rendit coupable de cette insigne perfidie.

Sous le règne de Louis XV, on décachetait avec soin
toutes les lettres dont les adresses faisaient soupçonner
la relation d'intrigues galantes ou politiques. On en
faisait des extraits, puis les billets étaient recachetés et
envoyés à leur adresse. L'intendant des Postes venait
tous les dimanches offrir à Sa Majesté le relevé des in-
fidélités hebdomadaires.

Le docteur Quesnay, dit madame de Hausset dans
son journal, s'est mis devant moi plusieurs fois en fu-
reur sur cet infâme ministère, comme il l'appelait. —
« Je ne dînerais pas plus volontiers, disait-il, avec
l'intendant des Postes qu'avec le bourreau. »

Des lettres patentes de mai 1653, date, comme nous
l'avons dit, l'établissement de la petite poste, qui demeura jusqu'en 1790 une institution privilégiée.

Jusqu'en 1663, les postes ne rapportèrent à l'État
d'autres revenus que ceux résultant de la vente des
charges d'employés. Frappé de l'importance toujours
croissante du produit des lettres, qui appartenait aux
titulaires, le Ministre Louvois, mit les postes en ferme.
Ce fut un nommé Lazare Patin qui, en 1663, en devint
fermier général par un bail de onze années que l'on
prolongea ensuite de neuf ans. Voici quels furent, à
différentes époques, les baux consentis par l'Administration :

En 1663, 1er bail,   **1,200,000**
    1683, 2e —   **1,800,000**
    1695, 4e —   **2,820,000**
    1713, 8e —   **3,800,000**
    1764, 18e —   **7,113,000**
    1778, 24e et dernier bail, **12,000,000**

IV

PRODUITS DIVERS

DE

L'ADMINISTRATION DES POSTES PENDANT LES ANNÉES 1861, 1862.

Nombre et produit des Lettres.

ANNÉES	NOMBRE DE LETTRES		PRODUITS réalisés
	AFFRANCHIES	TAXÉES	
1861	244.059.000	29.141.000	273.200.000
* 1862	224.820.000	24.980.000	249.800.000
* 11mois			

Lettres renfermant des valeurs déclarées.

ANNÉES	NOMBRE de lettres	SOMMES déclarées	DROIT PERÇU
1861	815.418	521.860.670	524.649
1862	974.520	598.272.741	620.224

Lettres chargées.

ANNÉES	NOMBRE de lettres	PRODUIT
1861	1.997.700	1.238.900
* 1862	1.669.300	1.055.700
* 9 mois		

Produit de la vente des Timbres-Poste.

ANNÉES	NOMBRE	PRODUIT
1861	328.803.250	48.733.600
1862	358.691.751	52.066.297

Nombre et produit des Journaux et imprimés
de toute nature.

ANNÉES	NOMBRE d'objets	PRODUIT
1861	188.930.000	3.611.233
* 1862	173.270.000	3.116.100
* 11 mois		

Articles d'argent reçus.

ANNÉES	NOMBRE	PRODUIT
1861	3.572.019	90.680.923^f 74^c
1862	3.552.259	90.972.527 85

Nota. Ces chiffres représentent les produits réalisés en 1861 et la majeure partie de 1862, par tous les bureaux de poste de l'Empire Français.

V

L'établissement de la rue Jean-Jacques Rousseau occupe une superficie de 6,363 mètres. L'hôtel des Postes est formé d'anciens bâtiments dont les dispositions ne sauraient permettre l'agencement des différents services de cette importante administration. Situé au milieu d'un quartier populeux, où les rues sont toutes trop étroites, cet établissement ne saurait être agrandi, ses abords ne pourraient être régularisés, sans dépenses considérables que nécessiterait l'expropriation de nombreuses maisons.

L'hôtel des Postes est donc aujourd'hui une espèce de barrage qui s'oppose à la circulation toujours difficile dans ce quartier qui réclame impérieusement de grandes et larges percées.

C'est une vérité que l'Administration municipale reconnaissait déjà vers 1853, et qu'elle consignait l'année suivante sur le plan des améliorations futures de la ville de Paris.

En effet, sur ce plan deux voies sont projetées ; elles coupent l'une et l'autre l'hôtel des Postes.

La première, partant de la place du Louvre, doit aboutir au carrefour des rues Montmartre et de Cléry, et se prolonger ensuite jusqu'au boulevard Poissonnière.

La seconde est destinée à établir une communication des plus utiles entre la place Saint-Eustache et la place de la Bourse.

On pourra donc tirer un excellent parti de l'aliénation de cet établissement, dont la superficie, comme nous l'avons dit, est de 6,363 mètres, et dont les terrains d'un lotissement facile auront des façades sur de nouvelles voies.

Il y a une dizaine d'années, le Gouvernement et l'Administration municipale avaient décidé la démolition de l'hôtel des Postes.

Ils étaient également tombés d'accord sur le choix d'un autre emplacement. Le nouvel hôtel des Postes devait être circonscrit par la place du Châtelet, le quai de la Mégisserie. la rue des Lavandières et son prolongement, et la rue Jean Lantier continuée.

Cet emplacement était des plus heureux. Le nouvel établissement allait se trouver en communication avec la rive gauche presque aussi facilement qu'avec les quartiers de la rive droite. Il se trouvait accessible de partout ; de l'est à l'ouest par la grande ligne des

quais, du nord au sud par les boulevards de Sébastopol.

Un traité fut passé à ce sujet entre l'État et la Ville
de Paris, le 28 avril 1854, puis un décret impérial du
21 juin de la même année en rendit les clauses exécu-
toires.

L'Administration municipale s'empressa de se con-
former à ces clauses ; de nombreuses maisons furent
expropriées, puis démolies, et le terrain parfaitement
libre et dégagé était tout prêt à recevoir les constructions qui devaient s'élever d'après les plans et sous la
direction de *M. Grisart*, architecte, lorsqu'on annonça
l'ajournement de cette intéressante opération.

Mais l'Administration municipale, on le comprend
aisément, ne pouvait laisser sans emploi des terrains
chèrement acquis ; aussi, fut-elle obligée, après une
assez longue attente, d'utiliser ce vaste emplacement,
en construisant une salle de spectacle connue maintenant sous le nom de théâtre du Châtelet, et en prolongeant l'avenue Victoria.

VI

L'emplacement sur lequel on propose aujourd'hui
de construire le nouvel hôtel des Postes, aurait pour
limite au midi la rue de Castiglione, au nord la rue
Saint-Honoré, à l'est la rue de Luxembourg, et à
l'ouest la rue de Mondovi, qui serait prolongée jusqu'à
la rue Saint-Honoré. Pour régulariser cet emplace-

IV.   6

ment, il faudrait démolir un ancien édifice religieux, l'église de l'Assomption, dont nous allons rappeler l'origine.

C'était autrefois l'église d'une communauté établie en **1632** par le cardinal François de La Rochefoucault. Les religieuses n'eurent d'abord qu'une petite chapelle; mais bientôt elles achetèrent un hôtel voisin, sur l'emplacement duquel fut construite l'église que nous voyons encore aujourd'hui.

L'architecte, Charles Érard, directeur de l'Académie française à Rome, fournit les dessins. Cet édifice fut achevé en **1676**. Le **14** août de cette année, la veille de l'Assomption, l'église fut bénite par l'archevêque de Bourges, qui le lendemain y officia pontificalement.

Supprimée en **1789**, cette maison religieuse devint propriété nationale. Plus tard l'empereur Napoléon Ier, qui avait placé son patron à la date du **15** août, jour de la fête de l'Assomption, décida que cette église deviendrait la paroisse du **1**[er] arrondissement, et qu'elle remplacerait l'église de la Madeleine de la Ville-l'Évêque, dont elle reçut officiellement la dénomination — mais l'usage a fait prévaloir le nom de l'Assomption.

C'est donc sur l'emplacement de cette église qu'on démolirait, ainsi que la caserne voisine bâtie sur des terrains provenant de l'ancien couvent de l'Assomption, qu'on propose de construire le nouvel hôtel des Postes.

VII

L'État peut avoir un intérêt quelconque à tirer parti

de cet emplacement. Il y a là sans doute une combinaison financière plus ou moins avantageuse, mais au
point de vue municipal, en ce qui concerne l'intérêt
parisien, on ne peut rencontrer un emplacement plus
malheureux.

En effet, si le nouvel établissement ne souffre pas,
sous le rapport de la circulation de l'est à l'ouest, s'il
est à peu près desservi par la rue Saint-Honoré, bien
qu'elle soit encore trop étroite en cet endroit, il manquera évidemment de voies perpendiculaires à la Seine,
c'est-à-dire du nord au sud, et les quartiers de la rive
gauche n'auront aucun accès facile dans le nouvel établissement.

Le mouvement et la circulation entretenus par l'hôtel
des Postes, viendront toujours se briser contre la grille
du jardin des Tuileries.

Quelle différence sous ce rapport entre l'emplacement du Châtelet et celui de l'Assomption !

N'oublions pas de rappeler une vérité que nos administrateurs ne sauraient méconnaître.

L'inégalité de plus en plus déplorable qui existe
entre les quartiers de la rive gauche et ceux de la rive
opposée, avait évidemment impressionné le Conseil
Municipal, lorsqu'il délibérait en janvier 1854 sur l'é-
tablissement d'un nouvel hôtel des Postes.

Construit sur le premier de ces emplacements, au
Châtelet, l'hôtel des Postes, au confluent de deux voies
magnifiques, larges, splendides, eût été grandement à
l'aise.

Sur le second, à l'Assomption, il faudra le chercher,

le découvrir, et l'on ne pourra l'aborder, surtout du sud au nord, qu'avec difficulté.

A quoi bon ensuite accumuler les établissements publics aux abords du palais du Souverain, qu'il faudrait au contraire tenir toujours libres, vastes et dégagés? Pourquoi provoquer dans le voisinage des Tuileries une accumulation, un flux et reflux de piétons et de voitures?

Le seul établissement que le souverain ait réellement besoin d'avoir à sa disposition, dans sa main, est celui du télégraphe.

En vue de quelle nécessité publique détruire ensuite et de gaieté de cœur un monument religieux à une époque où l'on réédifie sagement nos anciennes basiliques, où l'on construit avec raison de nouvelles églises?

Si le monument de l'Assomption ne peut être utilisé comme église, est-il donc impossible de l'affecter à un établissement municipal quelconque?

L'Assomption, outre son caractère religieux et si respectable, rappelle encore la date de la fête du Souverain, et sa destruction ne devrait-elle pas répugner à nos administrateurs?

Ce choix d'un pareil emplacement qui froisse tous les sentiments nobles et généreux, qui s'accuse par la destruction d'un édifice religieux, est hostile, comme on le voit, à tous les intérêts bien entendus de la Ville de Paris.

VIII

Maintenant, où conviendrait-il de placer le nouvel hôtel des Postes?

En cette occasion, nos études historiques peuvent nous venir en aide, et le passé doit servir d'enseignement au présent.

Lorsque le roi Louis XIV fonda la petite poste aux lettres en 1653, Sa Majesté daigna consulter les Magistrats parisiens sur le choix d'un emplacement.

Le Prévôt des Marchands et les Échevins furent d'accord sur la nécessité de placer le nouvel établissement dans le centre de Paris, c'est-à-dire dans la cour du Palais, en la Cité.

Voici un extrait du mémoire rédigé à cette occasion; il porte la date du 10 mars 1653 :

« ... On ne doit pas, écrivait le premier Magistrat
» de la ville, laisser Paris s'égarer, en s'agrandissant
» oultre mesure du côté du septentrion... Autant que
» faire se peut, il faut que le fleuve de Seyne coupe la
» ville en deux parties égales.

» Pour maintenir cet advantage, *il faut asseoir au*
» *milieu de Paris tous les établissements dont le public*
» *a besoin chaque jour...* De cette façon tous les quar-
» tiers de la dite ville en profiteront également... Par
» une administration injuste et maladroite, si l'on éloi-
» gnoit ces établissements du centre de la ville, on fa-
» voriseroit, aux dépens des autres, certains quartiers
» qui se développeroient et s'enrichiroient, en faisant

» l'indigence et par suite la misère des autres... Puis
» la physionomie de Paris deviendroit difforme ; il y
» auroit des quartiers riches, et par contre des quar-
» tiers pauvres. Il ne faut pas, dans l'intérêt du Roy,
» notre cher Sire, que les gros soyent d'un côté et les
» menus de l'autre, il les faut bien et duement mel-
» langés... Sommes d'avis pour ces raisons de placer
» la boiste aux lettres dans la cour du Pallais...

» ANTOINE LE FEBVRE,
» Prévôt des Marchands. »

Sans doute de cruels et nombreux démentis ont été
donnés à ces principes si sages et si conservateurs de
l'autorité souveraine.

Tous les établissements qui exercent une influence
heureuse sur la richesse, le commerce et l'industrie,
sont venus, depuis le commencement de ce siècle surtout, favoriser les quartiers de la rive droite.

Quant à la rive opposée, son aînée, sa sœur et sa
victime, on lui a successivement imposé tous les établissements qui répugnent au luxe, éloignent la richesse et font fuir le commerce et l'industrie.

A la rive droite, la Bourse, la Banque, les places magnifiques, les théâtres les plus fréquentés.

A la rive gauche, les grands espaces vagues ou des
quartiers mal percés et sans issues, puis les hôpitaux,
tout ce qui répugne au luxe en éloignant le commerce.

On nous répondra : Mais c'est précisément parce que
le commerce et l'industrie se sont emparés depuis des
siècles des quartiers privilégiés de la rive droite, qu'il
nous faut subir ce fait accompli et maintenir l'hôtel

des Postes au moins dans le voisinage de ces grandes et riches agglomérations.

Nous répliquerons :

Mais cette nécessité n'est plus impérieuse maintenant que la Ville de Paris possède des bureaux de poste dans presque tous ses quartiers.

Il ne faut donc pas chercher à favoriser certaines localités, mais bien à donner satisfaction à ce grand principe si heureusement préconisé par le Prévôt des Marchands, Antoine le Febvre, en 1653, c'est-à-dire ramener vers le centre de Paris les établissements qui profitent à tous.

Partant de là, c'est évidemment, selon nous, dans la Cité qu'il faudrait établir le nouvel hôtel des Postes.

Précisément, par suite de démolitions récentes, la Ville possède en cet endroit un vaste emplacement limité à l'ouest par une grande artère, le boulevard de Sébastopol et qui avoisine deux quais d'une largeur plus que suffisante.

Il serait facile sur une partie de ces terrains encore disponibles aujourd'hui, de construire l'hôtel des Postes, auquel on procurerait des abords accessibles de partout.

A défaut de la place du Châtelet, qui donnait satisfaction à tous les intérêts, c'est la Cité, qui n'en est éloignée que de 200 mètres à peine, qui a droit de recevoir le nouvel établissement.

Elle l'obtiendra, si l'intérêt parisien, qui est le premier de tous dans cette question, est défendu comme il doit l'être.   Louis Lazare.

PROLONGEMENT DE LA RUE LA FAYETTE

Partie comprise entre les rues Montholon et du Faubourg-Montmartre.

Tableau des Offres, Demandes et Allocations.

Rue Bleue, 36, Duhait, prop., O. 20 fr. partie ; D. 137,250; A. 40,000. Malvaisin, charbonnier, locat., bail 3 ans environ, 1,000. O. 3,000; D. 21,900; A. 6,000.

Rue Bleue, 29, et passage Saulnier, 24, époux Balaine, prop., O. 20 fr. partie; D. 107,000; A. 60,000. Desnus, épicier, locat., bail 11 ans 3 mois, 1,800 fr. O. 15,000; D. 65,000; A. 38,000. Wub, appartement, 5,600. O. 2,800; D. 40,000; A. 10,000. Décaster, appartement, 2,200. Offre acceptée 1,100.

Partie du sol du passage Saulnier, les propriétaires du sol du passage Saulnier, O. 20 fr. part.; D. 46,726 f. 13 c.; A. 8,000.

Passage Saulnier, 27, époux Cagnon, pr. O. 44,000; D. 89,100; A. 60,000. Mauvais, garni, marchand de meubles, locat., O. 4,500; D. 22,200, A. 8,000.

Passage Saulnier, 29, et rue Bleue, 31, époux Féret et consorts, prop., O. 200,000; D. 319,000; A. 210,000.

Bénard, marchand de vins, locat., bail 10 ans 6 mois, 2,000. O. 14,000 ; D. 80,000 ; A. 30,000. Bertin, D. 4,000; A. 1,000. Jonin, D. 2,925; A. 1,500.

Rue Bleue, 33, Gaultron, prop., O. 140,000 ; D. 180,000; A. 180,000. Dame Lamarche, marchande à la toilette, locat., bail 8 ans 9 mois, 800. O. 3,000. D. 19,700; A. 6,000.

Rue Bleue, 35, et rue Cadet, 36, veuve Merlin et consorts, prop., Offre acceptée 335,000. Devies, boucher, loc., bail 11 ans, 4,000. O. 33,000; D. 228,000; A. 120,000. Bonnet, épicier, bail 6 ans, 1,400. O. 8,000; D. 40,000; A. 20,000. Picquenard, charcutier, bail 4 ans 6 mois, 2,400. O. 18,000 ; D. 77,500; A. 40,000.

Rue Cadet, 34, Dumonceau, prop., Offre acceptée 260,000. Mayaut, pharmacien, locat., bail 1 an, 2,500. O, 8,000; D. 60,000; A. 25,000. Heurat, linger, bail 5 ans, 800. O. 2,000; D. 20,000; A. 8,000. Ponson du Terrail, appartement, 1,600. O. 800 ; D. 8,000 ; A. 1,500.

Rue Cadet, 32, époux Foller, prop., O. 256,000 ; D. 362,000; A. 310,000. Dame Masson, liquoriste, locat., bail 12 ans 9 mois, 1,500. O. 6,000; D. 28,000; A. 10,000. Barras, bourrelier, bail 1 an, 1,100. O. 3,000; D. 19,000; A. 10,000. Sellerier, appartement, bail 9 mois, 1,700. Offre acceptée, 850. Castagnier, marchand de meubles, bail 7 ans 3 mois, 1,500. O. 4,500; D. 4,100; A. 12,000. Belpalme, appartement, bail 2 ans 9 mois, 1,500. O. 750; D. 12.000; A. 3,500.

Rue Cadet, 30, dame Ploix, prop., Offre acceptée

110,000. Lambert Goffarot, marchand d'habits, locat., bail 9 mois, 850 fr. O. 2,500 ; D. 16,000 ; A. 5,000. Roze, marchand de fourrages, bail 9 mois, 3,000. O. 5,000; D. 35,000; A. 12,000.

Rue Cadet, 19, et passage des Deux-Sœurs, 16 et 14 *bis*, M. Labouret et consorts, prop., expropriation totale, O. 800,000; D. 1,445,000; A. 1,200,000. Scheidig et Bordon, banquiers, locat., bail 2 ans, 2,500. O. 2,500; D. 33,235; A. 12,000. Dame Buquet, appartement, bail 5 ans 9 mois, 5,900. O. 3,000; D. 25,000; A. 6,000. Dosch, appartement, bail 2 ans 9 mois, 3,000. O. 1,500; D. 12,000; A. 3,500. Joannès, appartement, bail 2 ans 9 mois, 2,000 fr. O. 1,000; D. 12,000; A. 6,000. Comte Matharel de Fienne, appartement, 3,500. O. 1,750; D. 3,600; A. 3,600. Général de Barollet, appartement, bail 1 an 6 mois, 2,200. O. 1,100; D. 5,650; A. 2,500. Quijano et Cᵉ, commissionnaires, 3,700. O. 3,700; D. 37,000; A. 9,000. Fraisse, entreposeur des tabacs, bail de 6 en 6 mois, 5,200. O. 2,600; D. 18,700; A. 3,000. Devancau, Offre acceptée 2,000. Lefèvre, Offre acceptée 3,000

Rue Cadet, 17, époux Roy, propr., Offre acceptée 150,000. Corsin et Cᵉ, locat., bail 7 ans 6 mois, 1,800. O. 900; D. 21,000; A. 2,000.

Rue Cadet, 15, veuve Godde et consorts, prop., O. 140,000 ; D. 240,000 ; A. 200,000. Martin, coiffeur, locat., bail 1 an, 700. O. 2,000; D. 14,700; A. 7,000. Féval, appartement, bail 2 ans, 1,000. O. 500; D. 2,200; A. 1,000. Loisel, horloger, O. 800; D. 6,000; A. 4,000.

Rue Cadet, 13, dame Mouchet, prop., O. 600,000; D. 1,310,700; A. 1,000,000. Petit, marchand de chaussures, locat., bail 4 ans 3 mois, 000. O. 3,500; D. 24,000; A. 10,000. Dame Godefroy, épicière, bail 5 ans 9 mois, 1,000. O. 6,000; D. 40,000; A. 18,000. Jourdain, chapelier, bail 4 ans 3 mois, 800. O. 3,500; D. 21,000; A. 8,000.

Rue Cadet, 11, Rennes et consorts, prop. des constructions, O. 20 fr. partie ; D. 185,000 ; A. 75,000. Demoiselle Dutruil, prop. du sol, Offre acceptée 24,500. Bertault, lithographe, locat., bail finissant en 1880, O. 12,000; D. 67,500; A. 40,000.

Rue du Faubourg-Montmartre, 42, et passage des Deux-Sœurs, 14 et 12, époux Leblanc et consorts, pr , O. 200,000; D. 460,000; A. 320,000. Leblanc, manége, locat., O. 45,000; D. 238,000; A. 130,000.

Rue de Buffault, 24, époux Thuillier (bail amphitéotique), l'Assistance publique, propriét. du sol, O. 68,295; D. 95,494; A. 80,000. Adam, loc., O. 45,556; D. 53,662 ; A. 50,000. Dorre, teinturier, bail 11 ans, 1,200. O. 600 ; D. 21,500; A. 8,000. Chère, cordonnier, bail 3 ans 9 mois, 400. O. 3,000; D. 14,500; A. 6,000. Marey, médecin, 1,300. O 1,300; D. 19,700 ; A. 4,000. Carrey, professeur de danse, bail 11 ans, 800. O. 5,000; D. 85,000; A. 18,000. Demouy, cabinet d'affaires, bail 2 ans 9 mois, 1,000. O. 1,000; D. 24,500; A. 3.000. Demoiselle Frontier, fleuriste, bail 11 ans, 2,800. O. 900; D. 20,000; A. 5,000. Preinsler père et fils, photographes, bail 11 ans, 1,500. O. 750; D. 31,000; A. 4,000. Dame Valin, Offre acceptée 300.

Rue de Buffault, 22, Tournay et consorts, bail emphitéotique. O. 57,876; D. 144,800; A. 90,000. L'Assistance publique, prop. du sol, O. 124,000; D. 400,600;
A. 198,000. Régault, locat., O. 70,405; D. 80,000; A.
79,000. Louet, voitures à bras, bail 7 ans 6 mois, 2,000.
O. 5,000; D. 45,000; A. 18,000. Ménissier, fruitier,
bail 5 ans 3 mois, 500. O. 2,500; D. 22,452; A. 6,000.
Tournay, plombier, bail 11 ans, 6,000. O. 25,000; D.
127,000; A. 60,000. Demoiselle Louet, modiste, bail
7 ans 6 mois, 600. O. 2,000; D. 12,000; A. 5,000. Pa-
fritti, fleuriste, bail 1 an, 1,600. O. 2,500; A. 4,600.
Dame Cotiny, appartement, 2,800. O. 1,400; D. 26,000;
A. 6,000.

Rue Buffault, 20, dame Giberton, bail emphitéotique, O. 31,400; D. 37,000; A. 35,000. L'Assistance publique, prop. du sol, O. 44,000; D. 144,300; A. 86,000.
Veuve Boudin, locat. Offre acceptée 20,500. Demoiselle Guébe, principale locataire, hôtel meublé, bail 11
ans, 6,000. O. 14,000; D. 85,500; A. 35,000. Gentil,
linger, bail 11 ans, 1,800. O. 4,500; D. 18,000; A.
9,000. Scio, professeur de danse, bail 11 ans, 1,150.
O. 3,000; D. 43,300; A. 15,000. Vernay, marchand à
la toilette, bail 4 ans 3 mois, 800. O. 3,000; D. 17,500;
A. 6,000.

Rue de Buffault, 18, et passage des Deux-Sœurs, 7.
époux Hurez, bail emphitéotique, O. 77,868; D.
136,999; A. 107,000. L'Assistance publique, prop. du
sol, O. 109,000; D. 352,500; A. 138,000. Legendre,
locat., O. 33,132; D. 37,975; A. 37,000. Hurez, serrurier, bail 11 ans, 2,200. O. 15,000; D. 49,600; A.

30,000. Guizard, marchand de vins, bail 4 ans 9 mois, 1,560. O. 6,500; D. 36,000; A. 10,000. Wepler, modiste, bail 1 an 6 mois, 1,300. O. 3,000; D. 15,000; A. 6,000. Poustier, menuisier, bail 11 ans, 850. O. 3,000; D. 15,000; A. 5,000. Benjamin, vétérinaire, bail 11 ans, 1,600. O. 9,000; D. 88,500; A. 30,000. Debray, atelier de cordonnier, bail 1 an 9 mois, 1,200. O. 2,000; D. 18,600; A. 3,000. Bing, tailleur, bail 2 ans 3 mois, 380. O. 500; D. 3,000; A. 1,000.

Rue de Buffault, 16, veuve Adeline, bail emphytéotique. O. 126,000; D. 254,234; A. 167,000. L'Assistance publique, prop. du sol, O. 124,000; D. 400,600; A. 160,800. Fleury, tapissier, locat., bail 1 an, 1,000. O. 3,000 ; D. 16,000 ; A. 5,000. Tavernier, fruitier, bail 3 mois, 1,000. O. 1,000 ; D. 12,000 ; A. 2,500. Clément, doreur, bail 1 an, 2,300. O. 4,000; D.15,000; A. 20,000. Louply, zingueur, O. 3,300; D. 20,000; A. 8,000.

Rue de Buffault, 14, époux Fonteyne, bail emphitéotique, O. 44,700. D. 91,500; A. 63,000. L'Assistance publique, prop. du sol, O. 44,000; D. 144,300; A. 54,000. Jacquillat, serrurier, locat., bail 11 ans, 2,000. O. 10,000; D. 70,000 ; A. 22,000. Fonteyne, chaudronnier, 2,000. O. 10,000; D. 67,500; A. 20,000.

Rue de Buffault, 12, époux Delaloge, bail emphytéotique, O. 66,000; D. 112,500; A. 79,000. L'Assistance publique, prop. du sol, O. 64,000; D. 193,000; A. 96,900. Alix, grainetier, locat., bail 11 ans, 2,100. O. 1,100; D. 32,180; A. 12,000. Markowski, professeur de danse, bail 11 ans, 3,500. O. 25,000; D.

160,000; A. 40,000. Montagne, relieur, bail 4 ans 3 mois, 740. O. 2,000; D. 8,600; A. 5,000.

Passage des Deux-Sœurs, 5, époux Merland, bail emphytéotique, O. 46,000; D. 68,500; A. 56,000. L'Assistance publique, prop. du sol, O. 44,000; D. 112,200; A. 46,500. Camus, parfumeur, locat., bail 11 ans, 2,800. O. 25,000; D. 154,000; A. 45,000.

Rue de Buffault, 7, Ville de Paris, prop. Guéret frères, sculpteur, locat., bail 5 ans 3 mois, 3,987 fr. O. 18,000; D. 72,200; A. 25,000.

Rue de Buffault, 5, dame Galbrumer, propriét., O. 290,000; D. 409,000; A. 330,000. Richard, locat., O. 5,500; D. 13,400; A. 6,000. Veuve Platbuer, O. 600; D. 12,200; A. 6,000.

Rue de Buffault, 3, époux Bruneau, propriét., O. 166,000; A. 201,000. Doby, traiteur, locat., bail 9 m. 1,240. O. 2,000; D. 31,145; A. 10,000. Deleule, blanchisseur, bail 1 an 3 mois, 840. O. 1,500; D. 18,750; A. 8,000.

Rue de Buffault, 1 et rue du Faubourg-Montmartre, 48, époux Hormel, prop., O. 250,000; D. 531,580; A. 360,000. Picquet, fruitier, locat., bail 5 ans 9 m., 1,500. O. 7,000; D. 30,000; A. 18,000. Fleuriot, marchand de vins, bail 11 ans, 3,500. O. 30,000; D. 80,000; A. 50,000. Beausoleil, fapricant de corsets, bail 6 ans 9 mois, 2,400. O. 1,200; D. 21,000; A. 3,000. Veuve Ledunois, cordonnier, bail 7 ans, 1,200. O. 4,500; D. 25,000; A. 9,000. Bégault, limonadier, bail 3 ans, 1,500. O. 1,500; D. 25,000; A. 3,000. Valadier, O. 175; D. 4,000; A. 200. Chamont, D. 10,000; A. 400.

Rue du Faubourg-Montmartre, 50, dame veuve Berthelôt, prop., O. 240,000; D. 600,000; A. 380,000. Cogniart, principal locat., hôtel meublé, bail 8 ans 3 mois, 13,100. O. 40,000; D. 200,000; A. 80,000. Blin, bonnetier, bail 8 ans 3 mois, 4,000. O. 30,000; D. 125,000; A. 70,000. Sauffroy, marchand de glaces, b. 1 an 9 mois, 2,390. O. 10,000; D. 68,700; A. 20,000.

Rue du Faubourg-Montmartre, 52, dame Dubastry, prop., O. 480,000; D. 7,217,000; A. 620,000. Dubray, marchand de chaussures, loc., bail 10 ans 6 mois, 3,500. O. 20,000; D. 105,500; A. 50,000. Roger, linger, bail 2 ans 3 mois, 2,200. O. 10,000; D. 47,500; A. 20,000. Dame Masse, mercière, bail 4 ans 6 mois, 1,600. O. 8,000; D. 45,000; A. 25,000. Demoiselle Leguet, modiste, bail 1 an 9 mois, 2,800. Offre acceptée, 6,000. Crousse, appartement, bail 2 ans 3 mois, 2,600. O. 1,300; D. 2,600; A. 2,600. Itasse, appartement, b. 1 an 3 mois, 3,500. O. 1,750; A. 3,500. Delaroche, appartement, bail 2 ans 6 mois, 3,400. O. 1,700; D. 3,400; A. 3,400.

3ᵉ ÉDITION

DICTIONNAIRE ADMINISTRATIF ET HISTORIQUE

DES

RUES ET MONUMENTS

DE PARIS

PAR FÉLIX LAZARE

Chef de section à la Préfecture de la Seine

ET

LOUIS LAZARE

Directeur des *Publications Municipales*.

⸺◦◈◦⸺

PROSPECTUS.

L'extension des limites de la Ville de Paris rendait indispensable cette troisième édition d'un ouvrage dont le Conseil Municipal avait daigné consacrer deux fois l'utilité.

Désireux de nous rendre dignes de cette approbation, nous ne devions pas nous borner à coudre quelques feuillets nouveaux à nos précédentes éditions, nous avons voulu refaire entièrement cet ouvrage, en nous inspirant des sages conseils de nos magistrats, en suivant les bons avis de nos autres lecteurs.

Ce volume ne comporte pas de discussions administratives; ce que nous avions à faire devait être, avant tout, pour nous servir des expressions d'un ancien Conseiller Municipal: l'*État-civil des Rues et Monuments de Paris.* '

Cette collection de documents amassés péniblement durant vingt-cinq années, et qui s'est grossie et complétée de tous les actes intéressant l'ancienne banlieue récemment annexée à Paris, est devenue le recueil le plus nécessaire à la propriété, et le manuel le plus indispensable pour les architectes et les entrepreneurs.

Les uns et les autres doivent y trouver toute une série de renseignements impossibles à recueillir ailleurs, tant ils sont disséminés dans nos archives publiques, dans les collections particulières et les différents services ressortissant soit aux Ministères, soit à l'Administration Municipale.

Rendons cette vérité saisissante, en présentant un exemple de cette utilité de notre Dictionnaire.

Qu'une personne désire acheter une maison dans une rue ancienne ou nouvelle. Toujours un acte quelconque, lettres patentes, édit, ordonnance Royale ou décret Impérial a sanctionné la formation de cette voie, mais sous certaines conditions, de nature soit à déprécier les immeubles, soit à leur donner une plus-value.

Certaines de ces conditions obligent au même degré ou favorisent également les acquéreurs primitifs et les propriétaires qui leur ont succédé.

Eh bien! d'un côté, si ces documents sont ignorés,

ne peut il pas en résulter un préjudice pour les acquéreurs, alors que la clause inconnue avant l'aliénation,
vient ensuite et tout à coup déprécier l'immeuble ?

De l'autre côté, que des personnes manquant de
renseignements s'abstiennent d'acquérir par prudence,
et que les conditions ignorées soient avantageuses et
lucratives, cette ignorance ne cause-t-elle pas la perte
d'une plus-value certaine que notre livre eût épar-
gnée ?

Maintenant, quant aux architectes et entrepreneurs,
c'est pour eux plus qu'une nécessité, c'est un devoir
de connaître tous les documents qui s'appliquent à la
propriété parisienne, parce que leur mission est de la
sauvegarder.

Ils ont besoin d'être fixés non-seulement sur les
termes de l'acte officiel qui a consacré le percement,
mais encore sur d'autres documents qui en dérivent,
tels que la longueur de la voie, la hauteur des maisons
et les obligations de toute nature qui incombent aux
riverains.

Les officiers ministériels, les notaires, les avoués
auxquels notre œuvre s'applique encore plus utilement,
n'auront plus à craindre la perturbation qui doit être,
pour un temps assez long ; la conséquence forcée des
nombreux changements que l'Administration Municipale a dû nécessairement introduire dans la nomenclature des rues de Paris.

Notre Dictionnaire doit épargner aux notaires et
avoués toute confusion dans l'énoncé des titres de
propriété ou autres, par rapport aux dénominations

de nos voies parisiennes, confusion qui engendrerait une foule de contestations et de procès dont ces offi·ciers ministériels seraient en définitive responsables.

En effet, chaque article consacré à une rue ou place quelconque indiquera non-seulement sa dénomination actuelle et officielle, mais encore et successivement tous les noms que cette voie aurait portés, si nombreux que soient à reproduire ces différents changements.

Nous établirons également la coïncidence des arrondissements et quartiers anciens avec les nouveaux, en rappelant aussi, lorsqu'il s'agira de la partie annexée, les noms des communes auxquelles ces localités appartenaient avant qu'elles ne fussent absorbées par la Ville de Paris ; de cette manière, nous rattacherons complétement le passé et le présent à la même chaîne.

Parmi les améliorations que nous avons introduites dans notre seconde édition, et que nous devons étendre à la troisième, parce que l'expérience l'a consacrée, celle qui a rapport à la publication d'*articles généraux* s'est trouvée heureusement adoptée.

En effet, il y a grande économie de temps pour le lecteur à trouver réunis aux articles AVENUES, BOULE-VARDS, MARCHÉS, PONTS, etc., tous les documents qui s'y rattachent, et forment un ensemble de nature à rendre le travail facile et les appréciations toujours justes.

Ce système, qui abrége les recherches en les classant, n'exclut pas cependant les articles qui doivent être spécialement consacrés à chacun de nos boulevards, marchés, ponts, etc.; loin de là, les articles particuliers sont les compléments indispensables des articles généraux.

En effet, qu'une personne désire être fixée sur le nombre et l'importance des églises qui existent dans Paris; c'est évidemment au travail d'ensemble qu'elle devra recourir. Là, elle trouvera tout ce qui a rapport au culte catholique.

S'il s'agit de connaître uniquement soit l'origine d'une église, soit son style d'architecture ou bien ses accroissements et sa circonscription, c'est à l'article particulier qu'il faudra s'adresser, et ce sera chose facile en suivant l'ordre alphabétique.

En dehors des articles généraux et particuliers, nous avons pensé qu'il fallait donner à la STATISTIQUE une importance en rapport avec les changements successifs qui se sont opérés dans Paris.

Ce travail est devenu d'une nécessité plus impérieuse encore depuis l'extension des limites de la Capitale; aussi le lecteur trouvera-t-il immédiatement après le PRÉCIS HISTORIQUE SUR PARIS, tous les documents qui s'appliquent aux différents services administratifs tels que ceux de la *Grande Voierie*, du *Pavage*, de l'*Éclairage*, de *la distribution des Eaux*, des *Octrois*, etc., etc.

Ces renseignements coordonnés avec soin n'offriront pas seulement un intérêt de curiosité, mais ils permettront encore aux administrateurs de se rendre compte de la progression des différentes branches de l'Administration Municipale, et d'établir certaines comparaisons utiles entre l'Édilité Parisienne et celles de Londres, de Vienne, de Berlin, de Saint-Pétersbourg et autres.

Toutefois, la partie administrative si complète qu'elle soit, même alors que la statistique en est le résumé indispensable, ne pourrait faire de notre travail qu'une œuvre utile et nécessaire à certaines classes de lecteurs.

Nous avons voulu, tout en lui conservant son caractère sérieux et instructif, que notre travail excitât la curiosité du plus grand nombre en s'adressant à tous.

Nous croyons être parvenus à généraliser, en la motivant, l'acquisition de notre Dictionnaire en ajoutant à l'administration LA PARTIE HISTORIQUE.

Ainsi, à l'article de chaque voie publique, nous reproduirons non-seulement les faits intéressants qui s'y rattachent, mais nous ferons connaître encore les illustrations qui sont nées ou se sont éteintes dans cette rue:

Nous traiterons avec plus de respect, avec une affection encore plus filiale, les noms qui rappellent de touchantes vertus, de nobles dévouements, de pieuses abnégations que ceux qui consacrent les souvenirs d'une gloire retentissante, trop souvent prodigue de sang et de larmes.

Dans la rédaction des biographies de nos illustrations, nous nous souviendrons de ces nobles paroles d'un Magistrat que nous estimons le plus digne entre tous, non-seulement parce qu'il était plein de talent, de sagesse et de prud'homie, mais mieux encore parce qu'il sut mourir pour rester fidèle à son serment et à son Roi :

« Autour du trône de la divinité, — disait le Prévôt » Jacques de Flesselles,— au jour de la rémunération, » se grouperont les guerriers qui illustrent la patrie, » les poëtes qui l'éclairent, les artistes qui l'enrichis- » sent et les hommes de bien qui l'honorent... La cha- » rité sera toujours au premier rang plus en vue de » Dieu, et la robe de bure précédera le manteau d'her- » mine... »

Si certaines dénominations de nos rues de Paris doi- vent être considérées par les familles comme des pa- trimoines d'honneur précieux à conserver, tâchons qu'elles deviennent pour le peuple d'utiles enseigne- ments et de nobles sujets d'émulation.

Un *Précis historique* servant d'introduction à notre Dictionnaire et rappelant la petite Lutèce habitée par de pauvres bateliers, indiquera les développements successifs d'une ville si chétive à sa naissance et qui depuis deux siècles est la préférée, la Cité-Reine de l'Europe, ayant son poids dans les destinées du monde.

Ici s'offrent à notre pensée ces paroles de Charles- Quint au Roi François Ier. Elles font voir que le vain- queur avait raison d'être jaloux de la gloire du vaincu, et que le Souverain de toutes les Espagnes pressentait les hautes destinées que Dieu réservait à Paris.

« L'Espagne, disait Charles-Quint, est parvenue à sa » suprême élévation. Mais cette réunion de tant de pro- » vinces aux idiomes différents, aux instincts contrai-

» res, ne saurait former un Empire fort et durable.
» Une seule maille détachée de cet immense filet et
» l'Europe m'échappe !...

» Vous êtes, mon frère, le Souverain d'une na-
» tion forte et unie. Examinez cette carte de l'Europe,
» Dieu a si heureusement placé la France et Paris,
» qu'il faut un jour ou l'autre que la France devienne
» la grande nation et Paris la vraie Capitale de l'Eu-
» rope ; LUTETIA NON URBS SED ORBIS !... Voilà, mon
» frère, le secret de ma jalousie, la cause de nos divi-
» sions. »

Après avoir étudié les édits, les lettres patentes, les
ordonnances et les décrets concernant les monuments
de Paris, nous sommes allés bien souvent nous mettre
en présence de ces édifices qui par leur grandeur et
leur beauté exaltent l'intelligence ou ennoblissent le
cœur. Cherchant à élever notre âme à l'unisson de ces
merveilles, nous avons salué chaque Souverain dans son
génie comme dans son œuvre, que le Souverain ait
nom Charles V, François Ier, Henri IV, Louis XIV ou
bien Napoléon.

Il n'y a pas de distinctions dynastiques à établir
dans l'appréciation des œuvres d'art, la nation domine
tout. C'est pour sa gloire que les Souverains comme les
artistes s'unissent pour produire en vue de la postérité.

Aussi, lorsque parcourant les rues de Paris appuyés
sur notre bâton de pèlerin, nous rencontrons la *Sainte-
Chapelle*, nous pensons à ce Roi qui fut tout à la fois
un législateur, un héros, un saint.

Pour recevoir dignement les précieuses reliques apportées d'Orient, la Sainte-Chapelle s'éleva, chef-d'œuvre admirable, où se sont rencontrés, fondus d'un seul jet, le génie d'un grand artiste et la piété d'un grand Roi.

Alors, par un mouvement instinctif de reconnaissance et de respect, nous nous découvrons, et nos lèvres, que notre cœur entr'ouvre, murmurent ces mots:

SALUT AU ROI LOUIS IX!

Si nous passons devant le *Collége de France*, nous nous souvenons du Roi chevalier, du gentilhomme instruit et bien disant, de François Ier.

Sous son règne tant calomnié par les condottieri de l'histoire, la langue française jusqu'alors rude et sauvage s'assouplit et fut écrite avec douceur, esprit et naïveté.

La peinture, éclatante comme le soleil de l'Italie qui l'avait inspirée, la peinture orna les palais de François Ier, qui assistait à la mort de Léonard de Vinci et confiait Fontainebleau au Primatice.

La royauté française se greffait sur les beaux-arts, à ce moment suprême où l'Italie, cette belle et luxuriante Italie, était en plein épanouissement de grandeur et de poésie.

L'Europe subitement éclairée, répétait les noms de Bramante, de Michel-Ange et de Raphaël, comme elle redisait dans tous les idiomes les amours de Roméo et de Juliette. Le Tasse et l'Arioste allaient chanter la chevalerie, dont François Ier devait être le dernier comme le plus brillant modèle.

SALUT AU ROI FRANÇOIS Ier!

Si nous traversons la place Royale, nous pensons au Roi Henri IV, qui en ordonna la construction par lettres patentes de juillet 1605, à l'effet d'y établir des manufactures de draps de soie. Cette circonstance nous rappelle la noble résistance d'un grand Magistrat qui s'opposait en ces termes au projet du Souverain :

« Sire, la Capitale de votre Empire ne doit pas être » une ville de commerce, encore moins d'industrie et » flanquée de manufactures. La grande raison mili- » tante et à ce pourquoi, c'est que le cœur d'un État » doit être dégagé, dans la main de l'autorité souve- » raine et Royale. Si vous attirez à Paris, par vos fa- » briques, un essaim prodigieux d'artisans et d'ou- » vriers, vous vous condamnez à leur donner toujours » de l'ouvrage ; si vous n'en pouvez mais, dans vos » caques, si l'argent manque, gare la sédition, votre » trône est sur un tonnelet de poudre. »

Sait-on ce que Henri IV répondit :

« Compère Myron, je sais m'entendre dire que j'ai » tort quelquefois ; on s'appuie sur les chênes, non sur » les roseaux. Je ferai droict à votre sagesse et pru- » d'hommie. »

En effet, les bâtiments de la place Royale ne servi- rent plus à des fabriques, mais devinrent de splen- dides hôtels habités par les premières familles de de France.

Tour à tour nous voyons passer sous les arcades de la place Royale le prince de Condé, le grand Corneille, le duc de La Rochefoucault, Marion de Lorme, Vincent de Paul, Ninon de Lenclos, Molière, madame de Longueville, le cardinal de Richelieu, Françoise d'Aubigné, de Thou et Cinq-Mars.

Tous ces noms qui représentent le génie, la beauté, le courage, la charité et le malheur, ont retenti dans ces salons les mieux écoutés de l'Europe.

Enfin, c'est au Roi Henri IV qu'un grand Magistrat écrivait : « Syre, vous êtes doulx et bénin à l'endroit du pôvre et menu peuple, cela doit plaire encore plus à Dieu que vos victoires de Coutras et d'Ivry. »

SALUT AU ROI HENRI IV !

Si nous passons devant l'*Hôtel des Invalides*, nous nous rappelons avec reconnaissance l'édit du mois d'avril 1674, qui constate avec quelle noblesse le Roi Louis XIV sut acquitter, au nom de la France, une dette sacrée :

« Considérant, dit Sa Majesté, que rien n'est plus » capable de détourner ceux qui auroient la volonté de » porter les armes et d'embrasser cette profession, que » de voir la méchante position où se trouveroient ré- » duits la plupart de ceux qui s'y étoient engagés, et » n'ayant pas de biens, y auroient vieilli ou été estro- » piés, si l'on n'avoit soin de leur subsistance et entre- » tènement; nous avons pris la résolution d'y pour- » voir, etc. »

— Maître Mansard, que coûtera la construction de l'hôtel des Invalides? disait un jour Louis XIV à son premier architecte.

— Cinquante millions, Sire, pour élever un monument digne de Votre Majesté et de la grande nation qu'elle représente.

— Faites, Monsieur, la France se chargera des avances ; les étrangers rembourseront.

En parlant ainsi, le grand Roi prévoyait l'attraction que Paris exercerait sur l'Europe par la beauté et la richesse des monuments dont Louis XIV voulait doter sa Capitale.

Lorsqu'il met à exécution ses projets inspirés par la charité, le langage du Souverain est encore plus noble et plus digne.

Au sujet de la fondation de l'*Hôpital-Général*, depuis la Salpêtrière, aujourd'hui Hospice de la Vieillesse (femmes), Louis XIV s'exprime en ces termes dans l'édit du 27 avril 1656 :

« Considérant les pauvres mendiants comme membres vivants de Jésus-Christ, et non comme membres inutiles de l'État, et agissant en la conduite d'un si grand œuvre, non par ordre de police, mais par le seul motif de la charité... »

SALUT A SA MAJESTÉ LE ROI LOUIS XIV !

Si nous traversons l'ancienne rue du Coq-Saint-Honoré, pour entrer dans la cour du Louvre, nous songeons à celui de nos anciens Rois dont le noble cœur était le plus sympathique aux malheureux. Citons à ce sujet un fait historique bien précieux à conserver.

Nos grand'mères se souviennent du rigoureux hiver de 1783 à 1784. Il tomba dans le mois de décembre une grande quantité de neige à Paris, et le froid devint si vif, que le malheureux qui s'endormait sans feu, ne se réveillait plus !

Le Roi Louis XVI écrivit de suite au contrôleur général des finances de mettre à la disposition du Lieutenant de police l'argent nécessaire pour acheter du bois et des vêtements aux indigents.

Dans la lettre du Prince, on remarque cette phrase touchante : « Les malheureux sont surtout mes enfants, et je ne veux pas qu'ils souffrent. »

Louis XVI donna plus de quatre cent mille livres de son argent ; la famille royale et la cour complétèrent un million.

Le 15 janvier, une députation des dames de la Halle se présentait aux Tuileries pour remercier Sa Majesté. Celle qui devait porter la parole était une belle et douce jeune fille qu'on appelait la Reine des Halles. Le plaisir de se trouver devant le Roi lui causa une telle émotion, qu'elle oublia son compliment. Mais son cœur la tira d'embarras. « Sire, dit la jeune fille, je n'ai pas de mémoire ; mais vous êtes si bon et si généreux, que je vous aime de toute mon âme. Permettez-moi de vous embrasser. »

Le Roi ne se fit pas prier et lui donna deux bons gros baisers qui furent reçus avec plaisir. La Reine des Halles eut l'honneur de dîner à la Cour, à la droite de Sa Majesté.

Ce fut le lendemain le tour des hommes. Les forts de la Halle, après avoir mis en réquisition tous les gamins de Paris, érigèrent au coin de la rue du Coq et de celle Saint-Honoré, un singulier monument. C'était une pyramide de neige de la hauteur d'un étage ; parmi les inscriptions placées sur le monument, il en est une qui fit pleurer de plaisir le Roi Louis XVI.—La voici :

Louis, les indigents que ta bonté protége,
Ne peuvent t'élever qu'un monument de neige ;
Mais il plaît davantage à ton cœur généreux
Que le marbre payé du pain du malheureux !

On sait par cœur toutes les vertus de Louis XVI ; mais on connaît moins tout le bien qu'il a fait à Paris. Sa sollicitude paternelle ne s'étendait pas seulement sur tous les établissements utiles et destinés à soulager les classes nécessiteuses, son intervention favorisait aussi les beaux-arts, qui exercent sur une grande nation comme la France une si heureuse et si légitime influence.

Les lettres patentes qui suivent sont un glorieux témoignage de ce touchant intérêt pour la musique, de tous les arts celui qui impressionne le plus vivement la brillante imagination des Parisiens. La peinture et la sculpture sont des arts d'*imitation*, la musique est un art d'*expansion*.

« Versailles, le 31 mars 1780.

» La nécessité des spectacles dans les grandes villes » de notre royaume et principalement dans notre bonne » ville de Paris, est un objet qui a de tout temps attiré » l'attention des Rois nos prédécesseurs, parce qu'ils » ont regardé le théâtre comme l'occupation la plus » tranquille pour les gens oisifs et le délassement le

» plus honnête pour les personnes occupées. C'est dans
» cette vue, qu'indépendamment de ses comédiens or-
» dinaires, le feu Roi, notre très-honoré seigneur et
» ayeul avoit permis en 1716, l'établissement d'une
» troupe de comédiens italiens ; mais malgré le talent
» et le zèle des acteurs qui la composoient, ils n'eurent
» qu'une faible réussite, et ce spectacle ne s'est jamais
» soutenu que par des moyens étrangers et toujours
» insuffisants jusqu'au moment où, en 1762, on y a
» réuni l'*Opéra-Comique*. Si depuis cette époque, ce
» théâtre a été fréquenté toutes les fois qu'on y don-
» noit des opéras bouffons et autres pièces ; d'un autre
» côté, le public montroit si peu d'empressement pour
» voir les comédies en langue italienne, que quand on
» les représentoit, le produit de la recette ne suffisoit
» pas même pour payer la moitié des frais journaliers;
» mais désirant conserver dans notre bonne ville de
» Paris un spectacle qui puisse contribuer à l'amuse-
» ment du public, nous avons établi une nouvelle
» troupe qui, sous le titre ancien de *Comédiens Ita-*
» *liens*, représentera des comédies françaises, des opé-
» ras bouffons, pièces de chant, soit à vaudevilles, soit
» à riettes et parodies...

» Nous nous sommes déterminés à cet arrangement
» d'autant plus volontiers que, par le compte que nous
» nous sommes fait rendre de ce spectacle depuis
» 1762, nous avons remarqué que le genre de pièces
» de chant y avoit fait des progrès aussi rapides qu'é-
» tonnants. La musique française, qui jadis étoit l'objet
» du mépris et de l'indifférence des étrangers, est ré-

» pandue aujourd'hui dans toute l'Europe, puisqu'on
» exécute les opéras bouffons et français dans toutes
» les cours du Nord et même en Italie, où les plus
» grands musiciens de Rome et de Naples applaudis-
» sent au talent de nos compositeurs français... »

Cette création ou mieux cette restauration de l'opéra
comique n'est pas le seul acte en faveur de Paris qui
date de ce règne ; d'autres établissements recommand-
dent encore le nom de Louis XVI au souvenir reconnaissant de l'histoire. On lui doit l'institution des
Sourds-Muets, l'établissement du Mont-de-Piété, les
Jeunes-Aveugles, le bureau des Nourrices, l'hôpital
Necker, l'hôpital Beaujon, l'hôpital du Midi, l'hôpital
Cochin, l'hospice de La Rochefoucault.

L'école des Mines est fondée en vertu d'un arrêt du
Conseil, en date du 17 mars 1783.

Les bâtiments de l'école de Médecine et de Chirur-
gie sont construits sous Louis XVI, qui en pose la première pierre le 4 décembre 1774. Cette royauté n'avait
alors que six mois d'existence ; quoique bien jeune,
elle était déjà productive.

L'école Royale de chant date de 1784 ; elle est fondée
par arrêt du Conseil du 3 janvier, à la sollicitation du
baron de Breteuil.

Telles sont les principales créations en faveur de
Paris, sous le règne du Roi Louis XVI ; elles recom-
mandent aussi son nom au souvenir reconnaissant de
l'histoire.

Le 2 novembre 1789, l'Assemblée Constituante supprimait les ordres monastiques et déclarait les biens du clergé propriétés nationales et aliénables.

A cette époque, on comptait dans Paris 3 abbayes d'hommes, 6 de femmes, 46 couvents ou communautés d'hommes, 65 couvents ou communautés de femmes, 63 églises dépendant de communautés religieuses, 36 chapelles publiques et 53 collèges. Plusieurs de ces établissements surpassaient en étendue nos villes de quatrième ordre. Il était donc difficile alors de trouver des acquéreurs, car les grandes fortunes se cachaient ou fuyaient à l'étranger. Pour rendre praticable l'aliénation avantageuse de ces anciennes maisons religieuses, il fallait nécessairement les morceler.

Cette mesure fut proposée par l'administration du domaine des travaux publics. — Le Corps municipal adopta cette idée, en la combinant avec les améliorations de Paris.

Un décret de la Convention Nationale, en date du 4 juin 1793, décréta l'établissement d'une Commission dite des Artistes chargés de proposer dans un délai déterminé la division et les percées susceptibles d'augmenter la valeur des Domaines nationaux et de favoriser la salubrité et les embellissements de la ville.

Malheureusement, l'exécution de cette mesure laissa beaucoup à désirer. Ainsi, telle rue dut être percée, telle place ouverte, non pour répandre l'air et la vie, mais pour détruire un monument, pour abattre une croix, pour faire de l'argent. Des architectes habiles ont bien dressé ce plan, on y découvre certaines idées heureuses, utiles, grandes, généreuses ; mais des hommes politiques leur ont dit trop souvent : Coupez cet hôtel, abattez ce palais, renversez cette église; nous ne voulons plus de nobles, nous n'avons plus de Roi, nous ne croyons pas en Dieu !

Les projets indiqués sur le plan de la Commission des artistes sont au nombre de 108 ; la rive gauche en compte 60, la rive droite n'y figure que pour 48.

En traçant l'historique de ces communautés religieuses, notre ouvrage donne les dates des aliénations, en indiquant les voies exécutées entièrement ou en partie sur les terrains que ces couvents occupaient.

La loi du 28 ventôse an VIII renouvela tout le système administratif de la France. Elle substitua aux anciens Magistrats deux Préfets : l'un du département remplissant en partie les fonctions attribuées au Prévôt des Marchands; l'autre, de la police, représentant à peu près l'ancien Lieutenant général.

L'article 11 de la loi fixe à vingt-quatre pour Paris le nombre des membres du Conseil Municipal, qui est réduit plus tard à seize par l'arrêté du 25 vendémiaire an IX.

En recevant pour la première fois aux Tuileries les membres composant le Corps municipal de Paris, Napoléon Ier s'exprima en ces termes :

« Partout, messieurs, où le Pouvoir veut étendre le » bras, il doit sentir sous sa main battre le cœur du » pays. Que l'administration de la Capitale soit pater-

» nelle, mais forte et unitaire. Le calme dans Paris,
» c'est le repos de la France. »

Il ne faut pas suivre seulement le génie de Napoléon Ier dans l'improvisation des grandes et nobles
créations qui feront rayonner son nom à travers les
siècles, le Souverain est encore plus attachant à étudier dans son affection toute paternelle pour les classes
laborieuses.

Ainsi, en ce qui concernait l'approvisionnement de
Paris, Napoléon ne cessait de répéter au comte Frochot,
son Préfet de la Seine :

« Multipliez vos marchés d'arrondissements; mettez-
» en un ici, là, partout où l'ouvrier le demande, où la
» bonne ménagère le réclame. »

Et comme l'Empereur, lorsqu'il donnait des ordres,
entendait être obéi, les marchés Saint-Germain, Saint-
Martin, des Carmes et des Blancs-Manteaux furent
construits.

L'établissement si manifestement utile des abattoirs
date également de la première époque impériale. Ces
abattoirs, au nombre de cinq, remplacèrent les anciennes tueries qui compromettaient la salubrité publique, et formaient dans les ruelles les plus étroites
du vieux Paris d'affreux cloaques mêlés de sang et de
boue.

De 1805 à 1815, dans une période de dix années
seulement, dix-sept fontaines sont érigées dans Paris ;
huit sur la rive droite, neuf sur la rive gauche.

Le nombre des rues ouvertes dans la Capitale sous
le Consulat et l'Empire, s'élève à 90.

Parmi ces rues, voici les plus importantes par dates de créations : rues de Castiglione, de Mondovi, des Pyramides, de Rivoli, du Mont-Thabor, de la Paix, Richepance, Tronchet, etc.

Pour la première fois, les noms des rues de Paris ont une touchante et noble signification ; tantôt ils rappellent de grandes batailles qui obligent une nation, plus souvent encore ils honorent la mémoire d'un guerrier, d'un savant, d'un poëte, et cette reconnaissance nationale que le Souverain fait sculpter dans la pierre, à l'angle de nos voies publiques, devient pour les familles un patrimoine d'honneur précieux à conserver. Les actes concernant ces dénominations paraissent tous empreints de ce laconisme qui sied à 'a gloire, de cette sobriété antique qui convient à l'héroïsme.

Au sujet d'une voie qui doit être percée dans le quartier de l'Arsenal, Napoléon Ier s'exprime en ces termes : « La rue bordant la partie latérale gauche de » l'ancienne église des Dames-de-Sainte-Marie, pren- » dra le nom de rue *Castex*, en mémoire du colonel du » 13e régiment d'infanterie légère, tué à la bataille » d'Austerlitz. »

Plusieurs ponts d'une grande utilité sont construits et reçoivent, ainsi que les quais nouvellement bâtis, un glorieux baptême. Le pont du Jardin des Plantes s'appelle pont d'Austerlitz, et le pont jeté sur le fleuve en face de l'École militaire, prend le nom d'Iéna, en vertu d'un décret daté du Palais de Varsovie, le 13 janvier 1807.

Mais il faut encore à une grande Capitale comme la ville de Paris autre chose que des rues, des marchés, des places et des ponts ; il est de ces nécessités de splendeur auxquelles les Souverains doivent donner satisfaction, s'ils veulent que l'attraction que cette Reine exerce sur le monde soit de plus en plus irrésistible.

Aussi Napoléon Ier ne cessait-il de répéter à son Préfet de la Seine, le comte Frochot :

« On ne saurait administrer la Ville de Paris comme
» un marchand de la rue des Lombards ou de la Ver-
» rerie gère son commerce de pruneaux ou de pista-
» ches, mais bien en prévision des hautes destinées
» que Dieu réserve à cette grande Cité.

» Regardez la carte de l'Europe ; étudiez-la. Paris
» est si bien placé, cette ville est déjà si riche en mo-
» numents, si attrayante par les plaisirs qu'on y trouve,
» le caractère du Parisien est tellement sympathique,
» que toutes ces causes réunies feront de Paris la vraie
» capitale de l'Europe. Cette vérité, les étrangers pour-
» ront la contester par orgueil, mais ils la subiront
» par une volonté suprême. »

Aussi, *l'Arc de Triomphe de l'Étoile*, ce monument qui résume nos gloires les plus vives, nos gloires nationales, qui se dresse le plus superbement dans le splendide panorama de Paris, est décrété le 18 février 1806, le *Temple de la Gloire*, le 30 mai 1807, et le *Palais de la Bourse*, le 16 mars 1808.

Les deux Gouvernements qui ont succédé au premier Empire ont aussi apporté en dot à la Ville de Paris d'utiles créations, et il est juste de reconnaître qu'ils ont fait progresser tous les services administratifs.

La Restauration fut sagement inspirée en conservant, pour diriger les grandes affaires de la Ville, le comte Chabrol, nommé Préfet de la Seine dès 1812. Le Roi Louis XVIII a fait preuve d'esprit en imposant silence aux ennemis du Magistrat, par cette repartie des plus heureuses : *M. de Chabrol a épousé la Ville de Paris, et j'ai aboli le divorce.*

Le Préfet de la Seine ne se borna pas à l'amélioration de la grande Cité qui lui était confiée, il eut le courage bien rare de dire à l'Autorité Supérieure de ces vérités qui peuvent lui déplaire, précisément parce qu'elles lui sont utiles.

— « Gardons-nous, écrivait le comte Chabrol, le 31 janvier 1830, au Roi Charles X, *gardons-nous de laisser bloquer, par une ceinture d'usines, les hauteurs de Paris; ce serait le cordon qui l'étranglerait un jour.* »

Le gouvernement de Juillet fit également un choix des plus heureux, en appelant le comte de Rambuteau à la Préfecture de la Seine. C'était bien le magistrat-gentilhomme qu'il fallait à la tête de la première Administration Municipale du pays. On sortait d'une révolution; le devoir de l'Administration était de pacifier les esprits, en cherchant à les rattacher à l'autorité nouvelle. La nature spirituelle et conciliante du nouveau Préfet se prêtait merveilleusement à ce noble rôle ; le Magistrat sut se faire aimer, en se laissant aller doucement au courant de son caractère facile et bienveillant.

— Il faut une main de fer pour conduire les Parisiens, disait un jour un de nos hommes d'État au Préfet de la Seine.

— Cela est possible, répondit le comte de Rambuteau, mais il faut que cette main soit couverte d'un gant de velours.

Le Magistrat écrivait un jour cette phrase touchante : « J'ai regardé mes administrés comme mes enfants dont les pauvres étaient les aînés. »

Aussi le peuple, même dans ses moments de délire, se souvint du Magistrat qui l'avait si bien servi, si tendrement aimé.

Le 24 février 1848, l'insurrection comme le flot qui déborde, montait jusqu'à l'Hôtel de Ville. Comme toujours elle bouleversait et brisait les œuvres de nos artistes. Tous les tableaux furent déchirés, un seul excepté, celui du comte de Rambuteau.

Le lendemain, l'ancien magistrat fut reconnu ; un des combattants sortit d'un groupe d'ouvriers et marcha droit au comte de Rambuteau :

— Ne craignez rien, M. le Préfet, dit l'artisan en se découvrant ; vous êtes en sûreté, nous ne sommes pas des ingrats.

Puis ces hommes offrirent un verre à l'ancien Magistrat, et tous, tête nue, trinquèrent avec le comte en portant ce toast : A la santé de M. de Rambuteau !

— A la prospérité de la Ville ! ajouta le Magistrat, au bonheur des enfants de Paris !

Les Souverains dont les noms sont entourés d'une
auréole de gloire et d'immortalité, ont tous aimé Paris ;
cette affection s'explique : le propre du génie, c'est
l'intuition du grand et du beau. Puis, le passé oblige
le présent. Il reste toujours de nobles créations à réaliser sur ce sol parisien qui renferme déjà tant de
merveilles. Il y règne constamment une émulation de
gloire, et les Souverains morts obligent les Souverains
vivants.

La Ville de Paris doit être contente aujourd'hui ; jamais on n'a tant fait pour elle.

Soixante-dix-sept ruelles ont été assainies ou détruites, pour faire place à deux grandes voies à deux
ventilateurs, la *rue de Rivoli* et le *boulevard de Sébastopol*, qui forment la nouvelle croisée de Paris (1).

(1) Sous le règne de Philippe-Auguste, après la construction de l'enceinte fortifiée, Paris comptait quatre
portes ou entrées principales aux quatre points cardinaux
de cette ville, savoir : au midi, la porte Saint-Jacques ; au
nord, la porte Saint-Denis ; à l'est, la porte Saint-Antoine,
et vers l'ouest, la porte Saint-Honoré. Ces portes tiraient
leurs noms des voies qui venaient aboutir aux confins de
la ville ; ainsi, les rues Saint-Jacques, Saint-Denis, Saint-
Antoine et Saint-Honoré, étaient alors les quatre artères
principales de Paris. — Ces voies se rencontrant vers le
centre de la ville, formaient ce qu'on appelait la *croisée*,
c'est-à-dire le croisement, la croix de Paris. Ces voies
étaient alors les seules qui fussent pavées.

Les rues de Rivoli et le boulevard de Sébastopol seraient exactement aujourd'hui la croisée de Paris, si les
voies qui prolongent ces deux artères les continuaient sous
une seule et même dénomination.

Après la rue de Rivoli et le boulevard de Sébastopol (1), viennent par ordre d'utilité publique, le *boulevard du Prince-Eugène* et l'*avenue Richard-Lenoir*.

Si manifeste que soit déjà l'utilité du boulevard du
Prince-Eugène, ce n'est encore que le premier tronçon
d'une grande artère, qui se poursuivra sous le nom de
rue de Turbigo, jusqu'au massif des Halles Centrales, pour aboutir ensuite à la descente du pont Neuf.

On comprend aisément combien cette voie, d'un développement de plus de 4,000 mètres, qui est déjà si
nécessaire au point de vue stratégique, deviendra précieuse sous le rapport de la circulation, en ce qui concerne particulièrement cet immense dépôt de l'approvisionnement de Paris.

Quant à l'avenue Richard-Lenoir, on sait qu'il a
fallu voûter le canal Saint-Martin, avant de créer au-
dessus cette belle promenade si avantageuse, surtout
aux 11e et 20e arrondissements.

Plus de barrage maintenant ; l'industrie et le commerce, dont le canal paralysait l'expansion à l'est de
Paris, sont libres, et montent comme des eaux calmes
et pures qui apportent avec eux le travail qui féconde
et moralise.

Le *boulevard Saint-Germain*, qui s'arrête aujour-

---

(1) Le boulevard de Strasbourg, qui suit en ligne droite
au nord, le boulevard de Sébastopol, n'aboutit pas, il est
vrai, à une porte de la ville, mais bien à l'embarcadère
de Strasbourg. Toutefois, il est bon d'ajouter que les gares
d'embarcadères sont appelées à devenir les véritables entrées de la ville de Paris.   (*Note du Rédacteur.*)

d'hui au boulevard de Sébastopol, sur la rive gauche, et qui va se poursuivre prochainement, est une de ces créations qu'on doit appeler complémentaires.

En effet, le plan de Paris doit présenter quatre circonférences concentriques :

La première, par l'établissement d'un boulevard à 5 ou 600 mètres de la nouvelle enceinte;

La seconde, par les fortifications elles-mêmes, avec la route Militaire portée à une largeur convenable;

La troisième, par les anciens boulevards extérieurs qui enveloppaient le mur d'octroi détruit au commencement de l'année 1860.

La quatrième enfin, par les anciens remparts devenus boulevards sur la rive droite, et que doit compléter, sur la rive opposée, cette grande voie commencée sous le nom de boulevard Saint-Germain.

Si le gouvernement actuel a contribué puissamment à l'assainissement de Paris, les intérêts de la splendeur de la Capitale ont été l'objet également de ses préoccupations ; les chiffres officiels qui suivent en fournissent un éclatant témoignage.

Dans les grands travaux d'art et de viabilité, voici quelle a été la part contributive de l'État dans une période de onze années, pendant lesquelles on a plus fait pour Paris que dans un siècle ordinaire.

Allocations fournies par l'État depuis 1852.

Réunion des palais du Louvre et des Tuileries jusqu'en 1858.............. 62,500,000

Réparations faites aux monuments historiques..........................	2,170,000
Palais de l'Élysée....................	1,400,000
Boulevard de Strasbourg.............	3,149,000
Boulevard de Sébastopol (rive droite)...	23,500,000
Monument du maréchal Ney..........	50,000
Hippodrome de Longchamps..........	1,500,000
Tombeau de Napoléon Ier.............	865,000
Ministère des Affaires Étrangères.......	4,500,000
Constructions dans l'île des Cygnes.....	428,000
Palais de l'Industrie..................	14,880,000
Boulevard de Sébastopol (rive gauche)..	12,500,000
Ponts des Invalides, d'Iéna et d'Arcole..	4,250,000
Cathédrale de Paris..................	3,500,000
Casernes............................	7,850,000
Grands travaux (loi de 1858).........	60,000,000
Nouvel Opéra.......................	22,000,000
Total...........	225,042,000

Chacune de ces dépenses, comme on le voit, a son motif d'utilité comme sa raison de gloire.

Le Louvre, avec ses ruines, accusait aux yeux des étrangers un oubli, un abandon qu'il fallait réparer. La réunion des deux palais du Louvre et des Tuileries n'importait pas seulement à Paris, elle intéressait, elle engageait encore la France entière; c'était là, dans son essence la plus pure, une œuvre vraiment nationale.

Et cette basilique de Notre-Dame, cette aïeule de nos églises parisiennes, n'y avait-il pas un immense intérêt religieux et artistique à la préserver de la ruine qui la menaçait?

Tous les actes qui s'appliquent au présent comme au passé, nous les avons fidèlement reproduits, sans distinction d'époques, sans préférence en faveur de n'importe quelle souveraineté, en laissant aux lecteurs le soin de faire eux-mêmes le bilan de chaque gloire.

Ce dictionnaire nous a demandé vingt années d'études ; nous espérons avoir fait une publication utile, et notre conscience nous dit qu'elle est honnête.

LOUIS LAZARE.

FAITS ADMINISTRATIFS ET HISTORIQUES

Élargissement complémentaire de la rue Montmartre.

Parmi les voies perpendiculaires à la Seine, la rue Montmartre est depuis des siècles une des plus importantes de Paris. C'est évidemment le courant naturel de la circulation entre les quartiers du nord et les Halles Centrales.

Aussi, dès l'année 1844, le Conseil Municipal avait-il résolu de lui assigner une largeur convenable.

Une ordonnance Royale du 25 mars 1845, porte ce qui suit :

« ... Art. 2. Est déclarée d'utilité publique, l'exé-
» cution du plan dans la partie comprise entre la pointe

» Saint-Eustache et la rue Neuve-Saint-Eustache.

» Art. 3. En conséquence, la Ville de Paris est auto-
» risée à acquérir, soit à l'amiable, soit par la voie de
» l'expropriation, les immeubles compris dans les li-
» mites ci-dessus indiquées, le tout conformément aux
» divisions décrétées dans la délibération du Conseil
» Municipal de Paris, des 20 août et 29 novembre
» 1844. »

La largeur assignée à la rue Montmartre par l'ordonnance précitée, était de 15 mètres.

L'élargissement en question n'a été réalisé que jusqu'à la rue Mandar, en 1847, 1848, 1851 et 1852.

Il reste maintenant toute la partie des maisons numéros pairs à exécuter, depuis la rue Mandar jusqu'à
la rue Neuve-Saint-Eustache.

Aux termes de la délibération du Conseil Municipal
du 29 novembre 1844, toute l'opération devait être
terminée en 1852.

Aujourd'hui, après onze années d'attente, les propriétaires des maisons de la rue Montmartre, entre les
numéros 66 et 88, sont encore sous le coup de l'ordonnance Royale de 1844, qui est pour eux une servitude
frappant leurs maisons d'une dépréciation considérable.

Ils demandent par notre organe à l'Aministration
Municipale, si elle ne jugerait pas convenable, dans sa
haute sagesse, de faire cesser un pareil état de choses,
en déclarant si elle entend exécuter ou non la délibération du 29 novembre 1844, sanctionnée par l'ordonnance Royale du 25 mars 1845.

Ils se croient d'autant mieux fondés dans leur récla-
mation, que le prolongement de la rue Réaumur passant plus haut dans la rue Montmartre, n'oblige pas la
Ville d'attendre l'exécution de ce projet pour compléter
l'élargissement en question.

Nécessité de créer de nouveaux Marchés dans Paris.

Dans une de nos 'dernières livraisons, nous avons
fait ressortir l'urgente nécessité d'établir au plus tôt
des *Marchés publics* dans ceux de nos arrondissements
annexés qui en sont encore privés aujourd'hui.

Nous avons dit que la transformation des quartiers
du centre de Paris, transformation si manifestement
utile, sous le rapport de la sécurité et de l'assainissement de la ville, avait néanmoins précipité vers les
quartiers excentriques, l'émigration de nos classes ouvrières, qui, agglomérées autrefois autour des Halles,
profitaient du voisinage du grand marché parisien,
où les denrées de première nécessité étaient et sont
encore à meilleur compte que dans les autres parties
de la ville.

Nous avons insisté sur ce fait dont la triste signification doit donner à penser à nos Édiles : La privation
de marchés publics dans nos arrondissements excentriques, condamne la femme de l'ouvrier à s'approvisionner uniquement chez la fruitière, où la mère de
famille, par exemple, paye en détail 20 francs la même

quantité de légumes qui ne lui en coûterait que 5 aux Halles Centrales.

Nous savons que l'Administration Municipale, loin de rester indifférente en présence de cette cruelle disproportion, étudie et creuse la question des Marchés, d'après un système d'ensemble qui a pour but de répartir avec sagesse ces établissements dans toutes les parties de la ville.

Ce système est excellent sans doute; mais voyons comment l'Administration Municipale se propose de l'appliquer.

Des demandes ont été faites successivement à la Ville par un certain nombre de propriétaires de terrains, pour l'établissement de plusieurs de ces marchés; ces soumissionnaires se chargeraient des frais de constructions, moyennant la perception d'un droit de place fixé d'ordinaire à cinquante années, à l'expiration desquelles ces marchés feraient retour à la Ville.

En apparence, ce système est le meilleur, en ce sens qu'il exonère l'Administration des premiers frais d'établissement, à une époque où tant de travaux commencés et devant être poursuivis sans désemparer, doivent absorber les ressources disponibles de la Ville.

Cependant, il ne faut pas perdre de vue cette vérité: En se plaçant dans cette situation, l'Administration Municipale ne se verra-t-elle pas obligée de subir certains emplacements, au lieu de les imposer tous, comme elle pourrait le faire, si elle restait maîtresse absolue d'appliquer ses combinaisons ?

Est-il possible de supposer ensuite que les marchés

que des spéculateurs lui proposent d'établir sur des terrains qu'ils veulent rendre productifs, se trouveront précisément aux endroits désignés par le public? Il est bien difficile de croire à l'assimilation complète des intérêts des soumissionnaires et des besoins des localités.

Puis, la Ville, en suivant ce système, aliène pour un temps assez long un droit de perception qui, exercé par elle, avec l'intelligence qu'on lui connaît en pareille matière, eût été d'année en année plus productif.

Nous préférons de beaucoup le système que nous révèle Napoléon Ier par cette sage recommandation qu'il faisait le 24 février 1811 au comte Frochot :

« Placez-moi, disait l'Empereur en montrant à son Préfet de la Seine la carte de Paris, placez-moi des Marchés ici, là, partout où l'ouvrier les demande, où la bonne ménagère les réclame. »

Sa Majesté répugnait toujours à voir la Ville engager son droit de perception, surtout sur les denrées de première nécessité. Quand le comte Frochot, intrigué, voulait connaître toute la pensée du Souverain, l'Empereur se contentait de répondre au Magistrat :

« Je sais ce que je veux faire de la ville de Paris. »

Le mot de l'énigme, le voici :

Napoléon pressentait l'immense développement de la Capitale et l'attraction irrésistible qu'elle allait exercer sur le monde. Sa Majesté prévoyait l'augmentation prochaine de sa population, et voilà pourquoi elle se montrait hostile à l'idée de voir la Ville engager par des concessions de longue durée son droit de perception sur la vente des denrées.

Ce qui était juste administrativement en **1811**, le sera bien davantage en **1864**.

Supposons que la Ville concède l'établissement d'un Marché dans le 20ᵉ arrondissement, sur le plateau entre Charonne et Ménilmontant, par exemple. Aujourd'hui la population y est clairsemée ; là où l'on ne compte en ce moment que 5,000 habitants, vous en aurez 40,000 peut-être dans vingt ans.

Eh bien, si vous accordez un droit de perception demi-séculaire, la spéculation aura le profit et la Ville sera dupe.

Mais l'on nous répétera : de l'argent ! de l'argent !

Ici, disons toute notre pensée.

L'extension des limites de la Capitale est une importante mesure administrative et politique. Voulez-vous qu'elle soit applaudie ? Effacez au plutôt certaines inégalités fâcheuses. Si tous les quartiers de la grande Cité ne peuvent aspirer à la richesse, tous ont droit au nécessaire. Il ne faut pas que dans la nouvelle enceinte de Paris le luxe brille, étincelle joyeusement d'un côté, tandis que la misère se plaint et pleure de l'autre.

Édiles de Paris, vous avez une noble et sainte mission à remplir. Dites que vous ne faiblirez pas, et l'or abondera dans le Palais municipal.

Ne l'oublions pas, l'amélioration du sort des classes pauvres et laborieuses doit être non-seulement le devoir, mais la joie des riches.

Contre la dénomination du nom de *Faubourg* dans la nouvelle nomenclature des rues de Paris.

Les propriétaires et habitants des quartiers au delà des anciens boulevards intérieurs de Paris, s'élèvent unanimement contre la conservation du nom de *faubourg*, conservation proposée par la Commission chargée de reviser la nomenclature des rues de Paris.

Voici en quels termes s'exprime cette Commission, page 35 du rapport :

« *Faubourg* semblerait également devoir être mis hors d'usage.

» Les voies publiques ainsi désignées sont actuellement comprises dans une zone intérieure qu'enveloppe celle plus grande encore des territoires récemment annexés à Paris.

» Le terme de faubourg n'a donc plus en lui-même qu'une valeur historique de peu d'importance; il constate que certaines rues étaient, à une époque ancienne, les voies principales des faubourgs de Paris ; mais le fait est vrai de beaucoup d'autres voies publiques qui se sont formées par l'affluence de la population, aux abords des enceintes municipales. Les habitants des faubourgs Saint-Martin et Saint-Denis ont demandé, en 1859 et en 1860, avec une sorte d'unanimité, que la désignation de ces rues fût modifiée; ils proposaient les noms de rue de la Porte-Saint-Martin et rue de la Porte-Saint-Denis. Aucune suite n'a été donnée à leurs instances, qui sembleraient mieux fondées depuis

IV.   9

l'agrandissement de la ville. Toutefois la Commission, *après de longues hésitations*, s'est arrêtée devant l'obligation de changer, sans nécessité absolue, un assez grand nombre de dénominations consacrées par le temps. »

A ceci nous répliquons :

Pour beaucoup de personnes riches ou aisées, pour les étrangers surtout, demeurer dans une rue qu'on appelle faubourg, c'est vivre dans un quartier éloigné, déshérité, perdu. Cette répulsion est-elle fondée ou non ? Qu'importe, elle existe, elle est instinctive, elle est préjudiciable à une foule d'intérêts.

En effet, pour certains chefs d'industrie ou de maisons de grand commerce, se placer dans un faubourg, s'appelât-il Poissonnière, Montmartre, à plus forte raison faubourg Saint-Antoine, faubourg Saint-Marceau, c'est s'éloigner volontairement de la clientèle de Paris ou de la province, et risquer de la perdre. Il en résulte que les uns et les autres s'imposent des sacrifices d'argent et d'espace plutôt que d'aller dans ce qu'on appelle fâcheusement un faubourg.

Le nom de faubourg avait quelque raison d'être alors que Paris voyait, au pied de ses remparts, des bourgs groupés autour de la capitale (1).

Mais depuis la construction du mur d'octroi par

---

(1) On les appelait *faux bourgs*, parce qu'ils n'avaient pas d'existence propre et que la juridiction du Prévôt des Marchands s'étendait sur ces localités, sans conférer à leurs habitants les titres et priviléges octroyés aux bourgeois de Paris.

les fermiers généraux, depuis surtout l'extension toute récente des limites de Paris, la dénomination de faubourg n'a plus raison d'être.

Dans ce qu'on appelle improprement aujourd'hui les faubourgs de Paris, les impôts foncier et personnel sont les mêmes, les charges de ville et de police égales, les constructions semblables; partant de là, n'est-il pas au moins inutile d'accoler à ces localités une épithète qui les blesse et peut nuire à leurs intérêts.

Les classes ouvrières et nécessiteuses dominent par le nombre dans ces quartiers désignés comme faubourgs, on le sait; mais pourquoi le dire, le répéter, le consacrer, en condamnant ces quartiers à subir perpétuellement ce nom?

Cette répulsion à souffrir cette dénomination, nous rappelle les nobles paroles d'un magistrat sous Henri IV :

« Il ne faut pas, disait Myron, que les gros soyent
» d'un costé et les menus de l'autre; il les vaut mieux
» mellangés dans Paris. »

Peut-on faire valoir, pour conserver ce nom, un certain intérêt historique? Mais l'Administration Municipale a-t-elle sauvegardé cet intérêt, quand elle a substitué le nom de rue du Faubourg-Saint-Honoré à celui de rue du Faubourg-du-Roule?

Le bourg du Roule était anciennement tout à fait distinct du bourg Saint-Honoré, et l'on a effacé cependant le premier pour prolonger l'autre.

En écartant la dénomination de faubourg, on ferait également cesser une dépréciation fâcheuse qui pèse sur un grand nombre d'immeubles, et cette mesure administrative serait en même temps, selon nous, d'une bonne et sage politique.

L'ILE SAINT-LOUIS

Le Pont Louis-Philippe ; l'îlot de maisons formant quille, à droite du quai de Bourbon ; nécessité d'abattre cette quille, et de créer sur son emplacement un petit jardin public, avec la statue de saint Louis, à la pointe occidentale de l'Ile. — Le quai de la Grève. — La rue Vieille-du-Temple. — La voie projetée, en prolongement de la rue de Lobau jusqu'au boulevard du Temple, pour mettre en communication directe les casernes Napoléon et du Prince-Eugène.

Lorsque l'Administration municipale ouvrit une enquête en janvier 1860, à la mairie du IVe arrondissement, au sujet de la reconstruction du pont Louis-Philippe, nous lui adressâmes quelques observations inspirées par le désir de la servir utilement.

Nous disions que la trouée qu'on devait pratiquer dans l'île Saint-Louis, en prolongement du nouveau pont, laisserait à droite un groupe de maisons formant quille, et dont le tort serait de gâter la perspective des quais qui contournent si agréablement vers l'ouest.

Nous ajoutions que l'Administration Municipale, pour atténuer ce préjudice, serait obligée de jeter par terre cet îlot de maisons, et qu'il serait bien de créer sur leur emplacement un petit jardin public qu'on pourrait décorer de la statue de Louis IX, dont la glorieuse illustration rappelle un héros, un législateur et un saint.

En ce moment, les habitants de l'île Saint-Louis signent une pétition, dans le but d'obtenir de la munificence impériale la formation de ce jardin et l'érection de cette statue; l'un serait un bienfait pour cette partie du IVe arrondissement, l'autre, un témoignage de la reconnaissance nationale envers un souverain auquel la France doit de si nobles institutions, et la Ville de Paris l'un de ses plus beaux monuments, la Sainte-Chapelle.

En ce qui concerne la viabilité, nous ajoutions qu'il serait utile de créer, à la descente du pont Louis-Philippe, une petite place demi-circulaire, en utilisant la démolition de plusieurs maisons des rues des Barres et du quai de la Grève, dont le sol devrait se raccorder avec celui du nouveau pont.

Nous pensions également qu'il fallait profiter de cette circonstance, pour dégager le chevet de l'église Saint-Gervais du côté de la rue des Barres, qu'il serait utile de redresser jusqu'à la rue de Rivoli.

Nous disions, en terminant, que la rue Vieille-du-Temple, qui continue la rue du Pont-Louis-Philippe placée dans l'axe du nouveau pont, allait devenir encore plus étroite par ce surcroît de circulation.

En effet, cette rue Vieille-du-Temple est telle encore aujourd'hui que le moyen âge l'a créée, c'est-à-dire avec une largeur qui, en certains endroits, se réduit de cinq à six mètres; aussi nous signale-t-on fréquemment des embarras qui causent des accidents souvent très-graves, parfois mortels.

La ligne d'omnibus de Ménilmontant à la Chaussée du Maine suit la rue Vieille-du-Temple, et il arrive que cette voiture, après avoir dépassé le marché des Blancs-Manteaux, se trouve subitement arrêtée, et bloque la voie pendant plusieurs minutes avant que l'omnibus atteigne la rue de Rivoli.

Le remède à une pareille situation serait l'élargissement de la rue Vieille-du-Temple. Malheureusement cette amélioration serait très-coûteuse; elle aurait, en outre, l'inconvénient de détruire ou de mutiler d'anciens hôtels aussi remarquables par leur architecture que précieux au point de vue de l'histoire.

Mieux vaudrait, selon nous, exécuter au plus tôt l'excellent projet municipal qui consiste à prolonger la rue de Lobau par l'élargissement des ruelles des deux portes Saint-Jean, des Billettes, et la destruction du bouge hideux de l'Homme-Armé, d'autant plus coupable aux yeux de l'humanité qu'il enserre une école communale et une salle d'asile où s'étiolent de pauvres petits enfants. Puis, la voie atteignant la rue du Chaume, conduirait au nouveau bazar du Temple, et se poursuivrait dans un avenir prochain, jusqu'au boulevard, pour mettre en communication les casernes Napoléon et du Prince-Eugène.

Nous faisons des vœux pour la prompte réalisation de cette voie qui serait d'un immense intérêt pour la circulation générale, en même temps qu'un bienfait pour les IIIe et IVe arrondissements de la Ville de Paris.

HISTOIRE DE PARIS

LES

CIMETIÈRES DES SUPPLICIÉS

PENDANT LA TERREUR

I

Il y a un mois environ, un journal racontait en ces termes le fait suivant que d'autres feuilles ont reproduit.

« On vient, dit-on, de faire une découverte qui pré-
» sente un intérêt historique ; les ossements de Ro-
» bespierre, de Saint-Just et de Lebas ont été retrou-
» vés par des ouvriers en creusant les fondations d'une
» maison qu'on va construire aux Batignolles, à l'angle
» de la rue du Rocher et de l'ancien chemin de ronde.
» C'est là qu'avaient été déposés les restes mortels de
» ces hommes qui ont joué un si grand rôle pendant
» la révolution ; le cimetière de la Madeleine étant trop
» plein, à l'époque de leur mort, pour recevoir de
» nouvelles sépultures. Depuis de longues années, un
» bal était établi à cette même place. »

Plusieurs erreurs se sont glissées dans ce compte

rendu, qui est exact néanmoins en ce qui concerne le fait principal. Le cimetière en question n'a jamais fait partie d'abord de la commune de Batignolles ; son emplacement s'est trouvé compris dans l'enceinte de Paris construite par les fermiers généraux ; ensuite il nous semble bien difficile qu'on ait découvert les ossements de Robespierre, Saint-Just et Lebas, attendu que ces restes des trois tribuns ont été recouverts, ainsi que les dix-neuf suppliciés confondus avec eux, d'une couche de chaux vive dont nous avons reconnu dernièrement nous-mêmes des traces certaines.

En poursuivant nos investigations, l'idée nous est venue de faire un travail sur les cimetières des suppliciés pendant la Terreur ; ce sont des extraits de ce travail que nous publions aujourd'hui....

II

... Pendant la Terreur, la Ville de Paris comptait deux cimetières pour recevoir les restes des condamnés ; l'un situé à l'ouest servait de déversoir à la guillotine en permanence sur la place de la Révolution (aujourd'hui place de la Concorde) ; l'autre fut établi à l'est pour les suppliciés de la place du Trône renversé.

Le premier de ces cimetières avait son entrée dans la rue de la Ville-l'Évêque, et dépendait de l'ancienne église de la Madeleine dont voici en peu de mots l'origine.

Vers la fin du quinzième siècle, Charles VIII fit construire, sur l'emplacement d'un oratoire que le temps avait détruit en partie, une chapelle destinée à la confrérie de la Madeleine. Cette chapelle devint église paroissiale en 1639, et fut reconstruite vingt ans après par les soins de Marie-Louise d'Orléans de Montpensier, et de M. Sevin, coadjuteur de Sarlat, qui en posèrent la première pierre le 8 juillet 1651.

Dans les lettres patentes du Roi, à la date du 6 février 1762, nous lisons ce qui suit :

« Louis, à nos amez et féaux conseillers, les gens » tenant notre Cour de Parlement et Chambres de nos » Comptes à Paris, salut ;

» La protection singulière que nous avons toujours » accordée aux établissements destinés pour le culte » de la religion et l'utilité de nos sujets, nous a » fait prendre en considération les très-humbles re- » montrances qui nous ont été faites par notre cher » et bien amé le sieur Cathlin, curé de la paroisse de » la Madeleine de la Ville-l'Évêque, de notre bonne » Ville de Paris sur la nécessité de faire reconstruire » *une nouvelle église*, pour la dite paroisse qui est une » des plus considérables de cette ville, soit par le nom- » bre, soit par la qualité de ses habitants, celle actuel- » lement existante, et qui n'a pas plus d'étendue » qu'une simple chapelle , étant beaucoup trop petite, » eu égard au nombre des paroissiens... à ces causes, » voulons et nous plaît : article 1er, que tous les ou- » vrages nécessaires pour la construction d'une nou- » velle église paroissiale de la Madeleine de la Ville-

» l'Évêque, d'un presbytère, place et rues adjacentes,
» soient fait dans le lieu désigné par nos lettres
» patentes du 21 juin 1757... Signé Louis. »

On sait que les travaux de la nouvelle église furent
arrêtés pendant la révolution; le premier Empire voulut
faire ensuite de la Madeleine le Temple de la Gloire.

Quant à l'ancienne église, elle fut supprimée; devenue propriété nationale, on la vendit le 4 pluviôse
an V. Le cimetière qui touchait à l'édifice religieux et
dont l'entrée se trouvait dans la rue de la Ville-l'É-
vêque, à l'angle de la deuxième partie de la rue de la
Madeleine, avait été conservé dans le but de l'affecter
spécialement à l'inhumation des condamnés exécutés
sur la place de la Révolution. La commune de Paris
avait promulgué déjà cet arrêté :

« *Séance du 23 août* 1792. Le Procureur de la Com-
» mune entendu, le Conseil général arrête que la guil-
» lotine restera dressée sur la place de la Révolution,
» jusqu'à ce qu'il en ait été autrement ordonné, à
» l'exception néanmoins du coutelas que l'exécuteur
» des hautes œuvres sera autorisé d'enlever après
» chaque exécution. » (*Registre de la Commune*, tome
9, page 350.)

Mais le couteau de la guillotine fauchait tant de
têtes, que le pavé de la rue de la Ville-Lévêque était
constamment rougi de sang; d'ailleurs, ce charnier
se trouvait aussi dans le voisinage trop immédiat de
la place de la Révolution.

Cette double circonstance, mentionnée dans un rapport du commissaire de police de la section du Mont-

Blanc, motiva la suppression de l'ancien cimetière de la Madeleine. Sa fermeture n'eut pas lieu pour cause d'encombrement, comme le prétend le journal que nous avons cité, attendu qu'on s'empressait, dès qu'une tranchée était remplie de cadavres, de les couvrir d'une couche de chaux vive, mais bien pour les raisons indiquées plus haut, et consignées dans le procès-verbal du magistrat qui termine en ces termes son rapport : *D'ailleurs le cimetière de la Madeleine est le sujet des diatribes des aristocrates et des contre-révolutionnaires.*

III

Avant la fermeture du cimetière de la Madeleine, la Commune de Paris avait fait choix d'un nouvel emplacement, à l'extrémité du faubourg de la Petite-Pologne.

Sur le plan de Verniquet, publié avant 1789, on voit que la rue du Rocher s'arrêtait à la rue de la Bienfaisance, et que le surplus de la voie jusqu'à la barrière s'appelait rue d'Errancis, ou mieux *des Errancis*. Ce prolongement de la rue du Rocher portait ce nom, parce que les bohêmes habitant la Petite-Pologne, qui était une immense Cour des Miracles, simulaient autrefois des infirmités de toute espèce pour exciter la pitié des passants qui appelaient ces vagabonds *des Errancis*, des estropiés, des éreintés.

Près de l'ancien mur d'octroi, à la rencontre de la rue des Errancis et de celle de Valois, on voyait, au commencement de la Révolution, un vaste terrain ayant la forme d'un carré long limité à l'ouest par le mur du parc de Monceau, qui avait fait *des Folies de Chartres* le plus délicieux séjour.

La Commune de Paris fit abattre les ormes plantés dans ce terrain qui devint le cimetière des Errancis, et remplaça celui de la Madeleine.

Charlotte Corday fut une des premières victimes dont les restes furent inhumés en cet endroit.

Philippe-Égalité n'avait pu faire oublier que pour un temps le duc d'Orléans. Le corps du prince fut enterré, dit-on, au pied du mur de son parc de Monceau.

La fosse qu'on creusa pour recevoir les restes de Robespierre, Saint-Just, Fleuriot-Lescot, Payan, Vivier et autres victimes du 9 thermidor, fut établi au nord du cimetière, le long du mur de l'ancien chemin de ronde de Clichy, réuni maintenant au boulevard de Monceau. On comptait vingt-deux troncs dans deux tombereaux (les têtes avaient été mises séparément dans un grand coffre), puis le cadavre de Lebas, le seul qui fut au complet. Les frais de transport et d'inhumation s'élevèrent à 193 livres, plus 7 livres données comme pour boire aux fossoyeurs, y compris l'acquisition de chaux vive, dont une couche fut étendue *sur les restes des tyrans pour empêcher de les diviniser un jour.*

Si des ossements ont été trouvés en cet endroit, ces restes n'ont appartenu qu'à des suppliciés vulgaires dont la Commune ne pouvait craindre qu'on fît des reliques.

Le cimetière des Errancis fut fermé quelque temps après, et vendu plus tard par le domaine national. Ce terrain appartint successivement et par portions à MM. d'Aligre, Anspach et Sipière. En ce moment même, on prolonge la rue de Malesherbes jusqu'à l'ancien Boulevard de Monceau qui s'est élargi en 1860 par la réunion à cette voie publique du chemin de ronde de Clichy.

IV

A l'extrémité du faubourg Saint-Antoine, sur le côté droit de cette grande voie, commence une rue qui n'était encore, en 1789, qu'un long chemin sinueux allant se perdre au chemin de ronde de Reuilly. Ce chemin s'appelait alors et se nomme encore aujourd'hui rue de Picpus. A peu près au deux tiers de cette ruelle, on voyait un grand bâtiment entouré d'un vaste jardin. C'était un ancien couvent qui appartenait aux religieux de Saint-François, vulgairement appelés les *Pique-Puces.* D'où venait cette étrange dénomination ?

Vers l'année 1602, un mal épidémique assez singulier se manifesta dans les environs de Paris ; de petites tumeurs blanches se déclarèrent sur les bras et sur les mains des femmes, la légende ajoute des jeunes principalement ; ces petites tumeurs présentaient le caractère d'une morsure faite par un insecte venimeux.

Une certaine abbesse de Chelles fut atteinte de ce mal d'aventure. Un jeune abbé de Saint-François se présenta chez l'abbesse, s'agenouilla devant elle, baisa la plaie— la guérison fut instantanée.

On cria tout de suite au miracle : quelques jeunes nonnes du même couvent ayant ressenti le même mal, le franciscain opéra d'une manière semblable, et une cure complète fut obtenue.

Le secret s'échappa du mur du cloître ; les religieuses sont femmes.

Les paysannes et leurs filles, atteintes par l'épidémie, s'adressèrent au même docteur. Mais le jeune franciscain trouvant sans doute la tâche moins agréable que les cures obtenues au cloître de Chelles, appela ses frères à son aide ; tous se mirent à l'œuvre, et, grâce à Dieu, l'épidémie disparut.

Comme le signe inflammatoire du mal ressemblait à la tumeur produite par l'insecte dont le nom est si populaire, on appela les franciscains Frères *Pique-Puces*, dont on a fait par altération Picpus.

Les ambassadeurs des Puissances catholiques descendaient dans une propriété qui se trouvait en face du couvent de Picpus et qui appartenait à ces religieux ; on préparait aux ambassadeurs un appartement où ils recevaient les Princes du Sang et les hauts dignitaires de l'État. Un Prince de la Maison de Lorraine, ou plus souvent un Maréchal de France, venait les chercher pour les conduire dans les carrosses du Roi ; à leur hôtel situé dans la rue de Tournon.

Supprimé vers 1790, le couvent de Picpus, dont l'entrée était au n° 59 actuel, devint propriété nationale ; les bâtiments et terrains qui contenaient en superficie 18,538 mètres furent vendus le 8 thermidor an IV.

Mais alors que l'ancienne maison religieuse appartenait à la nation, la Commune de Paris l'affectait pendant plusieurs années à l'usage que voici :

— « *Séance du* 26 *prairial an II.* — Sur le rapport
» des administrateurs des travaux publics, relative-
» ment à la nécessité d'établir un cimetière pour rece-
» voir les cadavres de ceux que le glaive de la loi a
» frappés, que cet établissement pourrait avoir lieu
» dans un terrain provenant des ci-devant Chanoines
» de Picpus, et qu'il était d'une si grande urgence
» qu'il ne pouvait y être apporté le moindre retard.

» Le Corps Municipal, l'agent national entendu, ar-
» rête la formation dudit établissement dans le lieu ci-
» dessus énoncé; autorise les administrateurs des Tra-
» vaux publics, à donner des ordres provisoires pour
» sa prompte exécution, sauf à faire un rapport au
» prochain Corps municipal. » (*Registre* 43 *du Corps Municipal*, page 7561.)

Voici un autre document officiel concernant ce cimetière. Nous le transcrivons en conservant l'orthographe des Magistrats qui ont rédigé ce curieux procès-verbal.

« SECTION DES QUINZE-VINGTS. — *Conseil civil et de police.* — OBSERVATIONS *que font au département des Travaux publics les citoyens* GILLET, *commissaire de police de la section de la rue de Montreuil,*

ALMAIN, *commissaire de police de la section de l'In-divisibilité, et* RENET *de la section des Quinze-Vingts dans l'arrondissement de laquelle se font au haut du faubourg Antoine les exécutions et inhumations des condamnés par le tribunal Révolutionnaire et à cette occasion.*

» 1° Sur la place de l'exécution on a creusé un troux d'environ une toise cube ou s'écoule le sang des sup-pliciés et l'eau avec laquelle on lave la place. Ce troux est presque plein et jette une odeur pestiféré dont tous les habitants environnant sous le vent se pleigne gran-dement; il conviendroit combler ce troux et en faire un autre auprès plus profond, ou lon rencontra une terre ou ce sang simbiba.

» 2° De la place de lexécution au cimetierre il n'existe qu'un chemin le long du mur de cloture en de-dans, lequel n'étant point pavé est impraticable surtout aux nouveau tombereaux qui transportait les cadavres des suppliciés au cimetiere; ses tombereaux ayant des roues tres basses, s'engrave dans le sable et les terre mouvantes de ce chemin et les font demeuré malgré le nombre de chevaux que l'on y peut atteller; il convien-droit faire paver une étroite chaussée le long de ce mur qui alla jusqu'au dit cimetierre, ce qui peut être évalué à 200 toises superficielles de pavé.

» 3° Dans le cimetierre il est de tout impossibilité de pouvoir verbaliser le plus souvent de nuits à linjure de lair a la pluie ou qu'ant il vente à ne pouvoir tenir de lumière.

» Comme il existe dans ce cimetierre une grotte toute couverte et close en partie, il ne s'agit plus que de mettre deux petits chassis et de clore pardevant et fermer d'une porte la ditte grotte, alors on poura dresser à couvert letat exact des effets des suppliciés, on poura la sur une tablette laisser le registre y avoir plume encre, et y tenir de la lumiere, toute la dépense de cette cloture nira jamais à 50 livres et une seule redingotte oublié peut être souvent une perte de plus de cent livres pour la nation et quant il pleut à verse ou vente on peut en échapper beaucoup.

» Ces observations étante des plus justes et lexécution des plus urgentes il convient que les citoyens administrateurs s'en occupent promptement et donne leurs ordres en conséquence. —A Paris ce 21 Messidor l'an 2ᵉ de la république françaises une indivisible et imperissable. *Signé :* GILLET, ALMAIN *et* RENET. »

Voici la copie d'une lettre dont la publication n'est pas sans intérêt :

« *Cimetière des suppliciés à Picpus.*

» Paris, le **21** messidor l'an II de la république une et indivisible.

» Je m'empresse de donner au département des Travaux publics communication des mesures renfermées dans un rapport de Coffinet, relativement à la sépulture des suppliciés, et qu'il croit indispensables pour prévenir toute espèce d'odeur méphitique. Cet inspecteur, qui est descendu dans la fosse établie à Picpus, y a éprouvé une odeur qu'il est important d'atténuer par tous les moyens possibles. Celui qu'il propose en ce moment consiste à établir sur cette fosse un plancher en charpente sur lequel on pratiquera des trappes pour la facilité du service. Ce moyen est le seul que l'on puisse employer en ce moment pour concentrer dans cette fosses les émanations dangereuses qui pourraient en sortir sans cette précaution.

» Il existe un autre foyer de corruption qui n'a point échappé à la surveillance de cet inspecteur, et que je crois de nature à être pris en très-grande considération par le département des Travaux publics. Au lieu même de l'exécution, place de la Barrière-Renversée, il a été pratiqué un trou destiné à recevoir le sang des suppliciés. Quand l'exécution est terminée, on se borne à couvrir le trou avec des planches, ce qui est insuffisant pour renfermer l'odeur résultant du sang corrompu, et qui s'y trouve en assez grande quantité pour faire naître une odeur méphitique. Le sieur Coffinet pense que, pour supprimer toute espèce d'exhalaison meurtrière dans la saison actuelle, il serait convenable d'établir, sur une petite brouette à deux roues, un coffre doublé d'une feuille de plomb, dans lequel tomberait le sang des suppliciés, qui serait ensuite versé dans la fosse de Picpus. Le département des Travaux publics s'empressera sans doute d'adopter cette dernière mesure, et je l'y exhorte d'autant mieux que le lieu du supplice et celui de la fosse n'étant pas très-éloignés l'un de l'autre, il serait possible que ces exhalaisons s'attirassent entre elles et vinssent à produire un foyer de méphitisme d'autant plus dangereux, que dans cette hypothèse, elles ne laisseraient pas d'embrasser une grande étendue de l'atmosphère.

» J'attends sur les dispositions qui font l'objet du présent rapport les ordres du département.

» L'architecte de la Commune,

» *Signé* POYET. »

Tels sont les faits qui se rattachent aux cimetières des suppliciés pendant la Terreur.

Puissent toutes nos opinions se confondre aujourd'hui dans un même sentiment : l'amour de la patrie.

ÉTUDES ADMINISTRATIVES

Création d'une grande voie perpendiculaire à la Seine, en prolongement de la rue de Rennes, sur la rive gauche, et devant se continuer sur la rive droite par l'ouverture de la rue du Louvre.

I

RIVE GAUCHE.

Parmi les projets qui dérivent de l'étude d'ensemble du plan de Paris, l'un des plus remarquables, selon nous, est sans contredit celui d'une voie qui, partant de l'embarcadère de l'Ouest, sur la rive gauche, doit aboutir au quai de Conti, entre l'Institut et la Monnaie. De cet endroit, au moyen d'un pont, la voie gagnera la rive droite à la place du Louvre, et se continuera jusqu'au boulevard Poissonnière pour aboutir vraisemblablement ensuite à la rue de La Fayette, à peu près dans l'axe du square Montholon.

Cette grande ligne, perpendiculaire au fleuve, sera vraiment d'utilité publique. En effet, si le boulevard de Sébastopol est le courant naturel de la circulation, venant du nord par les quartiers Saint-Martin et Saint-Denis, et du sud en côtoyant la rue et le faubourg Saint-Jacques, il manque évidemment une grande artère qui, longeant les Halles centrales et desservant les quartiers Montmartre, Notre-Dame-des-Victoires, puisse les mettre en contact avec le faubourg Saint-Germain.

Grâce à cette voie, une fâcheuse lacune sera comblée ; la vie et le mouvement, qui surabondent au nord de la ville, réagiront sur les quartiers du sud en donnant à la circulation sur les deux rives du fleuve toutes les facilités désirables.

Une section de cette voie si précieuse est exécutée déjà sur la rive gauche. Elle est ouverte dans l'axe de l'embarcadère de l'ouest, commence au boulevard du Montparnasse, et s'arrête pour le moment au carrefour formé par la jonction des rues de Vaugirard, Notre-Dame-des-Champs et du Regard.

Cette section, dont le développement est de 379 mètres, a reçu son exécution conformément au décret impérial du 9 mars 1853. Elle est désignée aujourd'hui sous le nom de rue de Rennes, et sa largeur est de 22 mètres ; il est vraisemblable que la voie se prolongera jusqu'au fleuve, en conservant cette même largeur.

Le premier bienfait qui résultera de la continuation de la rue de Rennes sera l'élargissement du carrefour dont nous venons de parler, où la circulation, venant se briser aujourd'hui, cause de nombreux accidents. Le prolongement de la rue de Rennes détruit ce barrage et le tracé se poursuit. Il traverse l'ancien hospice de Villas, aujourd'hui reconstruit dans la commune d'Issy, puis il coupe la rue d'Assas, écorne, mais légèrement, l'ancien couvent des Carmes, ressort par la rue Cassette, fait deux tronçons de la rue du Vieux-Colombier, à peu de distance de la caserne des sapeurs-pompiers. De cet endroit la voie se continue, détruit, en les absorbant, les petites rues Beurrière et Neuve-Guillemin, pour atteindre ensuite la rue du Four, à la hauteur de la rue de l'Égout, d'où elle se dirige vers la rue Sainte-Marguerite pour s'arrêter à la place Saint-Germain-des-Prés.

Là, le tracé de la rue de Rennes opère son croisement avec le boulevard Saint-Germain, puis s'infléchissant légèrement vers le nord-est, écorne la rue de l'Abbaye, coupe les rues Jacob, des Marais, le passage des Beaux-Arts, la rue Mazarine à son extrémité, pour atteindre le quai de Conti, qui est le terme de sa course sur la rive gauche.

Indiquons maintenant la situation des voies publiques intéressées au prolongement de la rue de Rennes, en consignant aussi dans cet article les souvenirs historiques que ces voies nous rappellent.

Rue de Vaugirard. Ce n'était, au commencement du seizième siècle, qu'un chemin en bordure duquel on ne commença des constructions que vers l'année 1550. Une Ordonnance royale du 24 août 1836 a fixé à 11 mètres la largeur de la rue de Vaugirard, dans le voisinage du carrefour dont nous venons de parler.

Sur la façade de la propriété n° 11 on lit :

Henri-Louis Lekain
est mort dans cette maison
le 8 février 1778.

Sur le même côté de la rue de Vaugirard, presque en face de la rue Servandoni, était le couvent des religieuses du Calvaire, fondé par le père Joseph, le bras droit du cardinal de Richelieu, comme le disait Son Éminence.

Rue Notre-Dame-des Champs. — Cette voie s'appelait au seizième siècle le *Chemin Herbu.* On lui donna le nom qu'elle conserve aujourd'hui, parce qu'elle se dirigeait vers l'ancien prieuré de Notre-Dame-des-Champs, occupé depuis par les Carmélites.

Une Ordonnance Royale du 12 février 1846 a fixé la moindre largeur de cette voie publique à 11 mètres 70 centimètres.

Rue du Regard. — Comme la précédente, cette voie faisait partie, au seizième siècle, du *Chemin Herbu.* Lorsque ce chemin fut redressé, vers 1630, la nouvelle voie prit le nom de rue du Regard, en raison d'une fontaine qui coulait à l'endroit où la rue de

Vaugirard se rencontre avec la rue Notre-Dame-des-Champs.

Une Ordonnance Royale du 14 février 1847 a fixé la largeur de la rue du Regard à 12 mètres. Les trois rues de Vaugirard, Notre-Dame-des-Champs et du Regard forment, comme nous l'avons dit, un carrefour que le prolongement de la rue de Rennes doit régulariser.

Dans une maison de la rue du Regard furent élevés secrètement les enfants de Louis XIV et de madame de Montespan, sous la direction de la veuve du poëte Scarron, laquelle demeurait à cette époque rue d'Enfer.

L'emplacement de la maison où furent élevés les enfants du Roi dans la rue du Regard, alors très-isolée, et qui ne comptait que huit habitations, a été confondu plus tard dans l'hospice de Villas, situé au n° 17 de cette voie publique.

On sait que cet hospice sera démoli pour livrer passage à la rue de Rennes ; un nouvel établissement vient d'être construit, comme nous l'avons dit, dans la commune d'Issy.

Rue d'Assas. — Ouverte en l'an VI sur l'emplacement des couvents des Carmes et du Cherche-Midi. Une Ordonnance Royale du 20 mars 1846 a maintenu sa largeur de 12 mètres.

Elle doit son nom au chevalier d'Assas, dont le dévouement à Closter-Camp fut sublime.

Le couvent des Carmes, après avoir été le théâtre des massacres de septembre, se vit transformer en prison dans laquelle plus de sept cents personnes furent enfermées pendant la Terreur.

Un arrêté du Président de la République, en date du 26 avril 1849, autorisa l'archevêque de Paris à accepter, au nom du séminaire de son diocèse, l'acquisition faite par Mgr Affre, archevêque de Paris, moyennant 600,000 fr., des bâtiments, cours et jardins composant l'ancien couvent des Carmes. Une partie de ce couvent, c'est-à-dire l'église et les bâtiments sur la rue Cassette, sont occupés par les Dominicains ou frères Prêcheurs; l'autre partie, comprenant la chapelle des Martyrs, où furent massacrés les prêtres en 1792, ainsi que les autres constructions voisines, ont été affectées aux hautes études ecclésiastiques. Mgr Affre voulait créer en cet endroit une grande école de prédicateurs.

Rue Cassette. — Elle a été ouverte en 1546, sous le nom de rue de *Cassel.* Un décret du Président de la République, à la date du 25 juin 1849, a fixé la largeur de cette voie publique à 10 mètres.

Les propriétés portant les numéros 18, 20, 22 et 24, représentent aujourd'hui l'emplacement autrefois occupé par le couvent des *Filles-du-Saint-Sacrement,* dont la reine Anne d'Autriche s'était déclarée la protectrice. Chaque jour, une de ces religieuses venait, la corde au cou, portant à la main une torche allumée, se mettre à genoux devant un poteau dressé au milieu du chœur, et faisait amende honorable à Dieu des outrages commis contre le Saint-Sacrement. Cette communauté fut supprimée en 1790. — Devenue propriété nationale, la plus grande partie de cette maison religieuse fut vendue les 14 fructidor et 27 prairial an IV.

Rue du Vieux-Colombier. — Elle doit son nom à un

colombier que les religieux de Saint-Germain-des-
Prés avaient fait bâtir au quinzième siècle. Une ordonnance Royale du 7 septembre 1845, a fixé sa moindre
largeur à 12 mètres.

Le couvent des *Religieuses de la Miséricorde*, était
situé dans cette rue, sur une partie de l'emplacement
des numéros 6 et 8. Leur fondation est due à la reine
Anne d'Autriche, qui fit venir d'Aix en Provence, vers
l'année 1649, quelques religieuses qui suivaient la
règle de saint Augustin. Le but de leur fondation était
de procurer un asile et la subsistance aux jeunes
personnes de qualité qui n'avaient pas de ressources
suffisantes pour suivre leur vocation et se consacrer à
Dieu. Ce couvent, supprimé en 1790, devint propriété
nationale, et fut vendue le 8 thermidor an IV.

Au n° 11 de la rue du Vieux-Colombier, se trouvait
le couvent des *Orphelins de Saint-Sulpice* ou *de la
Mère de Dieu*. Le curé de Saint-Sulpice, l'abbé Ollier,
fonda en 1648 cet établissement, pour les orphelins
des deux sexes de la paroisse. Après avoir été placé en
plusieurs endroits, ce couvent fut définitivement établi
en 1678, dans la rue du Vieux-Colombier. Cette maison, supprimée en 1790, fut occupée vers 1802, par
des sœurs de la Charité.

En 1813, ces sœurs ayant été tranférées dans la rue
du Bac, les bâtiments ont été convertis en une caserne
de sapeurs pompiers. La Ville de Paris, en vertu d'une
ordonnance Royale du 5 novembre 1823, a fait l'acquisition des bâtiments de cette caserne, lesquels appartenaient à l'administration de l'Assistance publique.

Rue Beurrière. — C'était un petit chemin étroit vers le quinzième siècle. On la nommait en 1610 rue de la *Petite-Corne.* Plus tard, on la désigna sous le nom de rue Beurrière, parce qu'on y voyait des étalages de marchandes de crèmes battues. Une ordonnance royale du 20 juin 1844 a fixé sa largeur à 7 mètres.

Rue Neuve-Guillemin. — En 1546, c'était la rue de Cassel, parce qu'elle conduisait à l'hôtel ainsi appelé ; son nom actuel lui vient d'un bourgeois qui possédait un jardin bordant le côté droit de cette rue.

D'après un arrêté du Président de la République, à la date du 17 janvier 1849, la largeur de la rue Neuve-Guillemin a été portée à 10 mètres.

Rue du Four. — Elle était bâtie dès le commencement du seizième siècle, et devait son nom à un *four banal* que l'abbé de Saint-Germain-des-Prés avait fait construire au coin de la rue Neuve-Guillemin. Plus tard, le mot *four* eut une nouvelle signification.

On lit dans le journal de la Cour de Louis XIV, du 10 janvier 1695, page 7 :

« Il y avoit plusieurs soldats qui, dans Paris et sur » les chemins voisins, prenoient par force des gens » qu'ils croyoient en estat de servir, et les menoient » dans des maisons qu'ils avoient pour cela dans Pa- » ris, où ils les enfermoient, et ensuite les vendoient » malgré eux aux officiers qui faisoient des recrues ; » ces maisons s'appeloient *fours.* »

Le Roi, averti de ces violences, commanda qu'on arrêtât tous ces recruteurs, et qu'on leur fît leur procès. Huit de ces soldats subirent le dernier supplice. On eut alors la preuve de l'existence dans Paris de **28** de ces fours. Ces prisons servaient encore de dépôts pour les femmes et les enfants qu'on enlevait, dans le but de les vendre et de les envoyer peupler nos établissements d'Amérique.

La largeur de rue du Four est tellement insuffisante, que cette voie est à chaque instant encombrée par les voitures qui la parcourent ; et l'on a souvent à y déplorer de graves accidents. Cependant, d'après un plan publié en 1853, la largeur de la rue du Four était fixée à 22 mètres, et devait être exécutée par mesure d'expropriation.

Rue de l'Égout. — Elle a été ouverte, en l'année **1350**, sous le nom de *rue Forestier.* On l'appelait ensuite *rue de la Courtille*, parce qu'elle conduisait à la courtille de l'abbaye Saint-Germain-des-Prés. — Des actes du seizième siècle la désignent sous le nom de *rue de Tarennes*, en raison de sa direction vers une grande maison appelée l'hôtel de Tarennes, qui a donné depuis cette dénomination à deux voies publiques (les grande et petite rues Taranne). Son nom actuel lui vient d'un égout qu'on y a établi vers la fin du dix-septième siècle.

Une ordonnance Royale du **29** avril **1839** a fixé sa largeur à **10** mètres.

Rue Childebert. — Ouverte en **1715**, avec une largeur de **9** mètres **74**, sur l'enclos de l'abbaye, par les soins du cardinal de Bissy, alors abbé de Saint-Germain-des-Prés. Son nom lui fut donné en mémoire de

Childebert Ier, Roi de France et fondateur de l'abbaye Saint-Germain-des-Prés, où il fut enterré en 558.

L'ancienne largeur de la rue Childebert a été maintenue par l'ordonnance Royale du 30 avril 1844.

Place Saint-Germain-des-Prés. — C'était autrefois la cour de l'abbaye. Sa plus grande largeur a été fixée à 36 mètres par une ordonnance Royale du 29 avril 1839.

Nous consacrerons un article spécial à l'église Saint-Germain-des-Prés, dont les abords seront complétement régularisés et rendus dignes d'un des plus beaux édifices religieux de la ville de Paris.

Rue de l'Abbaye. — Elle a été ouverte dans le courant de l'an VIII, en vertu d'une permission du 25 prairial. Sa largeur est fixée à 9 mètres 74, par une ordonnance Royale du 29 avril 1839, qui approuve son prolongement jusqu'à la rue Saint-Benoît. — Son nom rappelle l'abbaye Saint-Germain-des-Prés, dont une partie de l'emplacement a servi à l'ouverture de cette voie publique.

La Société Impériale et Centrale d'Agriculture tient ses séances dans l'ancien palais abbatial.

Ce fut Charles de Bourbon, abbé de Saint-Germain-des-Prés, qui fit bâtir cette résidence vers 1586. Ce prince de l'Église fut salué pendant deux grands mois d'un titre fait pour porter malheur ; il fut proclamé Roi de France sous ce nom de Charles X, fatalement prédestiné à la couronne d'épines ou du martyre.

Rue Jacob. — D'après la demande de plusieurs propriétaires riverains, une décision ministérielle du 14 juillet 1836, autorisa la réunion de la rue du Colombier à la rue Jacob, sous la seule dénomination de cette dernière.

La rue du Colombier date du commencement du quatorzième siècle ; la rue Jacob est moins ancienne, et doit son nom à l'*autel Jacob*, que la Reine Marguerite de Valois, première femme de Henri IV, avait fait vœu de bâtir. Cette Reine acquitta sa promesse, en ordonnant la construction du couvent et de l'église des Petits-Augustins. La largeur de la rue Jacob a été fixée à 10 mètres, par une décision ministérielle du 15 floréal an V.

Rue des Marais. — Elle a été ouverte en 1540 sur une partie de l'emplacement du Petit-Pré-aux-Clercs. Quelques années après elle était complétement habitée par des protestants, ce qui lui avait fait donner le nom de *Petite-Genève.* La rue des Marais fut la seule rue dont les habitants calvinistes échappèrent au massacre de la Saint-Barthélemy.

La maison qui porte aujourd'hui le nº 21 fut habitée par *Racine;* c'est là qu'il mourut en 1699. *Mademoiselle Lecouvreur* demeura également dans cette maison.

La largeur de la rue des Marais a été fixée à 10 mèt., en vertu d'une ordonnance Royale du 29 avril 1839.

Passage des Beaux-Arts. — Ouvert en 1825 sur l'emplacement de l'hôtel de La Rochefoucault. Il a été autorisé comme passage public, par une Ordonnance préfectorale du 17 février 1848.

Rue Mazarine. — Elle a été bâtie sur le chemin qui bordait le fossé de l'enceinte de Philippe-Auguste, et qu'on appelait *Chemin des Buttes*, en raison des monticules formés eu cet endroit par les débris de plusieurs tuileries voisines. Cette rue prit le nom de *Mazarine*, lorsque Son Éminence le Cardinal Mazarin fit bâtir le Collége des Quatre-Nations, qu'on décora bientôt du nom du Ministre fondateur de ce bel établissement.

N'oublions pas que le Cardinal Mazarin légua sa bibliothèque à son collége, et que cette collection, composée de livres et manuscrits les plus rares et les plus précieux, fut mise à la disposition du public bien avant la bibliothèque du Roi.

Le célèbre *Barbaroux* que Madame Roland appelait l'Antinoüs des Girondins, a demeuré dans la rue Mazarine au numéro 20.

La largeur de la rue Mazarine a été fixée à 10 mètres par l'ordonnance Royale en date du 25 novembre 1844.

Quai de Conti. — La Seine, lors de ses débordements, atteignait et parfois même dépassait le vieil hôtel de Nesle, l'un des plus beaux et des plus vastes parmi les habitations princières qui faisaient l'ornement de l'ancien Paris. Il se prolongeait le long du fleuve depuis l'endroit où fut percée sous Henri IV la rue Dauphine, jusqu'à la Porte et la Tour nommées *Philippe Hamelin*.

Cette porte et cette tour s'élevaient sur l'emplacement où l'on voit aujourd'hui le Palais de l'Institut. Les rues de Nevers, d'Anjou et de Guénégaud ont été baties successivement sur les terrains de l'hôtel de Nesle.

Brantôme nous parle d'une Reine « qui se tenoit à » l'hostel de Nesle, laquelle faisoit le guet, et ceux qui » lui plaisoient et agréoient le plus, de quelque sorte

» de gens que ce fussent, les faisoit appeler et venir à

» elle, et après en avoir tiré ce qu'elle en vouloit, les

» faisoit précipiter de la tour en bas dans l'eau. Je ne

» peux pas dire, ajoute-t-il, que cela soye vray, mais

» la plupart de Paris l'affirme, et il n'y a personne qui

» ne le dise en montrant la tour. »

Le poëte Villon, dans sa *Ballade aux Dames*, en parle ainsi :

> Où en est la Royne
> Qui commanda que Buridan
> Fut jeté en un sac en Soyne.

Si ce fait est vrai, la princesse dont il est ici question était Jeanne, Comtesse de Bourgogne et d'Artois, Reine de France. Elle habita l'hôtel de Nesle après la mort de Philippe le Long, son mari, et y mourut en 1329. Quant à Jean Buridan, de Béthune, en Artois, c'était un des meilleurs écoliers de l'université de Paris ; s'il fut jeté dans le fleuve, il parvint à se sauver, car il en est parlé en 1348.

Ce fut aussi à l'hôtel de Nesle qu'Henriette de Clèves, femme de Louis de Gonzague, duc de Nevers, apporta la tête de Coconas, qu'on avait exposé, sur un poteau, en place de Grève. L'épouse adultère alla seule, pendant la nuit, enlever cette tête qu'elle fit embaumer : long-temps elle la garda, dans l'armoire d'un cabinet, derrière son lit.

Cette même chambre fut arrosée des larmes de sa petite-fille, Marie-Louise de Gonzague de Clèves, dont l'amant, Cinq-Mars, fut décapité en 1642.

Voici l'acte constatant la création du quai de Conti ;

Bureau de la ville. — « Nous, ce jour, estant allez vi-
» siter ce qu'il est nécessaire de faire pour l'embellisse-
» ment et la décoration de la ville, le quay de la rivière,
» depuis le bout du Pont-Neuf, jusques à la porte de
» Nesle ; suivant les résolutions pour ce prises au bureau
» de la ville, à la prière et requeste de M. du Plessis de
» Guénégaud, secrétaire d'Estat; ce considéré que la
» maison appelée le *Château-Gaillard* empêchait en
» quelle que façon l'ornement du dit quay, qui ne sert
» d'ailleurs qu'à des divertissements publics parmi les-
» quels il s'y trouve toujours quelques désordres, joinct
» que la ville qui en a faict concession, n'en retire pas
» grande utilité ; nous, en conséquence d'autres pré-
» cédentes délibérations, avons résolu de la faire ab-
» battre et de se servir des démolitions qui en provien-
» dront pour l'establissement d'un quay qui prendra
» despuis le dict lieu jusques à la Porte de Nesle, en
» desdommageant les particuliers qui y ont basti par la
» permission de la ville ; et vu la nécessité qu'il y avoit
» de faire promptement travailler au dict quay et sous-
» tenir les terres qui y ont esté apportées, ce qui pour-
» roit gaster la rivière, avons ordonné qu'il soit pro-
» cédé au plus tôt à la construction du dit quay. Fait
» au bureau de la ville le 5 novembre 1655. »

Voici un autre document qui complète le précédent:

Bureau de la Ville. — « Nous estant ce jour assem-
» blés au bureau de la ville pour donner notre avis sur
» les propositions et dessins qui nous ont esté présen-
» tés pour la construction de certains bastiments sur et

» le long du quay Malaquais, joignant la porte de
» Nesle, depuis icelle jusqu'à l'entrée de la rue de
» Seine... sommes d'avis que l'on doit continuer le
» Quay encommencé du costé du Pont-Neuf jusqu'à la
» Tour de Nesle, et depuis icelle la conduire ainsi en
» ligne droite jusqu'à la rue des Petits–Augustins, lais-
» sant au devant de la rue un quay de la largeur de 10
» à 12 thoises, conformément aux dessins ci-devant ar-
» restez, et les alignements donnés en conséquence aux
» propriétaires des maisons sur le dict quay. — Fait
» au bureau de la ville, le 10 juillet 1662. »

Au quai de Conti se rattache un dernier souvenir. En
vertu d'une autorisation spéciale de l'Empereur Napoléon III, en date du 14 octobre 1853, le propriétaire du
numéro 5 a fait placer sur le mur de sa maison, située
en face du Pont-Neuf, une inscription en lettres d'or,
et ainsi conçue :

SOUVENIR HISTORIQUE

L'Empereur Napoléon Bonaparte, officier d'artillerie,
sortant de l'École de Brienne,
demeurait au cinquième étage de cette maison.

Tels sont les documents administratifs et historiques
se rattachant au prolongement de la rue de Rennes
jusqu'au fleuve.

II

RUE DU LOUVRE. — RIVE DROITE.

Bien que le tracé de la rue du Louvre soit sé-

séparé par le fleuve, de la rue de Rennes prolongée, ce doit être évidemment la continuation de cette voie, sur la rive droite de la Seine, c'est-à-dire le courant naturel de la circulation du nord au midi de la ville de Paris.

Décrivons maintenant le tracé de la rue du Louvre, en rappelant, en même temps, les souvenirs historiques se rattachant aux voies publiques intéressées à cette création.

En vertu des décrets Impériaux des 15 novembre 1853 et 3 mai 1854, la moindre largeur de la place du Louvre, indiquée à tort sur les plaques municipales sous le nom de rue du Louvre, est fixée à 45 mètres, à partir de la grille du palais. La rue du Louvre ne commence donc officiellement et régulièrement qu'à l'ancienne rue des Poulies, transformée en une voie de 20 mètres de largeur, par décret Impérial du 3 mai 1854.

La rue du Louvre, pour se continuer, doit couper les maisons numéros 118, 120, 122, et partie du 124, appartenant à la rue Saint-Honoré.

Cette voie publique dans cette partie, c'est-à-dire de la rue Tirechape à celle du Rempart, se nommait au quatorzième siècle, *rue de la Croix-du-Trahoir*. — Trahoir dérive du latin *trahere*, tirer ; en effet, c'était à l'angle des rues Saint-Honoré et de l'Arbre-Sec, au pied de cette croix où l'on voit aujourd'hui une fontaine, qu'on mettait à mort les condamnés de la juridiction de Saint-Germain-l'Auxerrois.

Le prolongement de la rue du Louvre amène ensuite la suppression de la *rue d'Orléans*, dont le sol servira bientôt à former un îlot quadrangulaire de maisons ayant pour limites la rue du Louvre prolongée à l'ouest la rue des Vieilles-Étuves à l'est, la rue Saint-Honoré au midi, et la rue des Deux-Écus au nord.

La rue d'Orléans, construite en partie à la fin du treizième siècle, portait d'abord le nom de rue de *Nesle*, parce qu'elle longeait l'hôtel que Jean II, seigneur de Nesle, avait fait bâtir près de Saint-Eustache. En 1328, cette voie publique se nommait rue de *Bohême* ; l'hôtel de Nesle appartenait alors à Jean de Luxembourg, roi de *Bohême*, qui resta fidèle à la France, et mourut pour elle à la bataille de Crécy.

A la mort du roi de Bohême et de son fils Charles, la propriété de l'hôtel de Bohême revint à la couronne et fut donnée plus tard par Charles VI à Louis de France, duc d'Orléans ; alors la voie publique dont nous rappelons l'origine prit le nom de rue d'*Orléans*. Dans plusieurs titres du seizième siècle, on la trouve quelquefois indiquée sous la dénomination de rue des *Filles-Pénitentes*, parce que ces religieuses occupaient dès 1499 l'hôtel d'Orléans. Jusqu'en 1572, la rue d'Orléans commençait à la rue Saint-Honoré et se terminait à la rue Coquillière, en face de l'église Saint-Eustache. A cette époque, Catherine de Médicis, s'étant rendue propriétaire du couvent des Filles-Pénitentes, fit de nombreuses acquisitions pour agrandir cet emplacement, sur lequel la Reine mère voulait bâtir un palais. En 1577, elle supprima presque en entier la partie de la rue d'Orléans comprise entre celle des Deux-Écus et Coquillière, et ne laissa subsister du côté de cette dernière qu'une impasse qui, en 1763, est devenue la rue Oblin.

Aux numéros 11 et 13 de la rue d'Orléans, est l'hôtel d'*Aligre*, bâti sous le règne de Henri II, pour le contrôleur des finances de Roquencourt, qui en fit don à la duchesse de Valentinois, dont la fille épousa le maréchal de Bouillon. Cette habitation a porté successivement les noms d'hôtel d'Aligre, de Bouillon, de Puysieux, de Harlay et de Verthamont. On voit encore en plusieurs endroits les armoiries de ces grandes familles.

Avant de continuer le prolongement de la rue du Louvre, mentionnons la transformation de la *rue des Vieilles-Étuves*, dont la largeur sera portée à 20 mètres.

Cette rue, construite au milieu du treizième siècle, doit son nom à de vieilles étuves ou bains établis en cet endroit. En 1350, on l'appelait rue des *Vieilles-Étuves*. Cette voie publique aboutissait anciennement à la rue d'Orléans (nommée de *Nesle*). — La partie de la rue des Vieilles-Étuves, comprise entre la rue d'Orléans et celle des Deux-Écus, fut supprimée vers 1577, pour agrandir l'hôtel de Catherine de Médicis.

La rue des Vieilles-Étuves était autrefois l'une des voies les plus curieuses à étudier; mais Paris a subi de si nombreuses transformations, qu'il devient difficile aujourd'hui d'esquisser son ancienne physionomie. Chaque jour, une nouvelle couche efface le Paris du moyen âge, heureux encore lorsqu'il reste un nom à l'aide duquel on évoque des souvenirs.

En sortant de la rue du *Chastiau-Fétu* (nom que

portait au seizième siècle la partie de la rue Saint-
Honoré située entre la rue Tirechape et celle de l'Arbre-
Sec), en quittant ses hautes maisons à pignons histo-
riés, aux façades couvertes de gracieuses figurines, on
entrait, en tournant à droite, dans la rue des *Vieilles-
Étuves*. Le matin, une heure après l'ouverture des boutiques, on entendait le barbier étuviste qui criait :

> Seignor, quar vous allez baingner ;
> Et eztuver sanz délayer,
> Li bains sont chaut, c'est sans mentir.

En ce moment, de joyeux étudiants, couverts de
capes ou de mantes déchirées, entraient dans ces
étuves en fredonnant l'acrostiche suivant, composé,
sous le règne de Louis XII, pour le blason de la ville
de Paris :

> Paisible domaine,
> Amoureux vergier,
> Repos sans dangier,
> Justice certaine,
> Science hautaine,
>   C'est Paris entier.

D'autres clercs s'arrêtaient devant un homme portant un broc d'une main, et tenant, de l'autre, un panier
rempli de cornes semblables à celles des moissonneurs.
Cet homme chantait à tue-tête :

> Bon vin à bouche bien espicé.

Puis des femmes de la halle, aux larges épaules, aux

manches retroussées, criaient de toute la force de leurs
poumons :

> J'ai chastaignes de Lumbardie !
> J'ai roisin d'oustremer — roisin !
> J'ai porées et j'ai naviaux,
> J'ai pois en cosse tous noviaux !

Plus loin on voyait une grosse et joyeuse commère
qui portait sur le ventre tout l'attirail d'un restaurateur. Elle arrêtait les passants en leur débitant cette
petite chanson :

> Chaudes oublées renforcies,
> Galètes chaudes, eschaudez,
> Roinssolles, ça denrées aux dez.

Parfois de jeunes et jolie filles de la campagne venaient offrir les plus belles fleurs et les meilleurs fruits
de la saison, en murmurant d'une voix douce :

> Aiglantier...
> Verjus de grain à fère aillie.
> Alies i a d'alisier.

Souvent on voyait quelques fripiers échappés de la
rue Tirechape qui arrêtaient les clercs aux mantes
râpées, en leur disant :

> Cote et surcot rafeteroie (je raccommode).

Et comme ces écoliers avaient plus de trous aux
genoux et aux coudes que de *blancs d'angelots* ou de
sols Parisis dans leurs surcots, ils s'esquivaient tout
honteux pour se soustraire à l'importunité de ces che-
valiers de l'aiguille.

Telle était, aux quatorzième et quinzième siècles, la physionomie de la rue des Vieilles-Étuves.

Le droit de tenir les bains appartenait à la communauté des maîtres barbiers et perruquiers. On lisait sur leur enseigne : *Céans, l'on fait le poil proprement et l'on tient bains et estuves.*

Les bains n'étaient pas les établissements les mieux famés de la ville. Le livre des métiers d'Étienne Boileau contient, sous le titre *Estuveurs* LXXIII, les statuts suivants : « Que nuls ne crient, ne fassent crier leurs estuves jusques à temps qu'il soit jour... Que nuls ne soustiengent en leurs mésons, bordiaus de jour ne de nuit, mesians ne mesèles (lépreux et lépreuses), ne aultres gens diffamez de nuict. »

Cependant, malgré ces règlements, les étuves n'en furent pas moins des lieux de débauche et de prostitution. Maillard, dans un sermon remarquable par une énergique crudité d'expressions, s'éleva contre ces désordres. Les bains se maintinrent jusqu'à la fin du dix-septième siècle.

« Auparavant, dit Sauval, les estuves étaient si communes, qu'on ne pouvait faire un pas sans en trouver. »

Revenons au prolongement de la rue du Louvre, qui enlève à la *rue des Deux-Écus* ses nos 27, 29 et 31, ainsi que la majeure partie des maisons numéros pairs entre les rues Babille et de Grenelle, c'est-à-dire de 32 à 46.

La partie de la rue des Deux-Écus qui s'étend de la rue d'Orléans à celle de Grenelle et qui doit disparaître, a été ouverte en 1577 sur l'emplacement du monastère des *Filles-Pénitentes*.

Voici la lettre adressée à ce sujet par Catherine de Médicis au Prévôt des Marchands :

« Monsieur le Prévost, pour ce que je désire faire
» fermer la rue qui est près ma petite maison et au
» mesme instant faire ouvrir celle que j'ay ordonné
» estre faicte où estoit la porte de l'hostel des Péni-
» tantes, qui passera entre la rue de Grenelles, j'ai
» donné charge à Marcel, mon receveur-général, de
» vous aller trouver et vous bailler la présente que je
» vous faict à ceste fin, en vous priant de ma part comme
» je fais par icelle de bailler incontinent la permission
» nécessaire pour fermer la dicte rue et ouvrir l'austre,
» et pour que vous entendiez par eun bien au long mon
» intention la dessus, je ne vous ferai la présente plus
» longue que pour prier Dieu, monsieur le Prevost,
» vous tenir en sa saincte et digne garde : ce faict à
» Poictiers, le 6jᵉ jour de septembre 1577. Signé :
» Catherine. »

Conformément aux ordres donnés par la Reine mère, on supprima la partie de la rue des Vieilles-Étuves comprise entre les rues des Deux-Écus et d'Orléans, et l'on prolongea la rue des Deux-Écus jusqu'à celle de Grenelle. — Une décision ministérielle, à la date du 9 germinal an XIII, signée Champagny, fixa la moindre largeur de la rue des Deux-Écus à 9 mètres. Cette moindre largeur était portée à 16 mètres 50 centimè-tres dans la partie comprise entre la rue des Prouvaires et celle d'Orléans, en vertu d'un décret du Président de la République, L. N. Bonaparte, du 10 mars 1852, qui avait prescrit l'expropriation et la démolition des maisons de 1 à 11. Ces propriétés ont été abattues en 1853. Enfin, d'après le décret impérial du 21 juin 1854, qui détermine le périmètre des Grandes Halles, la largeur de la partie située entre la rue des Prouvaires et du Four, est définitivement fixée à 20 mètres.

Nous sommes arrivés à la Halle au Blé, et il importe de rappeler ce que l'Administration Municipale entend réaliser en faveur de cet établissement qui fait partie du grand périmètre des Halles.

Nous avons dit que les deux nouveaux pavillons des Halles seront construits sur l'emplacement de l'îlot séparant la rue du Four de la rue de Viarme.

Les rues Oblin et Vannes seront supprimées; l'alignement de la rue du Four, entre celles des Deux-Écus et Saint-Honoré, sera porté à 15 mètres de largeur.

Pour isoler complétement la Halle au Blé et lui donner de l'air suffisamment au nord comme au sud, les îlots de maisons séparant les rues Oblin et Sartine, et les rues Devarenne et Babille, doivent être démolis, et il sera ménagé sur ces deux points, deux espaces de 40 mètres de largeur. La dimension de la rue des Prouvaires est portée à 15 mètres.

Dans l'intérêt de la circulation générale aux abords des Halles, deux rues seront créées. La première de 15 mètres de largeur, entre les rues Jean-Jacques-Rousseau et du Jour, avec pan coupé de 11 mètres de largeur du côté de la rue Jean-Jacques-Rousseau. Une place quadrangulaire sera formée en face de la principale entrée de Saint-Eustache, pour assurer l'accès de l'église.

La deuxième rue, entre la rue du Jour et la rue Montmartre, pour isoler l'édifice religieux, aura 13 mètres; enfin, l'alignement de la rue du Jour est modifié de manière à porter sa largeur à 13 mètres.

Telles sont les créations qui intéressent la Halle au Blé et les abords des Halles Centrales.

Maintenant, continuons la description du tracé de la rue du Louvre.

Après avoir traversé la rue des Deux-Écus, le prolongement de la rue du Louvre coupe la *rue Mercier* et détruit les maisons 5, 7, 9, 11, 13, 15, 6, 8, 10 et 12. — Louis Mercier, qui a donné son nom à cette rue, était écuyer, conseiller du Roi en l'Hôtel de Ville. Il fut élu Échevin de la Ville de Paris pour les années 1761 et 1762, sous la Prévôté de messire Camus de Pontcarré, seigneur de Viarme.

Après avoir dépassé la rue Mercier, la rue du Louvre entame la rue de Grenelle, coupe le passage des Fermes pour ressortir par la rue Coquillière.

La rue de Grenelle était en dehors, mais à proximité de l'enceinte de Paris sous Philippe-Auguste. Son nom, altéré depuis, vient d'un seigneur *de Guernelles,* qui fit bâtir les premières maisons de cette rue.

Le *passage des Fermes,* qui va disparaître au moins en grande partie, a été construit sur l'emplacement de l'ancien hôtel des Fermes. C'était anciennement l'hôtel de Jean de la Ferrière, vidame de Chartres, l'un des lieutenants de l'amiral de Coligny. Jeanne d'Albret, reine de Navarre, y mourut le 8 juin 1572, peu de jours avant le massacre de la Saint-Barthélemy. On lit dans Sauval, qu'Isabelle Gaillard, femme du président Baillet, vendit deux maisons rue de Grenelle à Françoise d'Orléans, veuve de Louis de Bourbon, premier prince de Condé. Cette vente fut faite en 1573. L'hôtel passa ensuite à Charles de Soissons. — L'amoureux gentil-homme se plaisait à répandre de tous côtés, sur les vitres, les plafonds et les lambris, d'ingénieux emblè-mes, de galantes devises et ses chiffres enlacés avec ceux de Catherine de Navarre, sœur de Henri IV. En 1605, cette propriété fut vendue à Henri de Bourbon, duc de Montpensier. Henriette de Joyeuse, sa veuve, s'étant remariée au duc de Guise, la revendit en 1612 à Roger de Saint-Larri, duc de Bellegarde, grand écuyer de France, ce courtisan si aimable, si poli, cet amant chéri de Gabrielle d'Estrées, de mademoiselle de Guise et de tant d'autres. Le chancelier Séguier fit, en 1633, l'acquisition de cette superbe demeure, qui devint, après la mort du cardinal de Richelieu, l'asile des muses. Là, s'assemblèrent les Racan, les Sarrazin et tous les beaux esprits de l'époque. Le duc de Belle-garde avait fait agrandir cette résidence par le célèbre architecte Androuet du Cerceau ; Séguier l'embellit encore. Ce magistrat eut plusieurs fois l'honneur d'y recevoir Louis XIV et la famille royale. Cet hôtel fut ensuite occupé par la Ferme générale. « Je ne passe » jamais devant l'hôtel des Fermes. disait Mercier,

» l'auteur du *Tableau de Paris*, sans pousser un pro-
» fond soupir. Je me dis : Là, s'engouffre l'argent arra-
» ché avec violence de toutes les parties du royaume,
» pour qu'après ce long et pénible voyage, il rentre
» altéré dans les coffres du Roi. Quel marché ruineux !
» quel contrat funeste et illusoire a signé le Souverain !
» Il a consenti à la misère publique pour être moins
» riche lui-même. Je voudrais pouvoir renverser cette
» immense et infernale machine qui saisit à la gorge
» chaque citoyen, pompe son sang, sans qu'il puisse
» résister, et le dispense à deux ou trois cents particu-
» liers qui possèdent la masse entière des richesses.
» Chaque plume de commis est un tube meurtrier qui
» écrase le commerce, l'activité, l'industrie. La Ferme
» est l'épouvantail qui comprime tous les desseins
» hardis et généreux. On ne songe plus dans cette
» anarchie qu'à se jeter dans le parti des voleurs ; et
» l'horrible finance se soutient par ses déprédations
» mêmes !... Là, enfin, on tient école de pillages raffi-
» nés ! Là on offre des plans plus oppressifs les uns que
» les autres. La finance est le ver solitaire qui énerve
» le corps politique. Ce ver absorbe les principaux
» sucs, fait naître de fausses faims et tue enfin le sein
» qui le renferme ! » — L'hôtel des Fermes devint propriété nationale et fut vendu le 19 fructidor an IV.

Après avoir détruit le passage de l'Hôtel des Fermes,
la rue du Louvre débouche dans la *rue Coquillière*, et
lui enlève les maisons nᵒˢ 20, 22, 23 et 25.

Voici l'origine de la rue Coquillière : Le mur d'enceinte de Paris construit sous Philippe-Auguste, s'éten-

dait entre les rues de Grenelle et d'Orléans, plus près de la première que de la seconde, jusqu'au carrefour où aboutissent aujourd'hui les rues de Grenelle, Sartine, Jean-Jacques-Rousseau et Coquillière. Là était une porte de ville appelée *Coquillier* ou *Coquillière*. Elle devait ce nom à la famille Coquillier, qui a donné au corps municipal de Paris des Conseillers et Quartiniers.

Après avoir traversé la rue Coquillière, la rue du Louvre coupe en mouchoir et légèrement l'extrémité de l'*Hôtel des Postes*.

Cet hôtel n'était vers la fin du quinzième siècle qu'une grande maison ayant pour enseigne : l'*Image Saint-Jacques*. Elle appartenait alors à Jacques Rebours, procureur de la Ville. Jean-Louis Nogaret de la Valette, duc d'Épernon, l'acheta et la fit rebâtir. Elle fut vendue par Bernard de Nogaret, son fils, à Barthélemi d'Hervart, contrôleur général des Finances, qui la reconstruisit presque en entier, et n'épargna aucune dépense pour en faire une habitation magnifique. Cet hôtel passa ensuite à M. Fleuriau d'Armenonville, secrétaire d'État et Garde des Sceaux.

Voici l'extrait d'une pièce officielle que nous devons à l'obligeance d'un de nos lecteurs :

« Le 1er mars 1757, par contrat passé devant Briant
» et Doyen, notaires au Châtelet de Paris, le sieur
» Laurent Destouches, architecte et conseiller secré-
» taire du Roi, Maître-général contrôleur et inspecteur
» des bâtiments de la Ville de Paris, garde ayant
» charge des Fontaines publiques, etc... et dame Anne

» Charlotte Julie Beausire, son épouse, duement au-
» torisée de son mari, ont solidairement vendu au Roi
» un grand hôtel appelé l'*Hôtel d'Armenonville*, sis à
» Paris, *rue Plastrière* (**1**), faisant deux coins de la
» rue Verdelet et l'un des coins de la rue du Coq-
» Héron... moyennant la somme de *cinq cent mille*
» *livres*, avec intérêt au denier vingt jusqu'à parfait
» payement... »

La confirmation faite en parlement à la requête du
procureur général du Roi, est à la date du 30 août
1758 (2).

Nous avons, en plusieurs circonstances, parlé du
projet de déplacement de l'hôtel des Postes, qui est encore maintenant étranglé par quatre ruelles dont la
transformation coûterait évidemment plus cher que la
construction d'un nouvel établissement sur une place
libre et dégagée.

Le Gouvernement et l'Administration Municipale,
heureusement inspirés, avaient fait choix d'un emplacement circonscrit par la place du Châtelet, le quai de
la Mégisserie, la rue des Lavandières et son prolongement, et la rue Jean-Lantier prolongée. La superficie
renfermée dans ce périmètre était de 8,296 mètres.

(1) Aujourd'hui Jean-Jacques-Rousseau.
(2) Cette pièce, qui nous a permis de rectifier une erreur
accréditée trop longtemps par tous les écrivains qui se
sont occupés de l'histoire de Paris, nous a été confiée par
M. Destouches, propriétaire, l'un des descendants de Laurent Destouches, architecte. — M. Destouches est beau-
frère de M. Lefuel, architecte de S. M. l'Empereur.

Un traité passé entre l'État et la Ville de Paris, le 28 avril 1854, avait été approuvé par décret impérial du 21 juin suivant. — Ce traité n'a pas été exécuté.

L'hôtel des Postes restera-t-il longtemps encore dans sa situation actuelle si difficile et presque inabordable? Ce serait évidemment un malheur dans l'intérêt de la circulation générale.

Après avoir fait une entaille à l'hôtel des Postes, la rue du Louvre pénètre dans la rue du *Coq-Héron*, et enlève à cette voie publique les maisons n°s 9, 11, 13, 15, 8 et 10.

La rue du Coq-Héron n'était, en 1298 qu'une impasse. Le roi François Ier, par lettres patentes du mois de septembre 1543, ordonna que l'hôtel de Flandre serait démoli, et son terrain divisé en plusieurs lots que l'on vendrait à divers particuliers. Sur une partie de cet emplacement, l'impasse du Coq-Héron, qui devait son nom à une enseigne, fut convertie en rue.

Après avoir traversé la rue du Coq-Héron, la rue du Louvre entame la rue *Pagevin*, dont voici l'origine :

Les rues *Verdelet*, *Pagevin* et du *Petit-Reposoir*, qui se continuaient autrefois, ont été réunies sous une seule et même dénomination, par décision ministérielle du 28 août 1849.

La première de ces voies publiques n'était, en 1295, qu'une ruelle étroite et malsaine hors des murs de l'enceinte de Philippe-Auguste. Elle se nommait alors rue *Merderet*. En 1311, on la trouve sous le nom de *Breneuse*, c'est-à-dire malpropre. Plus tard, par altération, elle fut appelée rue *Verderet*, puis *Verdelet*.

Dans cette rue, au n° 4, est une maison où l'on voyait autrefois un jeu de paume. Ce fut dans cette propriété que Jean-Jacques Rousseau se logea, lorsque l'écrivain quitta l'hôtel Saint-Quentin de la rue des Cordiers.

La deuxième rue existait dès 1293 : on ne la connaissait alors que sous la désignation de ruelle. Plus tard on la nomma rue *Breneuse*, vieux mot qui désignait une ruelle étroite et malpropre. Elle doit son nom actuel à *Jean Pagevin*, huissier du Parlement.

La troisième était connue comme la précédente, sous le nom de rue *Breneuse*. Elle se prolongeait autrefois jusqu'à la rue du Mail, par la rue Vide-Gousset, dont elle faisait partie, avant la construction de la place des Victoires. Dans une sentence du Châtelet, du 12 juillet 1582, la rue Breneuse porte déjà la dénomination du *Petit-Reposoir*, parce que, le jour de la Fête-Dieu, on y élevait un reposoir.

En quittant la rue Pagevin, la rue du Louvre entre dans la *rue Soly*, qui a été ouverte en 1548, et doit son nom à maître Antoine Soly, Échevin en 1549, sous la Prévôté de messire Claude Guyot. La rue Soly est une des ruelles les plus étroites, et le tracé de la rue du Louvre, qui lui jette par terre les maisons de 2 à 16 inclusivement, et les n°s 13, 15 et 17, l'effacera vraisemblablement tout à fait de la carte de Paris.

Après avoir supprimé ou transformé la rue Soly, la rue du Louvre entame la *rue des Vieux-Augustins*, et lui enlève les n°s 32, 34, 36, 38, 40, 42, 44, 51, 53, 55, 57, 59, 61 et 63.

Voici l'origine de cette voie publique :

Quelques moines Augustins vinrent d'Italie en France, attirés dans notre pays par la protection que le roi Louis IX accordait à tous les religieux.

Ils s'établirent d'abord au delà de la porte Saint-Eustache, dans un lieu environné de bois où se trouvait une chapelle dédiée à sainte Marie Égyptienne.

Joinville parle ainsi de cet établissement : « Le Roy pourvut les Frères Augustins et leur acheta la grange à un bourgeois de Paris et toutes les appartenances, et leur fit faire un moustier (monastère) dehors la porte Montmartre. » — Vers l'année 1285, ces religieux quittèrent cet endroit pour aller dans le clos du Chardonnet. Peu de temps après leur départ, une rue fut ouverte à côté de leur ancienne demeure. On donna à cette voie publique deux dénominations : celle des *Augustins*, à la partie comprise entre les rues Montmartre et Pagevin, et au surplus jusqu'à la rue Coquillière, le nom de *Pagevin*. Ce ne fut qu'au dix-huitième siècle que la communication dont il s'agit s'appela dans toute son étendue rue des Vieux-Augustins.

Sa trouée faite dans la rue des Vieux-Augustins, la rue du Louvre enlève à la rue des Fossés-Montmartre les maisons numéros 16, 18, 20, 22, 24, 27, 29 et 31.

On désignait anciennement cette voie publique sous le nom de *rue des Fossés*, parce qu'elle avait été alignée sur l'emplacement des fossés qui régnaient le long du mur de clôture construit sous Charles V et Charles VI.

Après être sortie de la rue des Fossés-Montmartre, la rue du Louvre pénètre dans la *rue Montmartre*, en détruisant les maisons nᵒˢ 69, 71, 73, 75, 79 et 81.

Pour indiquer les agrandissements successifs de cette voie publique, nous dirons que la première porte Montmartre, que l'on nommait également *porte Saint-Eustache*, faisait partie de l'enceinte de Philippe-Auguste. Elle avait été construite, vers l'an 1200 en face des maisons nᵒˢ 15 et 32. Vers l'année 1380, Paris s'était considérablement agrandi, le flot commençait de déborder. L'ancienne porte fut alors démolie et reconstruite dans la même rue, aux coins méridionaux des rues des Fossés-Montmartre et Neuve-Saint-Eustache, entre les maisons numéros 71 et 88.

Le rempart, passait entre les rue des Fossés-Montmartre et l'impasse Saint-Claude, qui s'appelait à cette époque rue du Rempart. Cette deuxième porte fut abattue en 1633, et vers la fin du règne de Louis XIII, une troisième fut construite entre la fontaine et la rue des Jeûneurs, presque en face de la rue Saint-Marc. Cette dernière porte fut démolie vers l'an 1700. Au mois de mai 1812, on en découvrit les fondations en face des nᵒˢ 143 et 160.

Enfin, pour arriver au terme de sa course, la rue du Louvre enlève à la rue du Mail la maison nᵒ 38.

La rue du Mail a été ouverte en août 1634, conformément à un arrêt du Conseil du 23 novembre 1633, sur l'emplacement d'un *mail* qui s'étendait de la porte Montmartre à la porte Saint-Honoré.

Louis Lazare.

(La fin dans le 5ᵉ volume.)

LES LOCATAIRES ET LA LOI DU 3 MAI 1841

Nos lecteurs se rappellent sans doute la lutte engagée entre la ville de Paris et les locataires de maisons destinées à la démolition, au sujet de la résiliation des baux. Nous avons retracé dans le premier volume de la *Bibliothèque Municipale* (page 280 et suivantes) les diverses phases de cette question si intéressante.

La jurisprudence, après bien des variations, s'est enfin fixée à l'avantage des locataires, et il a été jugé que, toutes les fois qu'une maison avait été déclarée expropriée pour cause d'utilité publique, soit par un jugement régulier, soit par un jugement de donné acte, les baux, grevant cette maison, se trouvaient aussitôt résiliés *ipso jure*, et le droit à une indemnité ouvert au profit des locataires.

Mais à ce moment, la Cour, tout en adoptant cette jurisprudence, faisait une exception pour les maisons acquises par la Ville, non plus en vertu d'un jugement, mais seulement par suite d'un contrat amiable par-devant notaire.

Aujourd'hui, le Tribunal civil de la Seine, allant plus loin encore que la Cour de Paris, vient, par un jugement rendu le 18 décembre dernier, sous la présidence de l'éminent magistrat placé à sa tête, de supprimer cette dernière distinction.

Nous croyons utile de placer sous les yeux de nos lecteurs les termes mêmes de ce jugement.

TRIBUNAL CIVIL DE LA SEINE

Audience du 18 *décembre* 1863.

« Le Tribunal,

» Sur la demande en nullité de congé :

» Attendu que le congé du 30 juin par exploit de Lebrun, huissier à Paris, est régulier en la forme ;

» Attendu que si les demandeurs jouissent, en vertu d'un bail écrit du 15 avril 1859, enregistré, d'une portion déterminée à ce bail, de la maison n° 164 de la rue du Temple, appartenant à Ferrère et Compagnie, il résulte des documents de la cause qu'ils occupent au quatrième étage de ladite maison, et par location verbale, deux pièces non comprises dans celles désignées à l'acte du 15 avril ;

» Que l'acte extrajudiciaire du 30 juin est notifié à Savin et Compagnie, en leur qualité de locataires, à titre verbal de différents locaux dépendant de la maison n° 164 ;

» Que ces expressions s'appliquent exclusivement aux deux chambres qu'ils ont louées au dehors de la convention écrite ;

» Que, dès lors, les propriétaires ont pu leur donner congé en se conformant, ainsi qu'ils l'ont fait, à l'usage des lieux, en vertu de l'art. 1736 du Code Napoléon ;

» Sur le chef relatif au renvoi devant le jury d'expropriation pour le règlement de l'indemnité :

» Attendu que, par un arrêté du 25 octobre 1862, rendu à la suite d'un décret du 14 août précédent, le préfet de la Seine agissant pour régulariser l'expropriation des immeubles nécessaires à la reconstruction du marché du Temple, déclaré d'utilité publique par le décret susdaté, a déterminé les propriétés auxquelles l'expropriation, ordonnée par la puissance publique, serait applicable et désigné parmi ces propriétés la maison portant le n° 164 de la rue du Temple ;

» Que par acte du 20 janvier 1863, passé entre la ville de Paris et la Compagnie Ferrère, celle-ci, chargée des travaux de reconstruction du marché du Temple, a été subrogée dans les droits de la ville pour remplir les formalités d'expropriation, au regard des immeubles compris dans l'arrêté de cessibilité du 25 octobre ;

» Attendu que, par contrat authentique du 3 mars 1863, les défendeurs procédant, comme il est expliqué audit contrat, en vertu des décrets, arrêté et traité ci-dessus, ont acquis à l'amiable, des héritiers Villain, la maison n° 164, dont il s'agit ;

» Qu'il est à noter que l'une des parties propriétaires étant mineure, il a fallu obtenir pour elle du Tribunal l'autorisation de consentir amiablement à l'aliénation de la part lui revenant et que, pour l'obtenir, il a été procédé conformément à l'art. 13 de la loi du 3 mai 1841 ;

» Attendu, en présence des faits établis, qu'il y a lieu

pour le Tribunal de juger si la cession amiable de son immeuble par le propriétaire, après l'arrêté de cessibilité, doit avoir les mêmes effets que le jugement d'expropriation, et spécialement celui d'amener la résolution immédiate des baux à loyer;

» Attendu qu'il n'est plus aujourd'hui contesté que l'une des conséquences du jugement de donner acte, est de résoudre immédiatement les baux entre l'expropriant et les locataires, et qu'on ne saurait trouver une raison de différence entre ce jugement et le traité amiable, puisque l'un comme l'autre ont pour résultat de rendre définitif ce qui est déterminé par l'arrêté préfectoral rendu à la suite du décret déclarant l'utilité publique;

» Attendu, en effet, que bien qu'il soit écrit dans l'article 1er de la loi du 3 mai 1841 que l'expropriation doive être judiciairement prononcée, il est impossible de méconnaître que le législateur, dans l'article 13, n'a voulu l'intervention de la justice qu'à défaut d'un accord complet entre le propriétaire et l'expropriant;

» Que si l'expropriation n'est pas consommée par l'arrêté pris en vertu de l'art. 11, c'est parce que, jusque-là, il n'y a rien eu encore de contradictoire entre les propriétaires des immeubles désignés;

» Que, dès lors, tout acte qui interviendra pour établir cette contradiction devra consacrer, comme le jugement d'expropriation lui-même, les effets de cet arrêté, et la cession, quoique amiablement consentie, n'en aura pas moins le caractère d'une aliénation forcée;

» Que telle est l'interprétation qui ressort de l'économie générale de la loi sur cette matière;

» Attendu que cette conséquence découlant des dispositions préalables à la prise de possession de l'expropriant se confirme par les prescriptions à remplir après le jugement ou le contrat volontaire qui ont dessaisi le propriétaire, puisqu'on lit, à l'art. 19, que les règles posées dans les articles 15, 16, 17 et 18, ayant pour but de faire passer l'immeuble exproprié libre de toutes charges à l'expropriant, sont applicables au cas de conventions amiables;

» Attendu, en outre, que l'expropriant obtient la disposition immédiate de l'immeuble exproprié aussitôt que le prix en a été fixé d'une manière légale, ce qui a lieu par le contrat amiable;

» Que dès lors, à partir de ce moment, à la seule condition de payer le prix, il lui est loisible de déposséder, à son heure et à sa convenance, non pas seulement celui qui fut propriétaire, mais encore tous ceux ayant des droits accessoires et inhérents à la propriété qui cesse d'être grevée après l'accomplissement des formalités exigées pour la rendre libre, de là la conséquence d'une modification apportée à la jouissance des locataires, modification qui est précisément le principe de l'indemnité à laquelle ils peuvent prétendre;

» Que, s'il en est ainsi, l'action de ces derniers contre l'expropriant est ouverte du jour où la propriété pleine, entière et dégrevée, est passée entre les mains de celui-ci;

» Qu'autrement, il y aurait une inégalité de position

que le législateur n'a pu vouloir introduire dans une matière déjà si rigoureuse pour les locataires, comme pour les propriétaires, pouvant les uns et les autres être dépossédés, malgré eux, de leurs droits au profit de l'intérêt général;

» Qu'on ne peut enfin admettre que le locataire, jouissant en vertu d'un contrat, verrait ce contrat brusquement anéanti et remis, pour son exécution, à la discrétion d'un tiers, sans être admis à provoquer lui-même le règlement de l'indemnité à lui due, par suite de la résiliation provenant de cette situation essentiellement dommageable, et ce, par le motif unique que le propriétaire, au lieu de laisser rendre un jugement par le Tribunal, aurait consenti à entrer dans les vues de la loi en souscrivant un traité amiable avec l'expropriant;

» Par ces motifs,

» Le Tribunal,

» Déclare bon et valable le congé donné par la Compagnie Ferrère à Savin et Compagnie, par exploit de Lebrun, huissier à Paris, du 30 juin 1863;

» Et statuant sur le surplus des conclusions des demandeurs, dit que, dans le mois du présent jugement, les défendeurs seront tenus de réunir le jury d'expropriation pour faire régler l'indemnité due à Savin et Compagnie par suite de l'expropriation; à défaut de quoi, autorise les demandeurs à provoquer eux-mêmes la réunion du jury...;

» Condamne Ferrère et Compagnie aux dépens. »

D'après cette nouvelle jurisprudence, les locataires voient leurs baux résiliés et le droit à une indemnité ouvert dès que la Ville s'est rendue acquéreur de la maison, soit judiciairement, *soit à l'amiable* (c'est là l'innovation), après l'arrêté de cessibilité.

Au moment de mettre sous presse, on nous communique un arrêt de la Cour de Cassation, qui, allant encore plus loin, déclare ouvert le droit du locataire à l'indemnité après le traité amiable, *même en l'absence d'arrêté de cessibilité*, pourvu que ce contrat ait été publié et transcrit dans les formes du jugement d'expropriation.

Voici les termes de cet arrêt, en date du 20 janvier 1864 :

« La Cour,

» Vu les art. 30 et 55 de la loi du 3 mai 1841 ;

» Attendu que la Cour impériale de Paris était saisie, conformément aux art. 30 et 55 de la loi du 3 mai 1841, d'une réquisition des demandeurs tendant à la désignation d'un jury spécial pour la fixation des indemnités qui leur seraient dues en qualité de locataire d'une maison acquise par la Ville de Paris à titre d'utilité publique ;

» Qu'en exécution de deux décrets impériaux des 29 septembre 1854 et 23 août 1858, déclarant d'utilité publique le prolongement de la rue Réaumur sur le parcours de laquelle ladite maison est située, cession en avait été faite par le propriétaire à la Ville de Paris,

par acte authentique des 26 et 28 février 1861, enregistré avec la même exemption des droits qu'un jugement d'expropriation, publié et transcrit dans la même
forme, comme produisant les mêmes effets, et afin que
les intéressés fussent avertis que leurs droits dans
l'immeuble, incompatibles avec sa destination d'utilité
publique, étaient désormais remplacés par un droit à
indemnité, le tout en vertu de l'art. 19 de la loi du
3 mai 1841 et des art. 13, 14, 15, 16, 17 et 18 de la
même loi, avec lesquels il se combine ;

» Qu'au nombre de ces intéressés sont rangés, par
l'art. 21, les locataires, et que les demandeurs étaient
indiqués à ce titre dans l'acte de cession ;

» Que ceux-ci, se trouvant sous le coup d'une dépos-
session subordonnée à la seule condition du règlement
de leurs indemnités, et se prévalant du principe de
réciprocité inhérent à tout contrat synallagmatique,
prétendaient exercer le droit de recours au jury qui
appartient aux parties intéressées, d'après l'art. 50,
faute par l'Administration d'avoir poursuivi dans les
six mois de l'expropriation le règlement des indemnités ;

» Attendu que, dans cet état des faits, la Cour impériale de Paris, appelée à statuer en Chambre du
Conseil, sur la requête des demandeurs, devait se borner à y faire droit, sauf au jury, s'il s'élevait devant
lui un litige sur le fond du droit ou sur la qualité des
réclamants, à procéder comme il est dit en l'art. 39;
mais que ladite Cour, en l'absence des formes et des
garanties de la juridiction contentieuse, ne pouvait,

sans excéder les formes de la juridiction limitée qui lui est confiée en pareil cas, et sans violer la loi de la matière, trancher des questions affectant le fond du droit, comme elle l'a fait en déniant à la cession intervenue dans l'espèce les effets d'une expropriation consommée, et aux demandeurs la qualité de parties intéressées à s'en prévaloir pour requérir la désignation d'un jury spécial à l'effet de régler leurs indemnités ;

» Qu'en les déclarant non recevables par ces motifs et en rejetant leur requête, la Cour impériale a excédé sa compétence et en même temps violé les articles de la loi susvisée ;

» Casse et annule l'arrêt rendu par la Cour impériale de Paris, le 14 août 1863, etc. »

Il y a quelques années à peine, le droit des locataires était contesté de la manière la plus énergique par tout le monde. Aujourd'hui, le voilà presque entièrement reconnu, et l'œuvre sera bientôt terminée. Nous croyons y avoir un peu contribué.

Nous examinerons bientôt le droit des propriétaires placés sous le coup d'un décret d'expropriation. Puissions-nous être aussi heureux.

G. BOGELOT,
Avocat à la Cour impériale.

PLANTATIONS PARISIENNES

Syre, il faut bien se garder de contrarier nostre bonne mère nature et
de vouloir forcer la main au bon Dieu.
Maître André (jardinier du Roi Henri IV.)

De tous les services administratifs de la Ville de Paris, celui que nous étudions avec le plus de plaisir, est sans contredit le service des promenades et plantations.

Nous avons exprimé, en plusieurs circonstances, cette opinion : qu'il fallait s'imposer une sage réserve, en ce qui a rapport à la transplantation de sujets d'un certain âge, attendu que cette opération est d'abord très-coûteuse, et qu'elle entraîne ensuite le dépérissement de beaucoup d'arbres.

L'histoire semble confirmer cette opinion. Parmi nos anciens Rois, deux surtout ont affectionné les arbres et les fleurs : Henri IV et Louis XIV.

« Il m'est impossible, disait Henri IV à Maître An- » dré, son Jardinier, de demeurer plus d'une huitaine » de jours dans Paris, tant j'y étouffe. Cela me produit » l'effet d'une cuirasse que j'aurais endossé estant » maigre, et qu'il me faudrait conserver en épaissis- » sant. Plantez-moi donc des arbres autour des rem-

» parts, mais des arbres déjà grands, car je sens que je
» ne pourray voir prospérer les petits !... »

Maître André obéissait. Mais les arbres transplantés
dépérissaient au grand déplaisir du Roi.

« Que voulez-vous, Syre, disait tristement Maître
» André, il faut bien se garder de contrarier nostre
» bonne mère-nature, et de vouloir forcer la main au
» Bon Dieu... Le chagrin tue l'exilé, qui sait ? l'arbre
» aussy peut-être. »

Le Prévôt, Myron qui, plusieurs fois, avait fait payer
à la bonne Ville de Paris, les essais infructueux du
Roi, en ce qui concernait les plantations, se hâta, pour
sauvegarder la Caisse Municipale, d'acheter dix mille
pieds d'arbres jeunes et vigoureux, qui tous prospé-
rèrent.

De ces grandes plantations qui datent de 1604 et
1605, un arbre existe encore. C'est un orme colossal
qui décore la principale cour de l'institution des Sourds-
Muets, dans le haut de la rue Saint-Jacques. Son fût
droit et uni est surmonté d'une touffe de branches vi-
goureuses qui le font ressembler de loin à la tête d'un
oranger. Cet arbre a une hauteur de 50 mètres et sa
cime dépasse de beaucoup les toits les plus élevés des
maisons.

Rappelons maintenant ce qui se passa sous le règne
de Louis XIV.

Il s'agit des plantations ordonnées à Marly; c'est le
Duc de Saint-Simon qui raconte :

« ..... Peu à peu l'hermitage fut augmenté, d'ac-
» croissements en accroissements les collines taillées

» pour faire place et y bâtir, et celle du bout large-
» ment emportée pour donner au moins une échappée
» de vue fort imparfaite... En forêts toutes venues et
» touffues qu'on y a apportées en grands arbres de
» Compiègne, et de bien plus loin sans cesse, *dont*
» *plus des trois quarts mouraient,* et qu'on remplaçait
» aussitôt... c'est peu de dire que Versailles tel qu'on
» l'a vu n'a pas coûté Marly. (Chap. x, p. 32.) »

Nous avons eu sous les yeux un compte de dépenses dans lequel se trouvent des détails curieux à rappeler; C'est un mémoire qui porte la date du 22 avril **1710**. Il s'agit de 52 arbres enlevés à la forêt de Fontaine-bleau et transportés à Marly :

Nous avons copié :

Déplantation des susdits.............	2,892 liv.
Emmaillotage, avec fournitures.......	809
Transport, location, nourriture des bœufs et chevaux....................	1,310
Salaire des aides jardiniers et voituriers	1,700
Arrivée à Marly. Creusement du sol, re-plantation desdits arbres et leur arrose-ment.............................	1,227
	7,938 liv.

Maintenant, nous voyons dans un autre mémoire de quelle manière et par quel moyen s'effectuait le trans-port des arbres.

— *Mauvoisin, Menuisier en voitures, à Versailles.* Fourni conformément au modèle dessiné par M. Le-nôtre, architecte des Jardins du Roy :

20 chariots pour le transport des arbres, à 150 livres par chariot...................... 3,000 liv.

20 paniers pour l'emmaillottage des arbres, à 5 livres chaque............... 100

3,100 liv.

Il y eut contestation au sujet du premier de ces deux mémoires que nous venons de citer.

Le sieur Daguin, l'un des sous-architectes des Jardins du Roi refusait d'approuver le compte du fournisseur Lorimier, par cette raison que ce dernier aurait porté une somme trop considérable pour le salaire des aides jardiniers.

Toujours est-il certain que le mémoire fait en 1711, n'était pas soldé en 1712, et que la facture portait à la date du 22 août de cette année la mention suivante, probablement de la main du sous-architecte Daguin :

Sur les 52 arbres, 49 sont morts!

Sans doute, les moyens employés aujourd'hui sont perfectionnés, et nous reconnaissons avec plaisir tout le soin, toute l'intelligence qu'on apporte à la déplantation et transplantation des arbres d'un certain âge. D'heureuses modifications sont dues encore à l'Administration actuelle, nous le voulons bien, mais la nature n'a pas changé.

Si les trois quarts des arbres enlevés à Compiègne ou à Fontainebleau, vers le commencement du dix-huitième siècle, pour être transplantés ensuite à Marly où ils se trouvaient en plein air, au soleil, bien arrosés, bien choyés, si les trois quarts mouraient, quel doit être aujourd'hui le sort de ces pauvres dépaysés qu'on aligne sur nos boulevards intérieurs, où ces arbres, exposés à la poussière, sont privés d'arrosement, c'est-à-dire du nécessaire ?

Jamais les cantonniers chargés du nettoiement de la chaussée de nos boulevards n'accordent une goutte d'eau à ces pauvres exilés. Loin de leur venir en aide, ces cantonniers insouciants répandent souvent des pelletées de boue jaunâtre de macadam sur les pieds de ces arbres qui dépérissent lentement.

Ceux qui succombent sont remplacés aussitôt, et il n'est pas possible de compter les morts, tant l'épidémie fait de nombreuses victimes.

Louis Lazare.

BUDGET

DE

LA VILLE DE PARIS

L'étude du budget de la Ville de Paris présente un vif intérêt. Elle va nous permettre d'aborder un à un les services les plus importants de l'Administration et de faire valoir certaines observations dictées par notre désir de bien servir l'autorité supérieure, et de renseigner fidèlement nos lecteurs.

On sait que le produit de l'octroi constitue le principal élément des ressources municipales à l'aide desquelles on assainit le vieux Paris, en ajoutant à la splendeur de la Capitale.

La recette constatée au compte de 1862 s'est élevée à la somme de 78,904,922 fr.

Les produits constatés, pendant les mois écoulés de 1863, donnent, sur les mois correspondants de 1862, une plus-value qui dépasse 3 millions.

Il est probable, dès lors, que le produit final sera supérieur à 82 millions, et que le mouvement croissant des consommations donnera, pour 1864, un résultat encore plus favorable. Cependant, pour éviter tout mécompte, M. le Préfet de la Seine s'est borné sagement à inscrire, en prévision, le chiffre de 82 millions.

Voici des documents officiels qui témoignent de la progression des recettes de l'octroi.

1800-1801............	11,560,529 fr.
1806............	19,829,354
1814............	17,974,015
1820............	26,142,598
1829............	25,496,687
1836............	29,631,730
1844............	31,813,566
1848............	26,563,803
1853............	41,024,565
1862............	78,914,922
1863, au moins.........	82,000,000

Nos braves et dignes aïeux, les bons bourgeois de Paris acquittaient gaiement les taxes municipales, et se *gaudissoient* des droits que payaient les objets de consommation aux différentes portes des remparts de Paris. « *Pour chaque sol parisis que nous donnons*, disaient-ils en se frottant les mains, *il nous rentre un escu d'or ! C'est avec le produit de ces taxes qu'on nous bâtit de beaux monuments dans Paris qui devient le séjour préféré des estrangers et des riches qui nous apportent leur pécule* (1). »

Voici en quels termes l'un de nos plus grands Ministres soutenait l'utilité des taxes municipales.

« ..... Les gentilshommes, les savants, les artis-
» tes, les étrangers et les riches, disait COLBERT, doi-
» vent dominer dans Paris, qui est la Cité-Reyne des
» beaux-arts, du luxe et des plaisirs... C'est avec une
» majorité riche ou aisée que vous assurerez dans la
» Capitale le travail et le salaire de la minorité pauvre.

» L'élévation rationnelle des taxes municipales avec
» lesquelles nos Édiles parisiens ont construit des mo-
» numents si bien placés dans l'estime de l'Europe et
» dans l'admiration du monde, a pour but également
» de rendre difficile, sinon impossible, le séjour de
» Paris aux nombreux cultivateurs et artisans de la
» province qui sont utiles à leurs champs ou dans
» les villes secondaires, tandis qu'ils seraient dange-
» reux à Paris.......

(1) Extrait du discours de Gaston de Grieu, Prévôt des Marchands de 1612 à 1613. — Collection Municipale.

» Sans cette digue salutaire, si la vie était plus fa-
» cile à Paris, où l'on gagne davantage, la Capitale,
» la Reyne du luxe et des beaux-arts deviendrait une
» immense et redoutable cité artisane..... ce qui se-
» rait la plus périlleuse des transformations. »

Cent quatorze années après ces paroles de Colbert,
un autre Ministre s'exprimait ainsi dans le Conseil
général de la Commune de Paris.

« Les vieux Édiles parisiens, disait DANTON, six
» jours après les sanglantes journées de septembre,
» voulaient faire de Paris la ville du luxe, de la richesse
» et des plaisirs ; que par la volonté de ses nouveaux
» magistrats, la Capitale devienne une immense cité
» ouvrière.....

» ..... Tout le secret de la situation consiste à
» mettre dessus ce qui était dessous. Les riches et les
» étrangers dominaient autrefois par le nombre dans
» Paris ; place aux pauvres maintenant, qu'ils domi-
» nent à leur tour !

» Plus de taxes municipales ; que la vie soit à meil-
» leur marché dans Paris que partout ailleurs, et dans
» moins d'un siècle, par une progression naturelle,
» irrésistible, les classes nécessiteuses et provinciales
» formeront les trois quarts de la population parisienne.

» En agissant ainsi, le dernier mot doit rester in-
» failliblement à la république, car un trône ne résis-
» terait pas longtemps dans une Capitale où le flot
» populaire est appelé à monter, aujourd'hui, demain,
» toujours ! »

INSTRUCTION PRIMAIRE.

Les Salles d'asile. — La Ville de Paris doit consacrer en 1864 à ce service intéressant, la somme de 4 millions 223,007 francs.

En consultant la collection des budgets depuis le commencement de ce siècle, nous allons apprécier la progression des nobles sacrifices que l'Administration municipale a dû imposer à nos finances pour augmenter les bienfaits de l'Instruction primaire.

En 1800-1801 la Ville a consacré à ce service 32,000 fr. (1); — 1806, 55,000; — 1814, 251,000; — 1820, 248,000; — 1829, 84,000; — 1836, 361,000; — 1844, 950,000; — 1848, 1,095,000; — 1853, 1,323,000; — enfin, pour 1864, 4,223,000 francs.

Les Salles d'asile entrent pour 622,470 fr. dans cette dépense.

Quelques mots d'abord sur l'origine de cette institution toute moderne.

La première Salle d'asile fut fondée à Paris par Jean-Denis-Marie Cochin, Maire de l'ancien 12ᵉ arrondissement. Le grand-oncle du Magistrat était le vénérable Curé de Saint-Jacques du Haut-Pas, le digne fondateur de l'hospice décoré du nom de cette intéressante famille dont le cœur est toujours à l'unisson de l'intelligence.

Dans un mémoire présenté au Comte de Rambu-

(1) Nous avons exprès négligé les fractions qui troublent le lecteur.

teau par le Maire du 12ᵉ arrondissement, au sujet des Salles d'asile, nous remarquons cette phrase qui a une grande signification :

« Si vous voulez, M. le Préfet, régénérer cette pau- » vre et ignorante population de nos quartiers excen- » triques, il faut la prendre au berceau.... »

Il nous semble que la statue du fondateur des Salles d'asile devrait décorer la façade de l'Hôtel de Ville de Paris, de préférence à ces illustrations politiques et littéraires, bien respectables sans doute, mais qui sont glorifiées ailleurs.

Maintenant, rendons justice à nos Édiles, pour avoir fécondé la généreuse pensée du Magistrat Cochin.

Il y a vingt-cinq ans environ, Paris ne possédait qu'une pauvre petite Salle d'asile, elle en compte aujourd'hui *quatre-vingt-quatre !* Il y a vingt-cinq ans, une centaine de petits enfants, tout au plus, participaient aux bienfaits de l'Institution, alors à sa naissance ; aujourd'hui, 14,537 enfants sont reçus dans nos Salles d'asile.

Continuons cette œuvre de charité, sans nous dissimuler tout ce qui reste encore à faire pour généraliser les bienfaits d'une institution qui honore si justement notre époque.

Comme on va le voir dans le relevé qui suit, plusieurs de ces Salles d'asile sont encore en location, il faut les acheter au plus tôt et en bâtir de nouvelles, à cette fin que les petits enfants soient tous chez eux.

SALLES D'ASILE EN 1864.

1er *Arrondissement*.

Rue Jean-Lantier, 3. Ville de Paris...... 155 :enfants.
Rue Jean-Jacques-Rousseau, 20. Ville de Pa-
ris............................... 100
Rue de la Sourdière, 27. Assistance publique. 120

2e *Arrondissement*.

Cour des Miracles, 4. Location........... 130

3e *Arrondissement*.

Rue de Montmorency. Location.......... 150
Rue Vieille-du-Temple, 106. Location..... 150
Rue Barbette. Ville de Paris............ 200
Passage de la Marmite. Assistance publique. 200

4e *Arrondissement*.

Rue Geoffroy-Lasnier. Ville de Paris...... 200
Rue du Renard-St-Merry, 7. Ville de Paris. 130
Rue de l'Homme-Armé, 8. Ville de Paris.. 178
Rue des Hospitalières-St-Germain, 6. Ville
de Paris......................... 160
Place Royale, 12. Location............. 130
Passage Saint-Pierre. Ville de Paris...... 200
Quai d'Anjou, 35. Location............. 96

5e *Arrondissement*.

Impasse aux Bœufs. Location........... 230
Rue de Pontoise, 21. Ville de Paris...... 100
Rue Gracieuse, 2. Ville de Paris......... 150

Enfants.

Rue Pascal, 23. Location................ 85
Rue de l'Arbalète. Location.............. 174

6e *Arrondissement.*

Rue du Pont-de-Lodi, 2. Ville de Paris..... 110
Rue Saint–Benoît, 16. Assistance publique. 115
Rue de Madame, 14. Ville de Paris........ 110
Rue de Vaugirard, 109. Ville de Paris..... 150

7e *Arrondissement.*

Rue de Varenne, 9. Assistance publique.... 100
Rue Vanneau, 48. Location.............. 130
Rue de l'Église (Gros–Caillou). Ville de Paris 180
Avenue de Saxe, 24. Dames Carmélites.... 109
Rue de Bourgogne. Ville de Paris........ 150

8e *Arrondissement.*

Rue de Ponthieu, 47. Location.......... 80
Rue de la Bienfaisance. Ville de Paris..... 60
Rue de Malesherbes. Location.......... 200

9e *Arrondissement.*

Rue-Neuve-Bréda, 12. Location.......... 100
Rue Neuve-Coquenard. Location........ 180

10e *Arrondissement.*

Rue Parmentier, 3. Assistance publique... 250
Rue des Récollets, 19. Location......... 150
Rue des Récollets, 25. Assistance publique. 170
Rue des Petits-Hôtels, 14. Location....... 140

11ᵉ *Arrondissement.*

Enfants.

Rue d'Angoulême, 56. Location........... 220
Rue de l'Asile-Popincourt. Location....... 200
Cité du Prince-Eugène. Location......... 200
Rue Keller, 6. Ville de Paris............ 200

12ᵉ *Arrondissement.*

Rue Traversière St-Antoine, 37. Location.. 225
Rue de Reuilly, 17. Location........... 150
Rue de Reuilly, 77. Location........... 400
Avenue du Bel-Air, 41. Location......... 180
Place de l'Église (Bercy). Ville de Paris.... 220

13ᵉ *Arrondissement.*

Rue du Banquier, 2. Location........... 245
Rue de la Glacière, 3. Location.......... 120
Route d'Italie, 76. Ville de Paris........ 150
Rue Saint-François-de-Salles. Location.... 200
Rue Vandrézanne, 35-36. Partie Ville de Pa-
ris, partie Assistance publique........ 275
Place de l'Église de la Gare. Ville de Paris. 220

14ᵉ *Arrondissement.*

Rue du Faubourg-St-Jacques, 74. Location. 95
Rue Montyon. Ville de Paris........... 375
Rue de l'Ouest-Vaugirard. Location....... 220

15ᵉ *Arrondissement.*

Place de la Mairie (Vaugirard). Ville de Paris 200
Rue Sainte-Marie. Location............ 200

Enfants.

Rue du Théâtre (Grenelle). Ville de Paris.. 250
Rue des Fourneaux. Assistance publique.. 200

16e *Arrondissement.*

Rue Boileau, 64. Ville de Paris.......... 60
Grande Rue (Passy). Ville de Paris........
Rue de la Croix-Boissière. Location....... 160

17e *Arrondissement.*

Rue de la Paix, 84. Ville de Paris........ 300
Place de l'Église (Batignolles)........... 200
Rue Saint-Ferdinand (Ternes). Ville de Pa-
 ris............................... 150
Rue Balagny (Ternes). Location.......... 200

18e *Arrondissement.*

Rue Doudeauville, 5. Ville de Paris....... 180
Rue d'Alger. Assistance publique........ 200
Chaussée de Clignancourt. Ville de Paris... 150
Rue du Poteau. Ville de Paris........... 150
A la Mairie de Montmartre. Ville de Paris.. 160
Rue du Bon-Puits. Location............. 150

19e *Arrondissement.*

Place de l'Hôtel-de-Ville à La Villette. Ville
 de Paris........................... 420
Rue de Louvain. Location.............. 150
Boulevard du Combat. Ville de Paris...... 170

20e *Arrondissement.*

Rue Richer. Location.................. 180

Enfants.

Rue des Écoles (Charonne). Ville de Paris.. 400

Rue de la Mare, 93 (Belleville). Ville de
Paris............................. 190

Rue Tourtille, 14. Assistance publique.... 200

Continuons le dépouillement du budget en ce qui concerne l'instruction primaire dans la Capitale, et voyons les développements de ce service dans la période décennale de 1853 à 1863.

Pénétrons-nous bien de cette vérité : C'est parmi les enfants abandonnés, dans les grandes villes, à l'ignorance et au vagabondage, que le crime lève plus tard sa dîme funeste ; l'argent que nos Édiles dépenseront pour les Écoles sera épargné pour les prisons.

Le nombre des Établissements scolaires était en 1853, dans la Ville de Paris, de 577. Ces Établissements renfermaient 50,500 élèves, enfants ou adultes.

En 1863, le nombre des Établissements scolaires est de 448 pour 83,700 élèves.

1853, 63 Écoles de garçons et 15,900 élèves.

1863, 109 Écoles et 28,150 élèves.

1853, 67 Écoles de filles et 13,804 élèves.

1863, 111 Écoles pour 26,998 élèves.

1853, 24 Classes d'adultes (hommes) pour 5,264
élèves.

1863, 62 Classes pour 7,100 élèves.

1853, 11 Classes pour 500 adultes (femmes).

1863, 18 Classes pour 1,500 élèves.

1853, 30 Ouvroirs pour 1,625 jeunes filles.

1863, 49 Ouvroirs contenant 4,555 jeunes filles.

Voici maintenant quels sont les établissements scolaires que l'Administration Municipale doit créer en 1864 :

11 Écoles de garçons (6 laïques et 5 congréganistes).

9 Écoles de filles (6 laïques et 3 congréganistes).

9 Salles d'asile (7 laïques et 2 congréganistes).

2 Classes d'adultes (hommes, 1 laïque et 1 congréganiste).

3 Classes d'adultes (femmes, 2 laïques et 1 congréganiste).

10 Ouvroirs congréganistes.

2 Écoles spéciales de dessin consacrées aux femmes, en tout, 40 Établissements.

Et comme nous exprimions devant un de nos Édiles toute notre joie au sujet d'une progression aussi heureuse des Écoles et Salles d'asile établies surtout en vue des enfants de nos ouvriers :

— « Quelque bien a été fait, nous répondit le Magistrat, mais il nous reste encore plus à faire, surtout en ce qui concerne nos arrondissements annexés. Tous les petits enfants doivent trouver bon gîte dans nos Salles d'asile, et les plus grands avoir place dans nos Écoles. Lorsqu'on rencontrera un petit vagabond dans les rues de Paris, il faut qu'on puisse dire un jour : l'oisiveté de cet enfant est la honte du père. »

DISTRIBUTION DES EAUX.

De grands travaux sont entrepris pour assurer une plus juste et plus abondante distribution des Eaux.

On sait que le forage de deux nouveaux puits arté-
siens a été décidé par le Conseil Municipal, l'un à la
Butte-aux-Cailles, dans le 13e arrondissement, sur la
rive gauche, l'autre à la Chapelle, dans le 18e et sur la
rive droite.

Le forage de ces puits sera poussé avec activité, dès
le printemps prochain. On doit établir à la Butte-aux-
Cailles un grand jardin public, comme celui des Buttes-
Chaumont, à l'autre extrémité de Paris.

Les nouvelles machines du quai d'Austerlitz fonc-
tionnent depuis quelques mois. Elles pourront ensemble
monter 22,000 mètres cubes d'eau de Seine en vingt-
quatre heures. Aujourd'hui, elles n'en fournissent que
15,000 mètres qui sont distribués dans la division suburbaine, c'est-à-dire à Charonne, Ménilmontant,
Belleville et Montmartre, sur la rive droite, à Mont-
rouge, Vaugirard et Grenelle, sur la rive gauche.

La Ville poursuit également les travaux de la déri-
vation de la Dhuis. Douze kilomètres d'aqueduc et
quatre kilomètres de siphons sont achevés. Le réservoir
de Ménilmontant est aujourd'hui en pleine construction.
C'est le plus grand ouvrage de ce genre qu'on ait jamais entrepris. Ce réservoir contiendra, dans son étage
supérieur, 100,000 mètres cubes d'eau de la Dhuis, à
108 mètres au-dessus du niveau de la mer, et dans ses
soubassements 30,000 mètres cubes d'eau de Marne à
102 mètres.

Un autre réservoir à deux étages, s'exécute pour le
service des hauts quartiers de Paris, à l'ancien télégraphe de Belleville. L'étage supérieur, alimenté en

eau de la Dhuis, au moyen d'une machine, en recevra 15,000 mètres cubes à 134 mètres d'altitude ; ce sera le point le plus élevé de la Ville. Le bassin inférieur contiendra 25,000 mètres cubes d'eau de Marne à 131 mètres 10.

La Ville doit utiliser prochainement même, les usines de Saint-Maur pour fournir chaque jour 40,000 mètres cubes d'eau de Marne au bois de Vincennes et aux services publics des nouveaux quartiers ; déjà même elle a réalisé l'acquisition des moulins Darblay.

Tels sont les travaux en cours d'exécution et qui vont être poursuivis avec activité jusqu'à leur complet achèvement.

Grâce à ces travaux, d'importants résultats seront obtenus. Les Eaux vont être distribuées dans tous les quartiers, soit qu'ils appartiennent à l'ancien Paris, soit qu'ils fassent partie des Communes annexées. Sans doute, cette large et abondante distribution sera un immense bienfait pour la Capitale et un insigne honneur pour l'Édilité actuelle. Cependant, il restera encore une grande et dernière satisfaction à obtenir, et qui couronnerait l'intelligence et l'humanité de nos Magistrats.

Il faudrait que l'eau que le bon Dieu a répartie généreusement à la terre, pût profiter à l'humble demeure de l'ouvrier autant qu'au somptueux appartement du riche. Cet élément de salubrité est précieux surtout pour nos classes laborieuses, dont les habitations se trouvent toujours étroites et agglomérées. La bonne ménagère, si heureuse alors qu'elle tient ses enfants en bon et salutaire état de propreté, parce qu'elle sait l'influence qu'elle exerce sur la santé de ces petits êtres qui lui sont si chers, la bonne ménagère, disons-nous, pour se procurer ce strict nécessaire de salubrité, n'est-elle pas condamnée à une dépense relativement considérable ?

Le lavoir et le porteur d'eau prélèvent sur sa sollicitude maternelle un impôt onéreux. L'eau coûte à cette mère de famille au moins 60 francs par an et, souvent, hélas, c'est une brèche irréparable à son modeste budget dont le seul élément est le travail de son mari, la sueur de l'ouvrier.

C'est une chose monstrueuse, dans une grande et noble Ville comme Paris, dans une Capitale que l'Europe proclame la Reine des Cités, que chaque goutte d'eau soit vendue aux pauvres gens, et qu'il puisse se faire que les malheureux n'en aient pas tout leur content!

L'Octroi de Paris fait encaisser 82 millions. Ce sont les classes laborieuses qui fournissent, par les consommations, la plus large part à ce robuste et si riche chapitre du budget Municipal. Ne serait-ce pas une simple restitution partielle que de leur donner en quantité suffisante cette eau, dont elles payent l'abondante distribution, sans en avoir profité jusqu'ici ?

L'on nous répondra : « Mais la Ville de Paris a consacré et va dépenser encore, pour l'application de son système sur les Eaux, de 70 à 80 millions, il lui faut donc des recettes considérables, si l'on veut qu'elle continue son œuvre d'assainissement et de transformation de la Capitale. »

A ceci nous répliquons : « Sans doute, il faut que la Ville vende ses eaux qui lui ont coûté si cher à faire venir, mais il faut qu'elle les vende à ceux qui possèdent les moyens de les payer. Plus la Ville fera d'abondantes recettes, plus elle réalisera promptement d'utiles, de grandes améliorations.

Mais quels sont ceux auxquels ces améliorations, cette splendeur nouvelle, ces immenses travaux ont le plus profité?

Depuis quinze années, le prix des terrains, les valeurs locatives ont plus que triplé, notamment dans les quartiers riches.

Ce sont les propriétaires qui ont bénéficié de cette plus-value, évidemment produite d'abord par la sécurité que le gouvernement a su donner au pays, ensuite par les améliorations exécutées si heureusement par l'Édilité actuelle.

On nous objectera que les charges incombant à la propriété se sont sensiblement augmentées aussi.

Cela est vrai, mais elles sont loin encore d'atteindre relativement l'augmentation prodigieuse des valeurs locatives.

Selon nous, *l'abonnement aux Eaux de la Ville devrait être obligatoire pour tous les propriétaires de Paris, de façon à ce que chaque locataire riche ou pauvre en eût à sa disposition une quantité suffisante.*

Commençons par aller au-devant d'une objection sérieuse : cette obligation d'abonnement ne serait-elle pas onéreuse aux propriétaires de nos quartiers excentriques où dominent par le nombre les classes ouvrières? Dans ces quartiers, en effet, les petits logements sont plus nombreux et la population plus agglomérée. Il en résulterait précisément, que les maisons, d'un rapport minime, auraient plus à payer que les propriétés n'ayant qu'un petit nombre de locataires, mais tous riches ou aisés et qui ne consomment conséquemment qu'une quantité d'eau relativement peu importante.

Cette objection, comme on va le voir, n'est sérieuse qu'en apparence.

Pour obvier à cet inconvénient, ne serait-il pas possible d'assimiler en principe le prix de l'abonnement à l'impôt progressif, c'est-à-dire de faire payer l'eau plus cher dans les quartiers riches que dans les pauvres ?

N'y aurait-il aucun moyen d'établir des catégories justes et parfaitement équitables? Par exemple, les 13e 14e 15e et 20e arrondissements, où les classes nécessiteuses sont plus agglomérées, où par cela même les immeubles se trouvent moins productifs que dans les autres, ces arrondissements, disons-nous, ne pourraient-ils bénéficier d'une certaine diminution dans le prix de l'abonnement ?

En adoptant ce principe, l'on obtient tout de suite ce précieux avantage : de modifier le caractère rigoureux en apparence de l'abonnement obligatoire, pour l'appliquer comme une mesure rationnelle et profitable surtout à nos classes laborieuses.

Répétons-le : cette obligation de l'abonnement pour

les propriétaires, pour tous sans exception, créerait de nouvelles et abondantes ressources au budget municipal, en même temps qu'elle serait un immense bienfait pour nos classes laborieuses.

En effet, dans la situation actuelle, l'abonnement étant facultatif, voici ce qui arrive : Dans les quartiers riches ou commerçants, les propriétaires prennent d'ordinaire les eaux de la ville, dans les quartiers pauvres, les propriétaires s'abstiennent. Quelles sont les victimes de l'abstention ?

Les ouvriers et les petits rentiers habitent les localités pauvres. L'abonnement obligatoire est donc sincèrement avantageux aux classes laborieuses.

L'on nous répondra : les propriétaires qui payent l'eau de la ville ne font en réalité qu'une avance — les locataires remboursent. — Cela est vrai, mais si l'abonnement est d'un prix modéré dans les quartiers excentriques, le remboursement partiel pour les petits locataires, plus nombreux que les gros, sera moins onéreux que le payement quotidien au porteur d'eau et la dépense hebdomadaire du lavoir.

Nous avons consulté sur cette question plusieurs femmes d'ouvriers, de bonnes ménagères, et voici ce qu'elles nous ont dit :

« Un ouvrier ayant femme et deux enfants ne dépense pas moins de 60 fr. d'eau par an, s'il veut maintenir sa petite famille en état de propreté. » Admettez que dans nos quartiers excentriques, chaque maison ait communément 10 locataires et que l'abonnement obligatoire ne dépasse pas 60 fr., cela ne coûterait que

IV.   14

6 fr. à chaque famille qui rembourserait partiellement le propriétaire.

Comme on le voit, l'abonnement obligatoire, qui ne serait nullement onéreux aux propriétaires, favoriserait singulièrement les locataires, et la raison en est simple : c'est qu'il aurait pour conséquence de supprimer deux intermédiaires, le porteur d'eau et le lavoir, qui vivent de la différence.

Ainsi l'eau achetée en gros, par le fait de l'abonnement obligatoire, coûterait environ 6 fr. par an aux petits locataires, tandis que dans la situation actuelle, avec l'abonnement facultatif, c'est 60 fr. qu'il leur faut payer en l'achetant en détail.

Encore les 6 fr. résultant du remboursement aux propriétaires pourraient être payés par quart, c'est-à-dire aux époques ordinaires des loyers.

Ce sont les intermédiaires qui sont les fléaux des classes laborieuses, en ce qui concerne les choses de la vie, les denrées de première nécessité.

En plusieurs circonstances, pour notre instruction administrative, nous avons fait une expérience qui ne nous a donné que trop cruellement raison.

Avec 10 fr., notre ménagère a pu acheter aux Halles Centrales une quantité de légumes qu'elle a dû payer 50 fr. au détail chez plusieurs fruitières. Or, voici ce qui arrive : ce sont aujourd'hui les commerçants riches ou aisés des quartiers du centre qui bénéficient du bon marché des denrées par le fait du voisinage des Grandes Halles, tandis que les ouvriers et artisans, que les démolitions ont forcés d'émigrer et de s'établir aux confins de la ville, ne trouvant aucun marché convenable, sont condamnés à s'approvisionner chez les fruitières. L'on vient de voir le cruel impôt que les classes laborieuses doivent leur payer.

Nous reviendrons sur cette question, l'une des plus intéressantes, mais des plus difficiles à traiter.

LOUIS LAZARE.

LA BUANDERIE

DES

GRANDS HOTELS DE LA COMPAGNIE IMMOBILIÉRE

AUX TERNES

(17e Arrondissement.)

I

Des propriétaires et habitants des Ternes se plaignent des fàcheux inconvénients qui résultent de la création de cette buanderie située entre les rues Demours, Lombard, de Courcelles et la nouvelle avenue de l'Arc de Triomphe.

Les réclamants souffrent notamment des vibrations résultant de l'emploi de machines à vapeur, dites *essoreuses*, dont le fonctionnement fait trembler le sol et communique aux portes, aux fenêtres et aux meubles

les mêmes oscillations plus énervantes encore que le roulis d'un navire.

Ces vibrations, qui se produisent à des intervalles **assez** rapprochés, sont telles, qu'une locataire d'une **habitation** adossée au mur de la buanderie, la veuve Grosbois, dont le repos était chaque nuit interrompu, en est tombée malade et a dû quitter son domicile.

Comment cette buanderie est-elle venue se fixer en cet endroit, dans un quartier si peu fait pour un pareil établissement?

L'acquisition des terrains par la Compagnie Immobilière date des 3 et 6 décembre 1862. Les constructions commencées en 1863, étaient achevées dans les premiers jours de septembre suivant.

Le 18 du même mois, la Compagnie Immobilière sollicitait l'autorisation de faire fonctionner les appareils de sa buanderie, l'Administration dut procéder à une enquête de *commodo vel incommodo*.

Les opposants, on le comprend, ne pouvaient avoir que le pressentiment des nombreux désagréments que causent d'ordinaire ces sortes d'établissements aux habitations riveraines, c'est-à-dire la fumée, le bruit et une espèce de buée qui corrompt l'atmosphère.

Ce fut sur ces inconvénients que les opposants appuyèrent leurs réclamations, en signalant à peu près en ces termes une vérité qui éclaire toute cette question.

« Si l'Autorité Municipale, dans sa sollicitude paternelle pour nos classes laborieuses, favorise ces établissements au milieu de grandes agglomérations

ouvrières, c'est que les lavoirs et buanderies leur profitent.

» Mais dans l'espèce, la buanderie de la Compagnie
Immobilière, loin d'être une création empreinte d'un
caractère d'utilité publique, trahit, au contraire, un
intérêt privé en hostilité permanente avec l'intérêt
général.

» En effet, au milieu des Ternes, où s'élèvent des maisons d'agrément, des habitations luxueuses, cette buanderie frapperait de stérilité tout un quartier, et le ren-
drait pauvre et misérable, alors que tant de belles
créations improvisées dans son voisinage allaient le
faire riche et prospère. »

Cependant l'Ingénieur de l'Administration concluait
dans son rapport en faveur de l'autorisation qui allait être accordée, lorsque de nouveaux et très-graves
inconvénients se manifestèrent.

Les machines à vapeur devançant l'autorisation
préfectorale étaient mises en mouvement, et les essoreuses fonctionnaient illégalement.

Tout à coup des oscillations se firent sentir, des
vibrations souvent répétées s'accusèrent en faisant
trembler les portes, les fenêtres et les meubles.

Alors des réclamations plus nombreuses et plus
énergiques furent adressées à l'Autorité Municipale,
qui, sagement inspirée, suspendit l'envoi de l'autorisation, en ordonnant, à la sollicitation des habitants,
une nouvelle enquête faite par le Commissaire de Police.

Les Experts se rendirent plus tard à la buanderie.

Les machines à vapeur s'étaient amendées et les essoreuses, si bruyantes d'ordinaire, étaient presque muettes ce jour-là. La bonne foi et le talent des experts durent être édifiés.

Mais le lendemain, comme pour se dédommager de l'immobilité et de la sagesse de la veille, les essoreuses s'en donnèrent à cœur joie, et les habitants des Ternes dansèrent de plus belle dans leur lit.

Procès-verbaux de *constat* dressés par les huissiers *Porret et Richard*, qui témoignent des tribulations des braves Ternois.

Envoi successif, par la Préfecture de Police, de deux agents pour s'assurer s'il y a ou non oscillations et vibrations.

Hippocrate dit *oui*.

Galien dit *non*.

C'est à la sagesse de M. le Préfet de Police qu'il appartient de trancher cette question.

II

Qu'il nous soit permis, en cette circonstance, de soumettre à l'appréciation éclairée du Magistrat certaines considérations inspirées par une étude longue et patiente de l'histoire de Paris.

Nous allons rappeler quel a été le courant naturel de la population riche ou aisée, aux différents âges de cette ville. Ces enseignements du passé feront pressentir les brillantes destinées réservées à l'ouest de Paris.

L'on comprendra facilement ensuite combien cette malencontreuse buanderie est en contradiction formelle, en hostilité flagrante avec la transformation irrésistible et si heureuse de cette partie de la Capitale.

Le déplacement de la POPULATION RICHE de Paris, aux différents âges de cette ville, est un des faits les plus intéressants de notre histoire municipale.

Philippe-Auguste habite le Louvre, alors forteresse aux tours féodales.

Louis IX réside au palais de la Cité, depuis consacré à la justice.

Charles V habite l'hôtel royal de Saint-Paul, et la noblesse vient s'établir dans le quartier que nous appelons aujourd'hui de l'Arsenal.

La Royauté abandonne l'hôtel de Saint-Paul trop voisin du fleuve, et se fixe dans le palais des Tournelles.

A l'instant les gentilshommes et les riches quittent le quartier de l'Arsenal, se construisent des hôtels autour de l'habitation souveraine, c'est-à-dire dans le Marais, dont un de nos quartiers a pris et conservé le nom.

Henri II, blessé à mort dans un tournoi, est porté sans connaissance aux palais des Tournelles, où il expire le 15 juillet 1559.

Alors cette habitation devient comme un lieu de perdition ; mille terreurs assiégent les hôtes illustres de ce triste manoir, qui est abandonné, puis vendu sous Charles IX, et l'on en fait la place Royale sous Henri IV.

Que deviennent les nobles et les riches, dès l'abandon

du palais des Tournelles? Ils suivent la Royauté, et s'établissent près du Louvre et des Tuileries, plus tard en face du palais du Souverain, sur la rive gauche, en bordure du Pré-aux-Clers.

Le commerce de luxe, sous le règne de Louis XVI, improvise un grand bazar dans le Palais-Royal. Mais bientôt ce bazar s'amoindrit, et les boulevards du nord de Paris qui, en 1750, ne comptaient que soixante-dix-sept maisons imposées, deviennent la grande promenade par excellence, bordée de riches habitations aujourd'hui au nombre de cinq cent cinquante environ.

Quant aux nobles, ils restent dans le faubourg Saint-Germain, qui est dans Paris une ville à part. Les financiers, les riches envahissent *le chemin des Porcherons*, et improvisent, au commencement de ce siècle, un nouveau quartier sous le nom de la Chaussée-d'Antin.

Un grand et utile déplacement s'opère aujourd'hui ; les classes ouvrières et nécessiteuses, qui étouffaient dans les ruelles, au centre du vieux Paris, se portent principalement aux extrémités nord-est, et tendent à s'établir dans les communes récemment annexées à Paris.

Le commerce aspire à se rapprocher du centre, aujourd'hui assaini par deux ventilateurs : la rue de Rivoli et le boulevard de Sébastopol qui ramènent un peu vers le milieu de Paris le haut commerce, qui tendait malheureusement à s'égarer trop au nord de la ville.

Les grandes existences, la banque enrichie, les étrangers, étouffent dans ce réseau de voies publiques, de

10 à 12 mètres, qui composent aujourd'hui la Chaussée-d'Antin, abasourdie par le bruit des voitures circulant au nombre de plus de soixante-quinze mille dans Paris. La Chaussée-d'Antin est toute dans la rue — aussi l'émigration commence.

De quel côté se dirige cette population friande de jouissances, pour se procurer de l'air, de l'espace, de la grandeur? Évidemment sa préférence est pour l'ouest de Paris. Là seulement, elle peut se tailler de grandes habitations, éloignées du tumulte et de l'activité fiévreuse de la ville.

Ainsi, le Paris de Charles V était le quartier de l'Arsenal; celui de Louis XII le Marais; celui de Henri IV et de Louis XIII la rue Saint-Honoré, dans le voisinage du Louvre; celui de Louis XVI et de Napoléon Ier la Chaussée-d'Antin.

Quel sera le centre du Paris de Napoléon III?

L'église de la Madeleine.

Il y a, nous le répétons, pour la richesse et le luxe, un besoin d'expansion qui se manifeste vers l'ouest de Paris. L'attraction est irrésistible, et l'Administration fait bien de suivre ce courant, de le régulariser, de le surveiller au lieu de lui opposer une digue qui serait infailliblement brisée. La fortune va où il lui plaît d'aller, où elle sent, où elle devine qu'elle est à l'aise, qu'elle se procurera des jouissances toujours largement payées, et dont profitent toujours les classes ouvrières.

L'Administration fait bien de courtiser les étrangers, les nobles et les riches, de semer les plaisirs, des mer-

veilles sur les pas de la fortune, parce que c'est le superflu du riche qui dépense, qu'il faut faire dépenser,
qu'il faut rendre prodigue, qui assure dans une Capitale comme Paris le nécessaire du pauvre.

III

En étudiant le plan de Paris, si nous traçons une
ligne, partant de la place de la Concorde, en suivant
d'un côté le cours de la Seine ; si nous remontons, de
l'autre, vers le nord, pour retrouver à l'ouest le fleuve
qui contourne, que voyons-nous aujourd'hui en parcourant cet immense territoire, autrefois insignifiant,
monotone et poudreux ? Des boulevards magnifiques,
des avenues splendides se croisent, se développent ; de
toutes parts s'élèvent, comme par enchantement, de riches habitations, des demeures luxueuses, des palais
princiers, enfin toute une ville nouvelle apparaît aux
regards étonnés et ravis.

Ce vaste territoire ne s'est pas transformé pour augmenter uniquement les jouissances du luxe et contenter
les caprices de la fortune. Riches ou pauvres, oisifs ou
travailleurs, tous en ont profité ; heureux privilége du
sol parisien, où le beau ne germe jamais que l'utile ne
se féconde.

Plus de 500 millions ont été consacrés à ces riches
habitations, comprises dans ce Paris nouveau. Mais le
salaire des ouvriers en revendique une large part.
L'industrie du bâtiment est une bonne mère nourrice,

allaitant de nombreuses industries qui ne vivent, ne grandissent, ne prospèrent que par elle.

On compte aujourd'hui par centaines, les hôtels nouveaux, dont le prix de revient dépasse un million. Si l'on fait le décompte de ce million, d'ordinaire, on trouve pour le terrain 200 mille francs, un peu plus pour la pierre, le fer et le bois. Mais la plus forte partie, ce sont les décorations intérieures, l'ameublement, qui l'ont absorbée. Ce luxe, gardons-nous de le jalouser, excitons-le au contraire, car il entretient l'activité de nos fabriques en assurant la rémunération du travail de l'ouvrier et la récompense du talent de l'artiste.

L'administration d'une capitale comme Paris, ressemble à une grande et prospère Société en participation ; les étrangers et les riches font le capital social — l'apport des classes ouvrières, c'est le travail.

Que vient faire sur ce territoire des Ternes la buanderie de la Compagnie Immobilière, dans le voisinage de l'Arc de Triomphe, de ce monument qui résume nos gloires les plus vives, nos gloires nationales !

Le Souverain a donné tout récemment le baptême aux avenues qui rayonnent autour de l'arc triomphal ; les lavandières de la Société Immobilière, en tordant le linge sale des hôtels du Louvre et de la Paix, éclabousseront ces inscriptions : Avenues d'Iéna, d'Eylau, de la Grande-Armée, d'Essling, de Wagram, etc. (1).

(1) Décret impérial du 2 mars 1864. L'une de ces avenues, celle du Prince-Jérôme, est à 25 mètres de la Buanderie.

La Compagnie Immobilière devait pressentir cette
vérité : l'établissement d'une buanderie en cet endroit,
sur ce sol justement privilégié , au milieu du Paris de
Napoléon III , blesserait les convenances et serait en
contradiction flagrante avec les souvenirs glorieux qu'il
consacre.

IV

Ces considérations élevées, que nous venons de faire
valoir, M. le Préfet de police les a , sans aucun doute,
envisagées avant nous.

Dans sa haute sagesse, le magistrat a dû comprendre
qu'il ne s'agissait pas seulement, en cette circonstance,
de savoir si cette buanderie appartenait ou non à la
2ᵉ ou 3ᵉ classe des établissements insalubres, mais bien
et avant tout, si elle était possible en cet endroit.

M. le Préfet ne saurait oublier que le fonctionnement
des machines à vapeur a précédé la demande d'autorisation, et que cette trop grande certitude de succès, de
la part de la Compagnie, était loin d'être une preuve de
déférence envers le Magistrat.

Nous demandons à M. le Préfet de Police la permission de rentrer dans la spécialité de nos études municipales.

Le fait historique que nous allons rappeler, doit aller
d'autant plus sûrement au cœur du Magistrat, qu'il
complimente un de ses devanciers. Bien que près d'un
siècle et demi se soit écoulé depuis, il existe entre le

présent et le passé une si heureuse communauté de principes, une telle solidarité d'honneur, que le **Préfet** ne saurait agir, en **1864**, autrement que le Lieutenant de Police en **1723**.

Vers la fin de la régence du duc d'Orléans, un Anglais, le sieur Uckinsonn, sollicitait du Lieutenant de Police l'autorisation de fonder, dans une maison de la rue Culture-Sainte-Catherine, à Paris, un établissement pour la fabrication du papier.

Le pétitionnaire, l'un des grands industriels de Londres, s'était fait recommander par son ambassadeur, lord Stairs, qui lui-même avait su intéresser le cardinal Dubois au succès de cette demande.

Le Magistrat, qui présidait alors à la Sûreté de Paris, s'appelait Marc-Pierre le Voyer de Paulmy, comte d'Argenson, Lieutenant de Police.

La pression que des personnages puissants essayaient d'exercer sur la détermination du Magistrat, fit au contraire que d'Argenson voulut retenir le dossier, l'examiner avec soin, s'enquérir de tous les détails, pour ne se décider qu'en parfaite connaissance de cause.

Sa religion bien éclairée, voici quelle fut la réponse du Lieutenant de Police :

« A Monsieur Uckinsonn.

» Vous m'avez demandé par votre lettre du **3** avril » dernier (1723), l'autorisation d'établir une fabrique » avec cheminées, dans des bâtiments que vous avez » achetés dans la rue Culture-Sainte-Katerine, à » Paris...

» D'après les renseignements qui m'ont été transmis, » vous n'auriez pas attendu l'autorisation, pour faire » mouvoir une machine, dont les balanciers causent » un bruit qui incommode tout le voisinage...

» Les religieuses Annonciades s'en plaignent (1), » ainsi que de la fumée qui est une incommodité pour » tout le quartier...

» Bien que je serais flatté d'être agréable aux per- » sonnes puissantes qui ont appuyé votre demande, je » me trouve dans l'impossibilité de vous accorder l'au- » torisation que vous sollicitez...

» Vous rappelez en votre faveur l'exemple de l'An- » gleterre, où de pareilles autorisations, dites-vous, » sont accueillies d'ordinaire...

» Mais je vous ferai observer que les villes de Londres » et de Paris n'ont entre elles aucun trait de ressem- » blance, et que les habitants de la première sont d'une » nature tout opposée à celle des habitants de la se- » conde.

» Londres est une ville de grand commerce par ex- » cellence ; Paris est avant tout une ville de luxe et de » plaisirs.

» L'autorité est si respectée à Londres, que la ba- » guette d'ivoire d'un constable maintient le peuple » dans le devoir.

(1) Les maisons n°s 25 et 27 de la rue Culture-Sainte-Catherine ont été bâties sur l'emplacement du couvent des Annonciades-Célestes, dites Filles-Bleues, en raison de la couleur de leur costume. Ces religieuses, qui prenaient soin des malades, faisaient honneur à l'humanité.

» Quand Paris a la fièvre, au contraire, la sédition
» est faite, et les exempts de police et soldats du guet
» courent le risque d'être jetés dans la Seine...

» J'ajouterai que d'innombrables navires couvrent la
» Tamise, entretiennent une activité commerciale qui
» occupe constamment les classes pauvres...

» A Paris, rien de semblable... Si de la ville de luxe
» nous faisions une grande cité ouvrière, en appelant
» les gens de la province, par l'attraction des fabri-
» ques, je crois que le trône de France serait plus en
» péril à Paris, que sur le mont Vésuve avec la cer-
» titude d'une éruption...

» Je crois que le plus sage est de laisser les cultiva-
» teurs à leurs champs et le plus d'ouvriers possible
» dans les villes de province.

» Si Paris devenait port de mer, qui sait ? On avi-
» serait.

» Puis, toutes ces fabriques ne pourraient s'éle-
» ver dans Paris sans que leur fonctionnement ne
» nuisît à la salubrité. Paris ne tarderait pas à être
» couvert d'une lourde buée qui empuantirait l'atmo-
» sphère et créerait des maladies mortelles. Cette crainte
» seule me ferait absolument refuser toute espèce
» d'autorisation.

» Les ouvriers parisiens, eux-mêmes, j'entends les
» bons et honnêtes, connaissent sur ce sujet ma ma-
» nière de voir et m'en savent bon gré.

» En effet, si Paris devient une ville malsaine, enfu-
» mée, les pauvres et menus souffriront plus que les
» riches et les gros; en effet, les pauvres sont enchaînés

» par le travail à la grande cité, tandis que les riches
» changent d'air à volonté et se déplacent selon leur
» bon plaisir.

» Je dois donc maintenir cette prohibition, en vue
» surtout des ouvriers, qui sont mes administrés, voire
» même mes enfants plus que les autres, attendu qu'ils
» ont besoin davantage de mes soins.

» Si votre fabrique s'utilisait à leur profit, je pour-
» rais peut-être me décider à passer sur les inconvé-
» nients qui en résultent toujours ; mais rien de pa-
» reil ; votre opération est toute particulière, c'est un
» intérêt individuel auquel je ne saurais sacrifier l'in-
» térêt de tous.

» Voilà les motifs de mon refus. En vous écrivant
» moi-même, c'est vous dire combien je fais cas de votre
» personne et de l'intervention de vos protecteurs. Je
» ne saurais manquer toutefois à mon devoir, qui me
» prescrit la réponse que je vous adresse en vue de sau-
» vegarder la salubrité et la sûreté de la ville de Paris.

» C. D'ARGENSON. »

Telle était l'opinion formulée par un de nos anciens
magistrats dont l'Administration était pleine de sagesse
et d'habileté.

Dans son opinion, il fallait s'abstenir d'autoriser
dans Paris les établissements causant du bruit, produisant de la fumée, et le Magistrat d'admettait d'exception qu'en faveur de ceux dont l'utilité profitait
aux classes laborieuses et dont les avantages compen-
saient et au delà tous les inconvénients.

En ce qui concerne la buanderie de la Compagnie Immobilière, où donc est l'utilité publique ? En quoi profite-t-elle aux ouvriers ? C'est un intérêt tout particulier, vulgaire, qui l'a fait établir.

Nous n'avons pas à citer à M. le Préfet de Police le texte des ordonnances ou décrets qu'il connaît mieux que nous.

Toutefois, nous lisons dans le traité de droit administratif de Cormenin, plusieurs paragraphes qui s'appliquent très-heureusement à la question de la buanderie de la Compagnie Immobilière :

« Le principe qui domine la jurisprudence en cette » matière, dit l'écrivain, est dans la nature même des » établissements ; ils sont plus ou moins insalubres, » incommodes ou dangereux, et c'est dans le plus ou » moins d'insalubrité, d'incommodité ou de dangers, » que gît la classification.

» Voici les motifs déterminants du décret organique » du 15 octobre 1810 :

» Les fabriques de 1re classe sont celles qui donnent » naissance à des émanations incommodes et insalu- » bres, qui doivent nécessairement être éloignées des » habitations, et pour lesquelles il faut l'œil suprême » du pouvoir actif, c'est-à-dire une Ordonnance Royale.

» Les fabriques de 2e classe sont celles dont l'éloi- » gnement des habitations n'est pas rigoureusement » nécessaire, mais dont il importe néanmoins de ne » permettre la formation qu'après avoir acquis la cer- » titude que les opérations qu'on y pratique sont exé- » cutées de manière à ne pas incommoder les proprié-

IV.					15

» taires du voisinage, ni à leur causer des dommages
» (texte du décret du 14 janvier 1815).

» Enfin, les établissements de 3ᵉ classe sont ceux
» qui peuvent rester sans inconvénients auprès des
» habitations particulières, parce que, sous aucun rap-
» port, ils ne peuvent être nuisibles. (Page 79, nº 9.) »

Dans quelle classe l'Administration doit-elle placer la
buanderie de la Compagnie Immobilière ?

Nous dira-t-on qu'elle ne saurait-être *insalubre* et
qu'elle absorbera sa fumée? Ainsi sont faussement pré-
tendues innocentes les fabriques et usines. Et cependant que voyons-nous, en rédigeant cet article à Ménilmontant, sur les hauteurs de Paris? des milliers de
cheminées, en forme de colonnettes, qui font ressembler la capitale à une ville de la Turquie. De ces cheminées, s'échappent des flots de fumée, qui couvrent
Paris d'un immense linceul, d'une lourde buée, qui
corrompt l'air qu'on respire.

La buanderie est-elle *incommode ?*

Les machines à vapeur, qui causent des vibrations,
faisant trembler les fenêtres, les meubles et les lits, ne
sont guère de nature à égayer les locataires voisins.

Il est possible qu'on trouve le moyen d'apaiser un
peu ces vibrations, tant que l'autorisation sera sus-
pendue, mais le jour où elle serait obtenue, les essoreuses se dédommageraient de leur silence et les vibrations s'en donneraient à cœur joie.

La buanderie est-elle *dangereuse ?*

Si les machines faisaient explosion, les maisons voisines, et surtout celle qui est adossée au mur de l'éta-

blissement en question, seraient-elles sauvegardées ? Qui pourrait l'affirmer ? Nous croyons que les compagnies d'assurance sur la vie répondraient négativement.

Terminons par une citation émanant d'un de nos plus grands administrateurs.

Le comte Chabrol de Volvic, Préfet de la Seine, écrivait le 28 octobre 1828, à son collègue de la police, M. Debelleyme, une lettre, dans laquelle nous avons remarqué les passages suivants :

« .....C'est avec grand plaisir que j'ai appris que mes » principes administratifs s'accordaient avec les vôtres. » Vous pensez, comme moi, que Paris, dans l'intérêt » de l'autorité souveraine, comme au point de vue de » la splendeur de cette grande cité, doit être avant tout » une ville de luxe, une reine des Beaux-Arts.

» Comme Préfet de la Seine, ce serait inutilement, » et en pure perte, que, d'un côté, je consacrerais des » sommes considérables à l'élargissement des ruelles » étroites et insalubres du vieux Paris, si, d'un autre » côté, le Préfet de Police accordait des autorisations » sans nombre, de construire des fabriques et usines, » dont les cheminées vomiraient la fumée et seraient » la cause d'une insalubrité permanente.

» Si les refus d'autorisation ne peuvent être rigou- » reux et absolus, les exceptions ne sauraient favoriser » que les établissements profitables aux classes ou- » vrières et sans aucune espèce d'inconvénients pour » leur santé.

» Mais quant à ceux qui n'auraient pour mobiles » que des intérêts particuliers, toujours hostiles aux

» intérêts généraux, votre sagesse vous dira d'en faire
» prompte justice.

» Comme j'ai eu l'honneur de l'écrire confidentielle-
» ment à Sa Majesté, prenons garde de laisser bloquer
» la ville de Paris par une ceinture d'usines, ce serait
» le cordon qui l'étranglerait un jour.

» COMTE CHABROL. »

C'est en rappelant d'aussi sages principes que nous
demandons, au nom des habitants du quartier des
Ternes, que l'Administration refuse l'autorisation de-
mandée par la Compagnie immobilière.

LOUIS LAZARE

ÉTUDES HISTORIQUES ET MUNICIPALES

LE PAUVRE FAISEUR D'OUBLIES

L'ÉCHEVIN LOUIS PASQUIER

A toutes les époques de notre histoire, sous toutes
les royautés, nos braves et dignes aïeux, les bons et
honnêtes bourgeois de Paris ont parlé, ont écrit, en

toute liberté, sur l'administration de leur ville bien-aimée.

Louis XI, qui punissait de mort tout regard de convoitise qui s'égarait sur sa couronne, le roi Louis XI encourageait, par des récompenses, l'expression de l'opinion publique sur les différentes questions intéressant l'administration municipale. Ici, rappelons deux faits historiques; faisons scintiller deux petits diamants que nous avons trouvés, en remuant avec précaution la poussière des siècles éteints.

Un jour, un homme du peuple, un pauvre faiseur d'*oublies* et autres menues pâtisseries, nommé Denis Gibert, sur le front duquel Dieu avait imprimé le génie de l'administration, entreprit la critique de certains actes de l'Édilité Parisienne. Son travail terminé, il en donna lecture à plusieurs quartiniers et dizainiers de la ville, qui encouragèrent l'écrivain à faire connaître son opinion au Roi ainsi qu'aux habitants de Paris.

Malheureusement, l'imprimerie était alors une découverte toute récente, et, conséquemment, un luxe de publicité que le pauvre faiseur d'oublies ne pouvait guère se permettre.

Cependant, comme ce mémoire s'était concilié de chaleureuses sympathies, quelques riches marchands se cotisèrent, et Denis Gibert se procura, dans la rue des Enlumineurs, vingt-quatre copies de son travail, qui fut affiché dans les principaux carrefours de la ville.

Ce nouveau mode de publicité obtint un tel succès, qu'on ne parla pendant un mois, dans toute la ville, que du mémoire du faiseur d'oublies.

Malheureusement, cela déplut au Prévôt de Paris, qui fit mettre en prison l'écrivain.

Louis XI avait été le premier de son royaume à prendre connaissance de ce rapport. Sa Majesté donna l'ordre au Prévôt de Paris de lui amener à l'instant Denis Gibert.

Le Magistrat se rendit tout de suite à la prison, et conduisit l'écrivain à l'hôtel Saint-Paul, où le Roi avait mandé le corps municipal de Paris.

A peine arrivé, Denis Gibert fut introduit dans le grand salon, et le Roi lui fit signe d'approcher.

— Voici un mémoire qu'on m'a fait parvenir; la signature de l'auteur est au bas de ce rapport; la reconnaissez-vous ?

— Sire, ce mémoire a été fait par moi dans la bonne intention de bien servir Votre Majesté et les Échevins de Paris. Mais il paraît que mon travail a déplu, puisqu'on m'a mis en prison au Petit-Châtelet, d'où j'arrive à l'instant.

— Et qu'avez-vous pensé, Denis Gibert, lorsqu'on vous conduisait à l'hôtel Saint-Paul?

— J'ai remercié Dieu.

— Pourquoi?

— Parce qu'il a daigné, dans sa bonté pour le pauvre écrivain, lui donner pour juge de son œuvre un Roi qui est un grand administrateur.

— Et que demandez-vous au Roi?

— D'aller, au plus tôt, retrouver ma femme, Catherine Porette, que j'ai laissée dans l'inquiétude et dont je me suis attiré trop souvent les reproches.

— Pourquoi donc?

— Elle dit qu'un pauvre faiseur d'oublies comme moi doit être, pendant le jour, à ses fourneaux, la nuit à côté de sa femme, au lieu de se permettre de piquotter MM. les Échevins de la bonne Ville de Paris.

— Je ne suis pas de l'avis de Catherine Porette, du moins en ce qui concerne la surveillance de tes fourneaux pendant le jour; quant aux obligations de la nuit, c'est autre chose; ta femme est en cela d'un grand sens, et le Roi pense comme elle. — Combien as-tu d'enfants?

— Quatre, Sire, auxquels nous donnons la picorée, en vue qu'ils servent un jour bravement le Roi.

— Catherine Porette est une bonne Française, dit Sa Majesté en se frottant les mains, et toi, mon garçon, continue à faire des mémoires, sans préjudice des enfants; Louis XI en a besoin. Il m'en faut, et beaucoup, pour tenir tête à MM. de Bourgogne et de Bretagne, qui sont les alliés des Anglais.

Puis, le Roi ôta son chapeau, se mit à genoux, fit le signe de la croix et dit : *Mon doux Jésus, que je sois l'outil qui fasse une grande nation.*

Ensuite Sa Majesté se releva, puis se dressant comme un chêne, se dirigea vers le trône élevé à l'extrémité du grand salon. Louis XI monta les degrés d'un pas ferme, et fit signe, en se retournant, à l'écrivain.

Denis Gibert s'avança, puis s'agenouilla aux pieds du Roi. Aussitôt Louis XI détacha le collier de ses ordres, qui se balançait sur sa poitrine, et le passa au cou de l'écrivain.

— Denis Gibert, tu n'es plus le pauvre faiseur d'oublies de la rue aux Quens-de-Pontis ; je te fais chevalier de mes ordres, et te recommande à MM. de la Ville pour qu'ils te nomment Échevin de Paris.

— La volonté du Roi sera faite, dit le Prévôt des Marchands, qui s'inclina.

— L'Échevin Denis Gibert n'oublia pas la recommandation royale. Il composa cinq mémoires remarquables, et fit à Catherine Porette cinq autres enfants, parfaitement constitués, lesquels furent successivement dizainiers, quartiniers et conseillers de Ville, hors un seul, François Gibert, qui devint Lieutenant des gardes du Roi, et se fit tuer à Fornoue, en couvrant de son corps Charles VIII.

Après la bataille, le Roi fit chercher le cadavre de l'officier qui lui avait sauvé la vie. On le trouva percé de mille coups, Charles VIII fit creuser à l'instant une fosse, et, lorsque les soldats soulevèrent François Gibert pour le déposer dans sa dernière demeure, le Roi tira son épée, fléchit le genou et salua du glaive le fils du pauvre faiseur d'oublies.

Racontons maintenant l'histoire de l'Échevin Louis Pasquier.

Louis XIV, qui ne laissait pas volontiers les écrivains papillonner sur son gouvernement, le roi Louis XIV se montrait néanmoins d'une bienveillance charmante à l'égard des écrivains qui s'occupaient d'études municipales.

Il n'en était pas de même du Lieutenant général de

Police, qui s'effarouchait à la moindre discussion des actes de son administration.

Un jour, le 14 mars 1670, Louis XIV reçut un mémoire sur l'utilité de convertir l'ancien rempart en un immense boulevard, devant servir de promenade aux Parisiens.

L'auteur de ce mémoire, nommé Louis Pasquier, ancien contrôleur du grenier à sel, se plaignait, en outre, du défaut de nettoiement des rues, de plus en plus malsaines, et stigmatisait d'autres abus administratifs, dont il sollicitait le redressement de Sa Majesté.

Le Roi, que ce rapport avait vivement intéressé, écrivit en marge du mémoire :

— « *A transmettre au Prévôt des Marchands, Claude Le Peletier. — L'auteur ferait un excellent Échevin !* »

Malheureusement, Louis Pasquier avait eu la fâcheuse idée d'adresser une copie de son mémoire au Lieutenant Général de Police. Le magistrat qui dirigeait alors cette administration s'appelait *Gabriel-Nicolas de La Reynie*. C'était un homme de talent, un administrateur habile, mais très-chatouilleux, à l'endroit de ses prérogatives.

La Reynie lut avec la plus grande attention le document administratif qui lui était soumis. Son examen terminé, le Lieutenant Général de police prit un papier imprimé, dont il remplit les blancs avec rapidité.

Voici ce que contenait ce papier, écriture et imprimé :

« *L'Exempt Sarrazin conduira cejourd'hui, 17 mars*

» 1670, *au For-l'Évêque, le nommé Louis Pasquier,*
» *pour avoir insulté le gouvernement du Roy!* »

Le pauvre écrivain, qui traitait, dans son mémoire,
des embellissements de Paris, n'était pas un conspira-
teur bien dangereux ; le trône de France n'était guère
en péril par la franchise spirituelle du Contrôleur au
grenier à sel, dont toute l'intervention, dans le domaine de la politique, avait trait à l'assainissement
mieux entendu de la Ville de Paris, et à la création
d'une promenade aujourd'hui la préférée de l'Europe.

Le Lieutenant Général de police n'avait pas été de
cet avis, et l'écrivain méditait dans sa prison sur le
malheur d'avoir déplu à M. de La Reynie et l'inconvénient d'avoir mis un peu trop de sel dans un mets
administratif, que nos Magistrats actuels n'assaison-
nent guère de cette façon.

Heureusement pour Louis Pasquier qu'il avait pour
protecteur et parrain le duc de Gesvres, qui, très-
étonné de l'absence de son filleul, en chercha la cause,
et finit par découvrir que le pauvre écrivain était cla-
quemuré au For-l'Évêque.

A l'instant, le gentilhomme alla conter cette affaire
à Louis XIV, qui fit mander le Lieutenant Général de
police.

— Monsieur, qu'avez-vous fait, dit Sa Majesté, d'un
nommé Louis Pasquier?

— Sire, répliqua le Magistrat, j'ai fait conduire en
prison cet *écrivailleur,* qui se permettait d'insulter le
gouvernement de Votre Majesté.

— Entendons-nous, monsieur de La Reynie, est-ce

pour ce mémoire que m'a fait parvenir Louis Pasquier
que vous avez emprisonné l'écrivain? ajouta le Roi en
montrant au Magistrat le travail du Contrôleur au grenier à sel.

— Oui, sire.

— Monsieur le Lieutenant Général de Police, continua Louis le Grand d'un ton sévère, je vous ai choisi
pour administrer Paris, faire respecter mon autorité,
non pour qu'on la déteste. Le mémoire de Louis Pasquier est l'œuvre d'un fidèle sujet, d'un homme de talent et de cœur. Vous mettez en prison l'écrivain qui
vous donne d'utiles conseils, eh bien! moi, le Roi, je
vais les suivre. Les remparts de Paris, couverts d'immondices, servent de lieux de débauche et de rendez-
vous aux duellistes. D'après l'avis de Louis Pasquier,
j'en ferai une immense promenade qui sera sans rivale
dans le monde.

Allez tout de suite réparer votre faute et faire des
excuses à votre victime. J'entends que vous obéissiez
désormais à ce principe, qui devrait être la devise d'un
Lieutenant Général de Police :

Guerre aux frelons, paix et protection aux abeilles!
De La Reynie s'inclina et sortit.

Le Lieutenant Général de Police se fit conduire aussitôt dans la rue Saint-Germain-l'Auxerrois, où s'élevait le For-l'Évêque.

— Monsieur Louis Pasquier, dit le Magistrat, votre
arrestation est le résultat d'une erreur dont je vous
fais mes excuses. Permettez-moi de vous conduire dans
ma voiture à votre domicile.

— Je n'accepte pas vos excuses, Monsieur, encore moins votre voiture...

— C'est par ordre du Roi que je m'abaisse ainsi à des excuses.

— C'est au nom de ma dignité indignement offensée que je m'élève en ne les acceptant pas.

Le 16 août 1671, le Contrôleur au grenier à sel, l'écrivain Louis Pasquier était élu à l'unanimité, moins sa voix, Échevin de la bonne Ville de Paris, en récompense du mémoire qui l'avait fait emprisonner.

Quelques jours après cette élection, il y avait fête à l'Hôtel de Ville. Dans un des cabinets qui précédaient le grand salon des Prévôts, deux hommes discutaient à voix basse; leurs paroles se croisaient, brisées à chaque instant par des interruptions. Leurs traits, contractés par la colère, révélaient une de ces haines qui ne s'éteignent que dans le sang.

L'un était le Lieutenant Général de Police La Reynie.

L'autre, l'Échevin Louis Pasquier.

— Connaissez-vous les résultats de la dernière élection, monsieur de La Reynie?

— J'ai, ma foi, bien autre chose à connaître, monsieur Louis Pasquier.

— Je viens d'être élu Échevin de la Ville de Paris.

— Peu m'importe.

— Maintenant, je suis votre égal.

— C'est selon.

— Je saurai bien vous l'apprendre. Il y a dix-sept mois, j'étais en prison selon votre bon plaisir.

— De quoi vous plaignez-vous; c'est un malheur

dont vous avez su tirer profit et qui vous a fait Échevin ; une seconde captivité, vous seriez Prévôt des Marchands ; je m'en garderai bien.

— Si lucrative qu'elle vous paraisse, ma prison me tient au cœur ; je veux être satisfait.

— Mais c'est de la gloutonnerie ; rendez donc des services !

— Je les veux acquitter.

— Comment cela ?

— En me mesurant avec vous.

— Plaisante manière d'administrer la ville de Paris...

— Je vois déjà votre lâcheté qui se met à couvert sous votre manteau de Magistrat.

— Maître Pasquier, vous êtes aveugle si vous n'avez pas vu mon épée sous ce manteau.

— Je crois enfin que votre épée vous souffle un peu d'honneur ; je serais bien aise de goûter un peu les charmes de sa virginité. Je vous attendrai demain, à cinq heures du matin, derrière le mur des Chartreux. Vous savez qu'il est désert ; le peuple a peur des revenants. Je choisis cette heure pour que le soleil ne trouble pas vos regards habitués à l'ombre.

— C'est un soin généreux dont je vous tiendrai compte.

Le lendemain soir, le Lieutenant Général de Police et l'Échevin étaient mandés par le Roi.

— Qu'a donc M. de La Reynie avec son bras en écharpe ? dit Sa Majesté.

— Sire, répondit le duc de Gesvres, M. le Lieutenant de Police a fait une chute, et l'Échevin Louis Pasquier a mis une compresse de sel sur le bras du Magistrat, ce qui fait que M. de La Reynie se trouve légèrement piqué.

— Maître Louis Pasquier, dit Louis XIV, allez serrer la main du Lieutenant-Général de Police, celle que vous n'avez pas endommagée. Désormais, souvenez-vous l'un et l'autre que vous n'êtes pas Magistrats pour tirer l'épée, mais bien et uniquement pour administrer la Ville de Paris avec sagesse et prud'hommie.

Louis Lazare.

PARIS

LE BOULEVARD EXTÉRIEUR PROJETÉ

En parlant du projet du nouveau boulevard extérieur et circulaire qui doit être créé prochainement en vue d'établir, entre les différentes communes, une communication prompte et facile, nous avons dit qu'il importait de laisser un espace libre, assez considérable, entre les fortifications et la nouvelle voie dans l'intérêt bien entendu de la salubrité de la Capitale.

L'histoire administrative de la ville de Paris, qu'on ne saurait trop consulter, donne à l'opinion que nous avons émise une consécration qu'il est bon de rappeler.

Depuis le milieu du seizième siècle, nos anciens Rois et nos Prévôts ont tous été du même avis : de laisser entre les remparts de Paris et les villages groupés autour de la Capitale, et qu'on nommait des *fauxbourgs*, une zone à l'abri des constructions.

Bien que ces actes émanant de l'autorité souveraine soient intéressants à connaître dans leur entier, nous nous bornerons, faute d'espace, à ne reproduire que les extraits qui se rattachent intimement à la question.

Ordonnance du roi Henri II (janvier 1548).

... Nous avons vu, dit Sa Majesté, le grand nombre de maisons qui se sont bastyes depuis vingt ans dans les fauxbourgs, ce qui attire des autres villes et des villages une infinité de gens qui consomment si grande quantité de vivres, bois de chauffage et autres, qu'il est bien malaisé, qu'avec le temps, les choses ainsy confuses et mal policées ne réduisent ladite ville en une si grande confusion qu'il s'en suive une ruine grande et irreparable... Pour à quoi pourvoir, nous avons ordonné que d'ores en avant il ne sera plus esdifié ni basty de neuf ès fauxbourgs de Paris.....

Arrest du Conseil d'Estat du Roi (15 janvier 1638).

Sur ce qui a esté remonstré au Roy, en son Conseil, par les Prévost des Marchands et Eschevins de la ville de Paris, qu'au préjudice des défenses tant de fois réitérées de faire construire de nouveaux bastiments dans ladite ville et fauxbourgs d'icelle, il se trouve plusieurs personnes qui, par un désordre extraordinaire, se sont jettez dans la des-

pense des bastiments ès environs de ladite ville et fauxbourgs... *ce qui a rendu la ville plus susceptible de mauvais
air*... à quoy il est nécessaire de pourvoir.

Fait au Conseil d'Estat du Roy,

Sa Majesté y estant.

Signé : DE LOMÉNIE.

Édit du 26 jour d'avril 1672.

Les Rois nos prédécesseurs ayant toujours considérez
nostre bonne ville de Paris comme la Capitale de leur
royaume et lieu ordinaire de leur séjour, ils ont cherché
tous les moyens de la rendre non-seulement la plus belle,
la plus riche et la plus peuplée de la France ; mais ils l'ont
élevez par leurs grâces et leurs libéralitez jusques à ce
point qu'elle a surpassé en toutes choses les plus fameuses
villes du monde. Ils auroient sagement prévu qu'en cet
estat de grandeur, où ils l'auroient portée, elle devoit
craindre le sort des plus puissantes villes qui ont trouvez
en elles-mêmes le principe de leur ruine... ces raisons les
auroient portez de la réduire dans des limites justes et rai-
sonnables... Fesons défense de construire dans les fauxbourgs de Paris...

Signé : LOUIS.

Et plus bas,

Par le Roi :

COLBERT.

Cet édit avait été promulgué à la suite d'un mémoire
présenté à Louis XIV par Colbert, le 21 avril 1672. De
ce mémoire, nous avons extrait deux phrases qui en
sont, pour ainsi dire, toute l'essence ; les voici :

... Si le massif des maisons de Paris monte jusque sur
les hauteurs de cette ville ; si le plâtre et le moellon rem-

placent, en les absorbant, les champs et les jardins, votre Capitale, Syre, souffrira d'un mauvais air...

Il est bon qu'une Capitale soye grande et forte; c'est l'assise la plus solide pour une royauté comme la vostre... mais gardez-vous de la laisser devenir démesurée en estendue et monstrueuse en population manouvrière, car alors, syre, Paris serait le marteau et votre couronne l'enclume...

Plus d'un siècle après, alors que Paris, étouffant dans ses anciennes limites, brise la digue que lui opposaient les remparts devenus la plus belle promenade du monde, la même prescription de ne bâtir qu'à une certaine distance du mur d'enceinte est justement imposée.

En effet, une Ordonnance du bureau des Finances, à la date du 16 janvier 1789, défend toute construction qui ne serait pas à distance de 50 toises au delà du mur d'enceinte de Paris. Cette prohibition, pleine de sagesse, et qui sauvegardait l'avenir de la Capitale, avait pour but d'assurer la salubrité de cette ville, en laissant un large espace entre Paris et sa banlieue. Cette défense devait aussi rendre moins fréquentes les fraudes qui se commettaient aux anciennes barrières, pour échapper aux taxes municipales.

Les propriétaires des localités suburbaines ne tinrent aucun compte de cette défense, et bâtirent, en certain nombre, en deçà de la zone de 50 toises.

Pour vaincre ces résistances, intervint à la date du 1er mai 1822, une Ordonnance Royale qui, confirmant les règlements antérieurs, autorisa la Ville de Paris à acquérir soit à l'amiable, soit par voie d'expropriation, tous terrains et bâtiments compris dans un rayon de 50 toises.

Cette Ordonnance Royale avait été promulguée, après l'envoi d'un rapport, ou mieux, d'une lettre confidentielle, que le comte de Chabrol de Volvic adressait au Roi, le 4 avril 1822.

Dans cette lettre, le Préfet de la Seine s'exprime en ces termes :

« ... Si vous laissez bâtir près du mur d'octroi, si l'on
» vient y établir impunément des usines et fonderies
» ou autres établissements réputés insalubres, votre
Capitale, Sire, en sera gravement incommodée.

» ... On essayera de faire croire à Votre Majesté que
» des concessions de bâtir, dans une zone plus rappro-
» chée de Paris, favoriseraient les classes ouvrières,
» qui en tiendraient compte au Roi, par un redouble-
» ment d'affection et de dévouement.

» Cela n'est pas, Sire ; au lieu de la servir, ces con-
» cessions préjudicieraient à la grande majorité des
» classes laborieuses dans Paris...

» En effet, si votre Capitale est malsaine, empuantie,
» qui donc souffrira le plus ?

» Sont-ce par hasard les riches et les étrangers, qui
» se déplacent selon leur bon plaisir et changent d'air
» à volonté ?

» Mais les ouvriers et les artisans ont-ils le temps et
» l'argent pour aller se prélasser dans les campagnes,
» respirer l'air pur des champs et s'imprégner de la
» douce haleine des fleurs ? — Les artisans et les ou-

» vriers sont enchaînés, rivés par le travail à la grande
» cité.

» Si des épidémies produites par l'insalubrité ve-
» naient à éclater tout à coup dans Paris, les étrangers
» et les riches s'en iraient, comme s'envolent les hiron-
» delles aux approches de l'hiver, pour aller habiter
» des climats plus hospitaliers ; mais les classes labo-
» rieuses resteraient, et le fléau les décimerait cruel-
» lement.

» Il y a donc nécessité, voire même justice, dans l'in-
» térêt du plus grand nombre, de porter au loin les
» usines et les machines à vapeur qui, dans Paris, ou
» trop près de Paris , empoisonneraient votre Capi-
» tale.

» Les usiniers, patrons et ouvriers, ne constituent
» pas dans Paris et sa banlieue, plus de la dixième
» partie des classes laborieuses ; on ne saurait donc,
» en vue de la minorité, si intéressante qu'elle soit,
» nuire essentiellement à la majorité toute aussi digne
» de protection.

» Puis, la Ville de Paris ne s'arrêtera pas au mur
» d'octroi ; le flot monte toujours, quand même...
» c'est un grand malheur peut-être... Si l'on ne peut
» lui opposer une digue, tâchons au moins que cet en-
» vahissement ne cause pas de trop grands ravages...

» Pourquoi des usines si près de Paris, alors qu'elles
» seraient mieux, espacées dans la campagne ?... Plus
» le cercle s'élargira, moins il sera dangereux.

» Prenez garde, Sire, je vous le dis, en terminant,
» si vous laissez bloquer votre Capitale, par une cein-

» ture d'usines, ce sera le cordon qui l'étranglera un
» jour (1). »

Les considérants de cette lettre d'un grand Magistrat
sont frappés au coin du génie. Malheureusement, le
Conseil Municipal de Paris s'arrêta devant une question
d'argent, qu'il eût été si prudent et si sage de résoudre.

Voyons ce que devait coûter l'expropriation par la
Ville de ces terrains limitant Paris au dehors.

La longueur du mur d'octroi était de 24,890 mètres ;
prenons une zone de 150 mètres. C'était une superficie
totale de 2,733,500 mètres, qu'il fallait acquérir. Mettons les terrains à 5 fr. le mètre, la dépense totale eût
été de 13,667,500 fr.

Maintenant, supposons qu'on ait réalisé, vers 1822,
l'acquisition de cette zone de 150 mètres, quelle serait
aujourd'hui la situation de la Ville, par rapport à cette
opération ?

Elle pourrait créer une grande avenue circulaire à la
place des tronçons mal alignés et mal bâtis, qui forment les anciens boulevards extérieurs. Pour réaliser
cette exécution, elle prélèverait sur la zone le tiers de
150 mètres, pour son avenue. Il lui resterait donc 100
mètres, dans une longueur de 24,890 mètres, formant
ensemble une superficie de 2,489,000 mètres. Aujour-
d'hui, sur les anciens boulevards extérieurs, le prix du
mètre est de 40 fr. l'un dans l'autre ; cela produirait

(1) Cette dernière phrase de M. le comte Chabrol a été
souvent reproduite par le Magistrat.

un capital de 99,560,000 fr., dont il faut déduire 13,667,500 fr., que l'expropriation eût fait dépenser en 1822. Il resterait donc à la Ville de Paris, en 1864, une valeur disponible en terrains de 75,892,500 francs !

Mais l'argent ne serait pas le véritable, le grand bienfait, résultant de cette sage prohibition, de bâtir dans la zone de 150 mètres, ainsi que le prescrivait l'Ordonnance Royale de 1822 ; la salubrité en eût singulièrement profité, car c'est précisément dans cette zone que les fabriques et usines ont été bâties, et que leurs cheminées vomissent des flots de fumée qui empuantissent l'atmosphère.

L'idée nous est venue de tracer sur un plan de Paris, publié en l'année 1700, la ligne que décrit de nos jours l'enceinte fortifiée. En comparant ensuite ce plan avec un document actuel, nous voyons que plus de la moitié de l'étendue occupée par le Paris de nos jours, dont la superficie dépasse 78 millions de mètres, consistait en parcs, jardins, bois et champs.

Il est donc certain que le Paris de 1700, avec ses collines verdoyantes, recevait un air pur qui manque au Paris actuel, dont les hauteurs sont encloses de pierres et de moellons.

Ne laissons pas le mal empirer en permettant de construire des habitations trop près de l'enceinte fortifiée ; n'oublions pas ces paroles si justes du comte Chabrol au roi Louis XVIII :

Respectons nos anciennes traditions, si favorables à l'autorité souveraine, autant qu'à la splendeur de Paris.

Ne nous laissons pas égarer en cherchant à établir une comparaison entre Londres et Paris. Il n'existe aucun trait de ressemblance entre ces deux grandes cités. C'est l'intérêt qui vous attire à Londres; c'est le plaisir qui vous appelle à Paris.

LOUIS LAZARE.

RAPPORT

FAIT

AU CONSEIL MUNICIPAL DE PARIS

PAR M. DEVINCK

Membre du Conseil

AU NOM DU COMITÉ DES FINANCES (1)

SUR

LA SITUATION FINANCIÈRE DE LA VILLE

MESSIEURS,

Le Comité des Finances, avant de soumettre au Conseil la balance du budget, croit devoir lui présenter des observations d'ensemble. Les renseignements complets

(1) MM. Dumas, *Président*; Bayvet, Billaud, Dutilleul, G. de Charnacé, Kœnigswarter, Le Blanc, Legendre, Lemoine, Onfroy, Poumet, Teissonnière, Thiboumery, et Devinck, *Rapporteur*.

et intéressants qui se trouvent dans le mémoire si remarquable de M. le Préfet, l'ordre parfait qui y règne,
les explications détaillées qui ont été fournies par les
membres des divers comités sur chacun des chapitres,
nous dispensent d'entrer dans de longs développements,
et nous nous proposons seulement de résumer la situation financière.

Ce résumé doit être précédé de l'examen des points
suivants :

1° Résultats constatés de l'exercice 1862 ;

2° Résultats probables de l'exercice 1863 ;

3° Prévisions en recettes et en dépenses de l'exercice 1864 ;

4° Compte des grandes opérations de la Ville.

1° EXERCICE 1862.

Cet exercice se solde par un boni de   2,640,442 50

2° EXERCICE 1863.

Les faits connus jusqu'à ce jour donnent l'assurance
que le boni propre à cet exercice ne s'élèvera pas à
moins de....................... 6,000,000   »

3° EXERCICE 1864.

L'exercice se trouve doté des bonis des exercices
précédents, qui se montent à....... 12,500,000 fr.

Le budget est divisé en quatre sections, conformément aux instructions sur la comptabilité communale.

L'ensemble forme un total de   151,408,942 07 (1).

La 1re section comprend les recettes qui se renouvellent annuellement et les dépenses qui y sont également annuelles.

La 2e section comprend en recettes les ressources qui peuvent exister dans un exercice et ne pas se renouveler dans un autre; en regard les dépenses qui sont essentiellement variables et extraordinaires.

La 3e et la 4e section ont pour objet des régularisations d'écritures ou des services spéciaux.

C'est évidemment dans l'étude de la 1re section qu'on peut apprécier le mouvement qui s'est produit dans la fortune de la Ville.

Les sommes inscrites dans cette section comme prévisions, soit en recettes, soit en dépenses, ont été, vous le savez, Messieurs, l'objet des soins les plus attentifs du Conseil ; les ressources ont eu pour bases d'évaluation les faits accomplis durant le dernier exercice, et, d'un

(1)	Recettes.	Dépenses.
1re Section :		
Recettes et dépenses ordinaires.............	123,945,812 08	81,856,375 90
2e Section :		
Recettes et dépenses extraordinaires.........	10,625,500 »	52,714,936 17
3e Section :		
Recettes et dépenses supplémentaires.....	15,500,000 »	15,500,000 »
4e Section :		
Recettes et dépenses spéciales.............	1,337,630 »	1,337,630 »
	151,408,942 07	151,408,942 07

autre côté, tous les services ont été largement dotés.

L'examen des comptes de 1861 et 1862 a constaté des excédants de recettes réalisées sur les recettes prévues et des abandons de crédits considérables ; il en sera de même pour 1863 : évaluer modérément les recettes, afin de ne se tromper jamais qu'en moins dans la supputation des ressources disponibles ; exagérer plutôt qu'atténuer l'évaluation des dépenses, de manière à n'avoir en fin de compte, aucune imprévision à couvrir, ce sont des règles de bonne administration, commandées par la prudence dont le Conseil ne veut pas se départir.

L'évaluation des recettes de la première section se monte à...................... 123,945,812 07

Celle des dépenses à........... 81,856,375 90

Excédant.......... 42,089,036 17

Sur cette somme il faudra prélever pour l'amortissement........ 10,326,645 67

Excédant libre...... 31,762,790 50

Au budget précédent, cet excédant n'était que de............. 26,159,594 84

Différence à l'avantage du budget de 1864...................... 5,603,195 66

Nous signalons ce premier fait, sur lequel nous reviendrons ultérieurement.

Il en est un autre non moins important, c'est celui qui concerne la dette municipale.

Dans le premier rapport fait par le comité des finances, imprimé et publié en décembre 1860, se trouve le passage suivant :

« La somme que les États ou les villes sont obligés d'inscrire dans leur budget, pour le service des intérêts de leur dette, a toujours été l'objet d'une étude sérieuse pour les personnes qui se sont occupées de questions financières; on cherche avec raison à faire des rapprochements entre le chiffre des ressources annuelles et celui des intérêts nécessaires pour le service de la dette, ou bien encore avec le capital de la dette. Le budget de la Ville de Paris étant trop élevé pour permettre d'établir des rapprochements avec ceux des autres villes de l'Empire, le comité exprimait la pensée qu'il paraissait plus rationnel de chercher des points de comparaison dans les budgets dont l'importance s'éloignait moins de celle du nôtre, et il était ainsi conduit à citer ceux de la Saxe, du Portugal, du Hanovre, du Danemark, de la Bavière, du Brésil, du Wurtemberg et de la Belgique. Dans les budgets de ces divers États, le rapport entre la somme nécessaire pour le service des intérêts de la dette et le montant des ressources annuelles varie de 11 à 30 p. % et présente une moyenne de 22 p. % (1). »

(1) Hanovre......................... 11 p. %
Brésil............................ 15 p. %
Wurtemberg....................... 20 p. %
Danemark......................... 24 p. %
Saxe............................. 24 p. %
Portugal......................... 27 p. %
Belgique......................... 27 p. %
Bavière.......................... 27 p. %

Dans le budget de la Ville, dont le comité vous faisait alors le rapport, le service des intérêts de la dette exigeait 10,983,914 francs 39 c., pour une dette de 294,338,520 fr. 46 c., soit 10 1/2 p. °/₀ des recettes ordinaires, qui ne s'élevaient, à cette époque, qu'à 104,964,492 fr. 72 c.

Dans le budget de 1864, présentement soumis à votre délibération, la somme affectée aux intérêts de la dette est de 9,832,601 fr. 45 c., pour une dette de 268,099,048 fr. 17 c., soit moins de 8 p. °/₀ des recettes ordinaires, dont le total est de 123,945,812 fr. 07 c.

La proportion s'est donc abaissée de 2 1/2 p. °/₀; elle est le résultat d'une diminution de 26,239,472 francs 29 c. (1) dans le capital de la dette, et d'un accroisse-

	1861	1864	AMORTISSEMENT OPÉRÉ de 1861 à 1864
(1) Emprunt de 1852	44,539,000 »	34,070,000 »	10,469,800 »
Idem de 1855	71,904,500 »	68,561,000 »	3,343,500 »
Idem de 1860	143,809,000 »	137,122,000 »	6,687,000 »
Emprunt fait par les communes annexées.........	119,000 »	» »	119,000 »
Annuités pour les ponts rachetés..	13,338,402 50	11,779,683 50	1,558,725 »
Capital dû aux hospices..........	12,330,528 90	12,330,528 90	» »
Acquisitions pour opérations de voirie............	8,298,083 06	4,235 835 77	4,062,247 29
	294,338,520 46	268,099,048 17	26,239,472 29

ment de **18,981,319** fr. **35** c. (1) dans les ressources ordinaires de la Ville.

Quelle est la cause de cet accroissement de ressources ?

Elle est uniquement la conséquence du développement de la prospérité de la Capitale.

Il n'a été perçu aucun impôt nouveau, ni direct ni indirect (2).

Il n'a été fait au tarif d'octroi qu'une seule modification, presque insignifiante, et qui a eu pour but un petit abaissement de droit (3).

Quant aux produits que la Ville retire pour des services rendus, tels que ceux d'abri ou de places dans ses halles, marchés et entrepôts, ils ne représentent pas

(1) Ressources ordinaires en 1864............ 123,945,812 07

    Idem   en 1861............ 104,964,492 72

                    Accroissement........... 18,981,319 35

(2) A la seule exception du dixième de l'impôt sur les voitures, qui figure au budget pour la modique somme de 40,000 fr., il n'est pas sans intérêt d'ajouter que la quotité des centimes départementaux est restée la même aussi bien que celle des centimes communaux.

(3) Décret qui abaisse de 12 à 6 fr. le droit sur les huîtres de Marennes. Il est essentiel de rappeler que l'administration de l'octroi est chargée de percevoir, aux entrées de Paris, les droits sur les boissons, dont les produits sont versés dans la caisse du Trésor public. Ces droits forment, au profit de l'État, un chiffre à peu près égal à celui des droits d'octroi touchés par la Ville. La loi du 24 juillet 1860 a élevé de 25 fr. par hectolitre d'alcool pur l'impôt sur les spiritueux, qui revient à l'État.

3 p. °/. de la somme déboursée (1), qui souvent n'a été obtenue qu'en empruntant à un taux supérieur.

Ainsi, Messieurs, l'accroissement des recettes ordinaires qui s'est manifesté depuis 1861 n'a pas eu pour cause une augmentation de charges pour les habitants.

Cet accroissement est de........ 18,981,319 35

Durant le même espace de temps, l'accroissement des dépenses a été de 6,389,791 fr. 28 c.

Cette somme se répartit comme suit :

Services de perception..........	442,787	»
Établissements de bienfaisance...	924,439	»
Instruction primaire...........	1,154,268	»
Entretien de la voie publique....	1,497,000	»
Le restant porte sur les autres services........................	2,360,297	28
	6,389,701	28

L'acccroissement réel des ressources annuelles est donc de......... 12,591,528 07

Dans le rapport que nous vous soumettions en décembre 1860 sur le budget de 1861, nous émettions l'avis qu'il était permis d'espérer un accroissement de ressources de 3 millions par année ; l'accroissement a été de plus de 4 millions.

Tel est le mouvement budgétaire qui s'est produit depuis le commencement de 1861 dans la situation de la Ville, et qui se résume de la manière suivante :

Diminution de la dette,

(1) Déboursés, 89 millions ; produits, 2,300,000 fr.

Augmentation des ressources annuelles,
Aucune aggravation d'impôt.

4° COMPTE DES GRANDES OPÉRATIONS DE LA VILLE.

Le montant des sommes à dépenser pour terminer les opérations qui ont fait l'objet des lois votées (1) s'élève, suivant l'état A, à.......... 83,034,400 »

Ces opérations s'appliquent à 35 chaussées ayant une superficie de 803,000 mètres, sur lesquels 523,000 mètres sont exécutés des trois quarts,

L'ouverture de ces grandes voies, les travaux d'amélioration et d'assainissement qui ont été la conséquence, peuvent avoir contribué à un résultat que nous croyons intéressant de placer sous vos yeux.

La mortalité, qui était en 1858 de 1 décès sur 38 habitants, n'a plus été en 1862 que de 1 décès sur 41 habitants (2).

Pour conduire à fin les opérations comprises dans

(1) Lois des 4 août 1851 et 2 mai 1855, 19 juin 1857 et 28 mai 1858.

(2) 1858, 1,817,915 habitants, 47,879 décès, 1 décès sur 38 habitants.

1862, 1,998,908 habitants, 48,670 décès, 1 décès sur 41 habitants.

En raison des deux époques prises comme point de rapprochement, l'une antérieure à l'annexion et l'autre postérieure, les calculs ont dû porter non pas seulement sur la population de Paris, mais aussi sur celle du département; Paris y figure pour 1,764,220 habitants.

les lois votées, il reste encore à la Ville un délai de cinq années.

Il y a donc lieu d'établir, d'abord, par DOIT et AVOIR le compte des travaux entrepris, et ensuite de faire ressortir les ressources que possède la Ville pour remplir ses engagements.

Débits des opérations.

Reste à dépenser suivant état A..	83,034,400	»
Engagements contractés pour acquisitions, suivant état B.........	37,823,964	22
Total..........	120,858,364	22

Crédit des opérations.

Subventions à recevoir de l'État, suivant état C..................	32,816,C66	67
A recevoir pour terrains vendus, suivant état D..................	8,113,429	30
Évaluation des terrains à vendre, suivant état E, 4ᵉ colonne........	34,558,351	»
Total..........	75,488,456	97
Différence en moins à couvrir par les ressources du budget.........	45,369,917	25
Somme égale..........	120,858,374	22

Votre comité a pensé qu'il n'était pas suffisant de faire ressortir la différence en moins à couvrir par les ressources du budget ; qu'il fallait approfondir successivement tous les éléments du compte.

En ce qui concerne le restant des dépenses à faire, s'élevant à **83,034,400** fr., voici comment on a procédé :

La plupart des chaussées sont exécutées sur un long parcours (1), et, dans les parties qui restent à ouvrir, la Ville est propriétaire d'un grand nombre d'immeubles ; l'Administration peut donc, en s'appuyant sur des précédents, faire une évaluation raisonnée. En outre, cette évaluation reçoit un certain contrôle des offres faites pour l'achèvement des travaux par des compagnies, qui, dans ce cas, prendraient au prix coûtant et en payement, jusqu'à due concurrence, les immeubles dont la Ville est devenue propriétaire, soit à l'amiable, soit par suite d'expropriation, ainsi que cela s'est déjà pratiqué dans plusieurs affaires importantes (2).

Le second article concerne les acquisitions et s'élève à 37,823,964 fr. 22 c. Il ne peut y avoir ici d'objection sérieuse qu'au point de vue des échéances de payement ; or ces échéances sont réparties sur une période de dix années, ainsi que l'indique le tableau B, et de façon à ne jamais gêner l'élasticité qu'il faut toujours maintenir au budget municipal.

Si maintenant nous passons à l'actif du compte, nous trouvons en tête les annuités à recevoir de l'État, s'élevant à...................... 32,816,666 87

(1) 27 kilomètres sur 36 kilomètres.
(2) Rue Lafafayette. — Boulevard Beaujon. — Avenue de la Tour-Maubourg, etc.

Et, en outre, des annuités à tou-
cher des acquéreurs.............. 8,113,429 30
                                    ──────────────
Ensemble.......... 40,930,095 97

Cette somme sera parfaitement liquide aux époques convenues qui précéderont l'expiration des cinq années.

Mais il existe un article très-important par le chiffre auquel il s'élève, ainsi que par la difficulté que pourrait offrir sa réalisation, il a été pour votre comité l'objet de l'examen le plus attentif.

Il se compose des terrains évalués à 34,558,351 fr. ; l'estimation est généralement faite à des prix inférieurs à ceux d'acquisition.

Pour en contrôler l'exactitude, nous avons pris le livre des ventes et nous avons comparé les prix obtenus avec ceux qui figuraient sur les états d'évaluation ; nous avons été heureux d'en constater la parfaite concordance, et de pouvoir exprimer aux agents supérieurs de l'administration la satisfaction que nous éprouvions en voyant avec quel soin ils préparaient les documents soumis au Conseil.

Nous ajouterons qu'un grand nombre de lots de terrain seraient déjà vendus si les chaussées étaient terminées et qu'ils se vendront probablement aussitôt après l'exécution des voies nouvelles qu'ils bordent ; c'est l'effet presque constant qui s'est produit dans tous les grands percements : boulevard Sébastopol, boulevard Malesherbes, boulevard du Prince-Eugène, etc.

Nous ne nous dissimulons cependant pas tout ce qu'il peut y avoir encore d'incertain dans des évalua-

IV.   17

tions de cette nature, et combien il est difficile de dégager les inconnues qui, forcément, accompagnent l'accomplissement de l'œuvre immense entreprise par la Ville de Paris.

Aussi, doit-elle faire ses calculs en conséquence.

Elle n'a plus que cinq années pour terminer les travaux compris dans les lois votées ; ces travaux exigeront des déboursés dépassant, ainsi que nous l'avons constaté plus haut, les ressources spéciales qui y sont affectées de........................ 45,369,917 25

Mettons en regard les voies et moyens à réaliser dans le même délai, en les plaçant dans l'ordre le plus rationnel :

Bonis des exercices précédents...........	12,500,000	
Excédant libre des recettes ordinaires sur les dépenses ordinaires de 1864 à 1868 inclusivement (1).............	167,000,000	
Ensemble......	179,500,000	179,500,000 25
Excédant des ressources....		134,130,082 75

(1) L'excédant des recettes ordinaires sur les dépenses ordinaires est évalué à 42 millions pour 1864. Cette évaluation est plus que modérée. En effet, les résultats à peu près complétement connus aujourd'hui de l'année 1863 font ressortir un excédant de près de 45 millions. Il y a donc lieu de penser que celui de l'année 1864 ne sera pas moindre. Néanmoins, on n'a pris pour base du calcul applicable à la période de cinq ans dont il s'agit que le chiffre de 42 millions par an, qui donne pour cinq années.................................... 210 millions.

A déduire, la somme due pour l'amortissement de la dette durant ces cinq années.................................... 43 id.

Reste............. 167 millions.

Il resterait donc une somme de 134,130,082 fr. 75 c.,
en outre des probabilités de plus-value sur les excédants libres, dont nous parlerons plus loin.

Le compte qui précède a eu pour objet de présenter
au Conseil la situation des opérations entreprises avec
le concours financier de l'État, et le tableau des voies et
moyens que possède la Ville pour remplir ses engagements dans les délais prescrits.

Mais, en dehors des opérations comprises dans les
lois votées, il y en a d'autres en cours d'exécution, ou
projetées sans le concours financier de l'État, et dont il
est important de mettre l'aperçu sous les yeux du Conseil. Cela ne peut être, en effet, qu'un aperçu, par la
raison qu'en se plaçant à ce point de vue, il faut embrasser au moins une période de dix années, délai qui
a déjà été adopté comme base dans la loi des **180** millions. Il faut même ajouter que, pour les travaux dont
il va être question, il n'existe d'engagements de la Ville
que jusqu'à concurrence de 65 millions, et que l'exécution de toutes les autres dépenses reste impérieusement subordonnée aux facultés financières du budget
municipal. Néanmoins, il est utile de dresser le tableau des opérations projetées et de l'avoir souvent sous
les yeux, afin de se pénétrer du compte exact de la situation, non pas seulement dans le présent, mais encore
dans l'avenir.

Avant tout, récapitulons les ressources susceptibles
d'être réalisées dans une période de dix années :

1° Marge indiquée plus haut et qui, sur la première
moitié de la période décennale, restera libre après

l'achèvement des opérations comprises
dans les lois votées................ 134 millions.

    2° Excédant libre des recettes ordi-
naires sur les dépenses ordinaires pour
la seconde moitié de la même période (1)...................... 173   id.

    3° Terrains et immeubles à vendre,
suivant état E, 5e colonne, et état H (2).   57   id.

    4° Plus-values à réaliser en dix ans
sur les revenus, déduction des accroissements de charges (3)........ 55   id.

                 Ensemble........... 419 millions.

(1) L'excédant des recettes ordinaires sur les dépenses
ordinaires est de 42 millions par année, soit pour cinq années.............................. 210 millions.
    A déduire la somme due pour l'amortis-
sement de la dette durant ces cinq dernières années......................... 37   id.

              Reste............. 173 millions.

(2) Les obervations présentées sur les terrains évalués
34 millions, sont également applicables à l'évaluation de
57 millions.

(3) On a vu que la plus-value qu'on estimait à trois
millions par an, en 1861, a dépassé, en moyenne, 4 millions depuis 3 années; on ne peut donc se dispenser de
tenir compte, dans une certaine mesure, de cet élément
progressif de ressources. C'est être très-modéré que de ne
l'évaluer qu'à un million par année. D'après cette base, on
arrive cependant au total ci-dessus.

Voici maintenant quel serait l'emploi de ces ressources :

1° Engagements pour travaux en cours d'exécution, suivant état F.... 65 millions.

2° Grands travaux à exécuter, y compris les Halles Centrales, suivant état G........................ 114 id.

3° Complément des travaux de diverses natures à faire par suite de l'annexion........................ 125 id.

4° Réserve pour travaux d'art (ponts et chaussées, égouts, conduites d'eau, etc.), constructions d'édifices (mairies, églises, écoles, etc.)............... 115 id.

Ensemble........... 419 millions.

Il n'est pas sans intérêt de soumettre à l'appréciation du Conseil les observations auxquelles a donné lieu, dans le sein du comité, l'examen de la question des plus-values qui ont existé dans les budgets de la Ville de Paris d'une manière normale depuis trente exercices, en exceptant, toutefois, les années 1848 et 1849.

Un fait analogue a eu lieu dans les budgets de presque tous les États, en ce qui touche les recettes annuelles ; mais la progression active a été compensée par une progression passive qui s'est également manifestée dans le chiffre des dépenses, et le résultat final de ces budgets a été souvent insignifiant, par des raisons qu'il ne nous appartient pas d'examiner.

Dans le budget de la Ville de Paris, la progression des recettes, surtout depuis 1853, a été bien supérieure à celles des dépenses, et le résultat final, c'est-à-dire l'excédant libre, a été employé au profit du public, de la Ville et de l'État :

Au profit du public, par la construction d'édifices religieux, par la fondation d'établissements de bienfaisance et d'instruction publique, ainsi que par l'assainissement et l'embellissement de la Capitale, mesures qui ont eu pour conséquence d'élever la valeur de la propriété immobilière, de développer, à tous les degrés et sous toutes ses formes, la valeur des produits de l'activité et de l'intelligence, enfin de donner aux intérêts moraux et religieux une juste et légitime satisfaction.

Au profit des finances de la Ville, en étendant les sources de ses revenus et en offrant aux étrangers l'attrait d'une ville qu'ils considèrent aujourd'hui comme la Capitale du monde, et pour laquelle ils manifestent une préférence qui se traduit par leur affluence progressive ;

Au profit de l'État, en apportant dans ses budgets, en produits directs et indirects, des ressources qui montent à une somme bien supérieure à celle qu'il a déboursée jusqu'à ce jours en subventions (1), ainsi

(1) *Accroissement de ressources au profit de l'État dans le département de la Seine (Paris y figure pour 97 p. %).*

	4 contributions directes.	Impôt sur les boissons.
Recettes en 1862....	33,534.063 »	41,035,401 »
Idem 1853....	24,988.285 »	23,524.675 »
Différence en plus...	8,545,778 »	17,510,426 »

que le reconnaissait l'un de ses organes les plus auto-
risés (1).

	Timbre et enregistrement.	Total.
Recettes en 1862....	79,272,466 »	153,841,630 »
Idem 1853....	49,499,271 »	98,012,231 »
Différence en plus...	29,773,195 »	55,629,399 »

Les revenus de l'État, du chef des contributions sus-
énoncées, sans tenir compte par conséquent des autres
impôts perçus à son profit dans le département de la Seine,
ont été, en 1862, de 56 millions plus élevés qu'en 1853 ;
ce qui donne un accroissement de richesse annuelle d'environ 54 p. %.

L'addition des plus-values obtenues chaque année, en
prenant 1853 pour point de départ, forme un total de 245
millions pour la période entière des dix années. Une large
part de cette somme provient de causes de diverses natures, principalement du développement de la prospérité du
Pays : mais n'est-il pas rationnel aussi d'attribuer à des
causes locales une part considérable des plus values pro-
gressives réalisées dans le département de la Seine ?

Plus-values réalisées par l'État depuis 1853.

Sur les 4 contributions directes........	39,285,656 »
— l'impôt des boissons..............	74,925,779 »
— le timbre et l'enregistrement.......	130,576,836 »
Ensemble..............	244,788,271 »

Subventions de l'État.

Sommes reçues.....................	66,629,659 04
Sommes à recevoir ultérieurement......	32,816,666 67
Ensemble...........	99,446,326 41

(1) *Discours de M. Magne, Ministre sans portefeuille.*
(Séance du Sénat du 26 février 1862.)

« On considère, en général, que l'État fait pour la Ville

Ces réflexions ne nous ont cependant pas fait nous départir des règles de la prudence, qui commandait de réserver une très-forte part des plus-values pour

» de Paris des sacrifices exorbitants et improductifs. Eh
» bien ! c'est le contraire qui est la vérité. Je ne parlerai
» pas du côté moral des grands travaux qui s'exécutent
» dans la Ville de Paris, et qui donnent l'air et la vie dans
» des quartiers qui n'avaient jamais joui de pareils bien-
» faits; je ne dirai pas que dans l'avenir la Ville de Paris
» agrandie, transformée, sera considérée comme un des
» plus beaux fleurons de la couronne impériale; je veux
» examiner la question au point de vue matériel.

» Quelle est la somme qui, depuis l'année 1852 jusqu'à
» 1860, a été dépensée par l'État dans l'intérêt de la Ville
» de Paris? A peu près 93 millions. Quel est l'augmenta-
» tion des revenus perçus par l'État, pour son compte,
» dans la Ville de Paris, dans le même intervalle de temps?
» 60 millions; et si on défalque les produits de quelques
» taxes nouvelles, 45 millions.

» Ici encore, en deux ans, l'État retrouve ses déboursés
» Évidemment, cette augmentation ne doit pas être exclu-
» sivement attribuée aux sacrifices faits par l'État; mais il
» est incontestable que les embellissements de Paris attirent
» les étrangers et augmentent la consommation. Ce qui le
» prouve, c'est que dans la période antérieure, les revenus
» publics dans Paris avaient à peine gagné 25 millions
» pendant une égale durée. »

Les calculs de l'honorable M. Magne s'arrêtaient à l'exercice 1860; ceux qui sont présentés plus haut comprennent
les exercices 1861 et 1862, durant lesquels l'augmentation
a été encore plus progressive.

Comme on l'a vu plus haut, les subventions de l'État à
la Ville de Paris montent à 99,446,325 fr. 31 c., et non pas
seulement à 93 millions, selon l'évaluation de l'orateur du

des dépenses imprévues qui pourraient survenir (1) ;
d'ailleurs, l'aperçu que nous vous avons soumis recevra, sans aucun doute, des modifications, et, dans
tous les cas, la réalisation des travaux sera avancée
ou retardée suivant le mouvement des ressources municipales, suivant aussi la disponibilité des fonds de
la Caisse des Travaux de Paris, dont le moment est
venu de nous occuper.

Cette institution a une organisation qui lui est propre, un conseil de surveillance qui lui est spécial, et
dont plusieurs membres sont pris parmi les hauts fonctionnaires de l'État (2).

Ses engagements sont garantis par la Ville, ses frais
d'administration et les intérêts des bons qu'elle émet
sont supportés par le budget municipal, dépenses ordinaires.

Gouvernement; mais il ne faut pas perdre de vue que ces
subventions s'appliquent aux travaux restant à faire comme
à ceux qui sont exécutés; que la somme ne dépasse pas
66,629,659 fr. 74 c., et que la plus-value de 55,829,399 fr.
par an, qui correspond à cette somme, s'accroîtra certainement par suite des travaux non encore faits, auxquels s'appliquent les subventions restant à réaliser.

(1) On n'a fait entrer en ligne de compte qu'une plus-
value annuelle d'un million, tandis que depuis plusieurs
années, la plus-value réalisée est en moyenne de 4 millions.

(2) Le Gouverneur de la Banque de France;
Le Gouverneur de la Caisse des Consignations;
Le Directeur du Mouvement des fonds du Ministère des
Finances.

La Caisse des Travaux a été autorisée à émettre **125** millions de bons, qui devaient être réduits à **100** millions à partir du **1er** janvier prochain.

Cette réduction a été faite longtemps avant l'époque fixée. Ainsi que l'indique l'état de situation arrêté au **10** décembre 1863, le montant des bons émis payables, suivant le tableau ci-joint, de **1863** à **1873**, ne dépasse pas 98,390,600 fr. (1).

Le Conseil remarquera que les échéances ont été ménagées de façon à ne laisser porter sur chaque mois qu'environ **4** millions. La Caisse ne peut alors jamais se trouver sous le coup d'une lourde échéance, et, en outre, sa dette jouit des avantages d'une espèce de consolidation par la nature de sa clientèle, qui préfère les bons à long terme, ainsi que par le taux de l'intérêt qui est en moyenne de 4 1/4 p. %.

Nous venons de voir que le passif de cette institution

(1) Échéance des bons :

En 1863	752,400	»
1864	50,412,200	»
1865	35,999,800	»
1866	5,648,000	»
1867	1,228,300	»
1868	3,858,200	»
1869	198,200	»
1870	2,500	»
1871	4,000	»
1872	69,700	»
1873	217,300	»
	98,390,600	»

se montait à.................... 98,390,600 »

Il faut en déduire son actif :

1° Dotation....... 20,000,000 »
2° Espèces en caisse. 493,795 38 } 20,493,765 28

Solde passif.......... 77,896,804 62

Le service des intérêts de cette somme passive est faite entièrement, ainsi que nous l'avons dit plus haut, par le budget municipal, dépenses ordinaires; il suffirait, dès lors, d'y inscrire annuellement un amortissement d'environ 700,000 fr. pour avoir la représentation d'une consolidation complète.

Messieurs,

Le comité des finances, après avoir pris communication de tous les documents susceptibles de l'éclairer, s'être mis en rapport direct avec les divers chefs de service, et avoir pénétré avec eux dans tous les détails de la situation financière, résume son opinion comme suit :

La Ville est plus riche en revenus qu'elle ne l'a jamais été ; elle ne l'est pas en capitaux disponibles, et elle l'avait prévu ; les fonds de son emprunt ont été employés, comme ils devaient l'être, conformément à la loi du 1er août 1860, et le chiffre de ses bons a été réduit de 25 millions.

Elle est en mesure de remplir les obligations par elles contractées; les travaux entrepris seront terminés dans les délais prévus; mais elle doit résister à toutes les demandes qui tendraient à l'engager dans de nouvelles opérations, sans avoir préalablement assuré les voies et moyens indispensables pour en garantir l'exécution.

Nous terminons notre rapport en vous proposant, Messieurs, d'approuver la balance générale du budget.

DÉLIBÉRATION

-OO-

Extrait du Registre des Procès-Verbaux des Séances du Conseil Municipal de la Ville de Paris.

—

Séance du 22 Décembre 1863.

—

Présents : MM. AUGER, AVRIL, F. BARROT, BAYVET, BILLAUD, DECAUX, DENIÈRE, DEVINCK, DILLAIS, DUBARLE, DUMAS, FÈRE, A. FIRMIN DIDOT, FOUCHÉ-LE PELLETIER, G. DE CHARNACÉ, HÉBERT, KŒNIGSWARTER, J. LANGLAIS, LEBAUDY, LEBLANC LE FROTTER DE LA GARENNE, LEGENDRE, LEMOINE, LENOIR, LOZOUET, CH. MERRUAU, MONNIN-JAPY, E. MOREAU, ONFROY, OUDOT, PAILLARD DE VILLENEUVE, PELOUZE, PÉRIER, PICARD, POSSOZ, POUMET, RATTIER, RAVAUT, TEISSONNIÈRE, G. THIBAUT et VARIN.

LE CONSEIL,

Vu le mémoire de M. le Sénateur, Préfet de la Seine, en date du 27 novembre dernier ;

Vu le projet de budget de la Ville de Paris pour l'exercice 1864 ;

Après avoir entendu le rapport présenté par M. Devinck sur l'ensemble de la situation financière de la Ville de Paris ;

S'associant aux conclusions de ce rapport, et en conformité de ses votes précédents,

Délibère :

Le budget de la Ville de Paris est fixé pour l'année 1864 :

En recettes à la somme de......   151,408 942 07

Savoir :

Fonds généraux. 150,071,312 07
Fonds spéciaux.   1,337,630   »

151,408,942 07

En dépense, à la somme de...... 151,408,942 07

Savoir :

Fonds généraux. 150,071,312 07
Fonds spéciaux.   1.337,630 07

151,408,942 07

D'où il résulte.........   *Balance.*

Signé au registre : Dumas, *Président.*
Langlais, *Secrétaire.*

ÉDILITÉ PARISIENNE.

LES FÊTES DE L'HOTEL DE VILLE
A différentes époques

—

Bon nombre de nos lecteurs nous reprochent d'être un peu trop exclusivement municipal, dans nos articles d'édilité parisienne, aussi, allons-nous essayer d'être un peu moins sérieux, sans cesser pourtant d'être vrai.

Nos Rois de France se faisaient souvent un plaisir d'y assister. Le Souverain ouvrait le bal avec la femme du Magistrat. La Reine faisait vis-à-vis avec le Prévôt des marchands.

A ce sujet, l'histoire nous fournit quelques détails assez curieux.

Le mardi, 15 novembre 1465, Louis XI, sans se faire annoncer, tombait au beau milieu d'une fête donnée par la Ville. Le Prévôt désolé de se trouver pris à l'improviste, se confondait en excuses ; mais la figure de Sa Majesté ordinairement très-sombre, était en ce moment rayonnante. Louis XI, qui, d'habitude, négligeait sa personne, avait quitté son justaucorps brun, en laine grossière, et son petit chapeau orné de médailles d'argent et de plomb. Le Roi avait fait une riche toilette : son costume était un mélange gracieux de velours et de soie. Ce changement étonnait le Magistrat qui, la veille, allant au Palais des Tournelles rendre visite à Sa Majesté, l'avait trouvée souffreteuse, et buvant de la tisane. La métamorphose était complète : œil vif, jarret tendu, corps droit, la main sur la hanche, comme un vrai raffiné; tel était le roi Louis.

Après les salutations d'usage, le bal continua. Jugez de l'étonnement des conviés, lorsqu'ils virent Sa Gracieuse Majesté se mettre en place avec la femme du Prévôt, vénérable dame de soixante ans, avec laquelle il dansa une sarabande. Le Roi fut charmant, et, pour séduire sa danseuse, il employa tout ce que la galanterie du plus tendre jouvenceau peut fournir de miel à une éloquence royale.

Le lendemain, le Prévôt des marchands reçut un petit billet de Sa Majesté. C'était une demande d'emprunt de cent mille écus au Conseil Municipal de Paris. Voilà, selon nous, de la politique de séduction.

Henri IV, l'égal au moins de Louis XI par l'intelligence, mais plus noble, plus généreux, plus Français par le cœur, aimait et vénérait le Prévôt des Marchands, François Myron. Souvent le Roi de France invitait le Magistrat, et toujours il le faisait placer à table à la droite de la Reine.

Dans cet accueil si gracieux, il y avait bien un petit grain de séduction.

— « Marie, disait Henri IV à la Reine, sois aimable avec Myron; fais tourner la tête à la bonne ville
de Paris. »

Il paraît que Marie de Médicis, doublement coquette
comme femme d'abord, comme Reine ensuite, dépassait tant soit peu la recommandation conjugale. Toutefois, ce sentiment n'avait rien de bien dangereux :
François Myron comptait soixante-trois ans, la Reine
n'en avait que vingt-six. Aussi le Roi était-il d'une
tranquillité tout exemplaire et bien maritale.

Un jour, c'était le 15 janvier 1606, il y avait grande
réception au Louvre. Le maître des cérémonies, ou-
vrant la porte à deux battants, annonça : « Messire
François Myron. » Le Prévôt était en grand costume de
Cour. Avec sa robe rouge brodée d'or, et son manteau
de velours noir, le Magistrat était vraiment beau de
noblesse et de majesté.

Le Roi fit quelques pas au-devant du Magistrat, puis
riant dans sa barbe, Henri IV dit au Prévôt : « Compère, la Reine vous a déjà demandé trois fois... je vous
plains de tout mon cœur. » François Myron, après
l'avoir salué quitta le Roi; puis, fendant avec peine un
flot de courtisans, il s'avança jusqu'à la Reine, éblouis-
sante de parure, de jeunesse et de beauté.

Alors, on vit la tête du Magistrat, tout blanche comme
des flocons de neige, s'incliner lentement, et le bras du
vieillard voulut attirer doucement vers ses lèvres la
main de la jeune Reine. C'était l'unique appoint de cet
amour ou plutôt de ce culte plein de dévouement d'un
côté, mais accueilli de l'autre avec une exigence, une

susceptibilité toute féminine. D'un mouvement qui trahissait le dépit, Marie de Médicis retira brusquement sa main, sur laquelle, à chaque cérémonie, le premier Magistrat de la ville de Paris avait l'habitude d'imprimer un baiser qui rajeunissait le vieillard. « *Nous n'aimons plus*, dit la Reine, *les gens qui nous oublient.* »

Le Roi de rire du désappointement de François Myron. On se mit à table. Le Prévôt, comme d'usage, était à la droite de la Reine, et pendant tout le repas, Henri IV qui était causeur comme un Gascon, railla impitoyablement le Magistrat déjà si cruellement puni.

— Monsieur l'ambassadeur, dit le Béarnais au ministre d'Espagne, quelle vengeance tire-t-on, dans votre pays, des galants qui papillonnent autour de vos femmes?

— Sire, on les tue, répondit froidement l'ambassadeur.

— Ventre-saint-gris! répliqua Henri IV, cela nous donnerait de la besogne. En France, lorsqu'un mari a une mauvaise femme, il s'arrange de façon à la brouiller avec ses adorateurs.

— Oui, mais en France, dit la Reine en riant, les mauvaises femmes ont le bon esprit de ne tenir rancune qu'à leurs maris.

En effet, nous ne savons comment François Myron, pendant le repas, avait plaidé sa cause. Ce qu'il y a de certain, c'est que le soir lorsqu'il prit congé de Sa Majesté, la Reine, redevenue sa gracieuse Souveraine, lui

IV. 18

donna, l'une après l'autre, ses deux jolies petites mains à baiser.

Passons à d'autres détails. — Le Corps Municipal vota, le 12 janvier, une somme de deux cent mille écus pour la fête qui fut donnée le 25 du même mois, en l'honneur de Sa Majesté Louis XIV. Rappelons une circonstance assez curieuse. Plus de sept mille bouteilles de vin, outre celui qui coulait des quatre fontaines de la place de Grève, quatre mille pâtés, une grande quatité de viandes froides et du pain en proportion, furent distribués au peuple, devant l'Hôtel de Ville.

Sous le règne suivant, la ville donna plusieurs fêtes au Souverain. Les invitations étaient extrêmement recherchées à cause de la bonne musique *qu'on y entendait et des jolies femmes qu'on y voyait.* On comprend qu'il était bien difficile d'éviter des errurs et des oublis. Ceux ou plutôt celles qui en étaient victimes en gardaient rancune au Corps municipal. Un de ces oublis, calculé peut-être, coûta cher à la Prévôté.

Le 20 juin 1763, c'était fête à l'Hôtel de Ville au sujet de l'inauguration de la statue équestre de Louis XV, sur la place qui porte aujourd'hui le nom de la Concorde. Le Prévôt des Marchands n'adressa aucune invitation à la Marquise de Pompadour. La Maîtresse du Roi en conserva rancune, une vraie rancune de femme à Messire de Pontcarré, qu'elle appelait par dérision et toujours devant Louis XV, *le Roi de Paris.*

Un jour, Sa Majesté se plaignait du triste accueil que les Parisiens lui avaient fait, et que le Roi, dans sa mauvaise humeur, attribuait à l'influence du Prévôt des Marchands. Tout à coup la favorite se leva, puis, se dirigeant vers une magnifique jardinière couverte des fleurs les plus rares, elle regarda quelque temps une rose magnifique qui dominait toutes ses rivales, bientôt d'un coup de houssine elle coupa la tige de la fleur qui, en tombant, s'effeuilla sur le tapis.

« Marquise, j'ai compris; je ne vous savais pas des connaissances historiques aussi compètes. Je profiterai de votre leçon ! »

En effet, lors de l'élection du nouveau Prévôt des marchands, le roi Louis XV ordonna par lettres-patentes au Conseil de Ville d'appeler à la Prévôté messire Jérôme Bignon, tout en laissant un semblant de liberté pour l'élection des Échevins.

Cette demi-mesure devait avoir de terribles conséquences. C'était une triste innovation, fâcheux mélange de hardiesse et de timidité. Elle altérait le fond de l'institution, tout en voulant conserver la forme.

Il valait mieux, et c'eût été bien plus digne, plus royal surtout, si les priviléges attachés à la Prévôté étaient jugés dangereux, il valait mieux que le Roi les anéantît complétement, d'un seul coup.

Il valait mieux que la nomination du premier magistrat de la Ville, émanât franchement de l'autorité souveraine, que de tolérer une prétenduc liberté dont l'exercice était impossible. En effet, dire aux habitants de Paris : « Procédez à l'élection de votre premier magistrat, » et ajouter : « Je vous ordonne de nommer celui dont voici le nom, » c'était parodier l'institution municipale au grand détriment de la dignité du pouvoir.

LOUIS LAZARE.

(Sera suivi.)

Documents officiels. — Dénominations assignées aux avenues qui rayonnent autour de l'Arc de Triomphe de l'Étoile. — Noms donnés aux différentes sections de la rue Militaire, etc., etc.

Paris, le 2 mars 1864.

Napoléon, par la grâce de Dieu et la volonté nationale, Empereur des Français,

A tous présents et à venir, salut.

Vu la délibération du Conseil Municipal de Paris, en date du 20 mars 1863,

Vu l'ordonnance du 10 juillet 1816 ;

Vu le rapport de notre Ministre, Secrétaire d'État au département de l'Intérieur ;

Avons décrété et décrétons ce qui suit :

ART. 1er.

Les douze avenues rayonnant autour de l'Arc de Triomphe de la place de l'Étoile, suivant le plan approuvé par notre décret du 13 août 1854, seront dénommées ainsi qu'il suit :

L'avenue principale, montant des Champs-Elysées à l'Arc de Triomphe, conservera le nom d'*avenue des Champs-Élysées ;*

La deuxième, allant de la place de l'Étoile au pont de l'Alma, prendra le nom d'*avenue Joséphine*;

La troisième, se dirigeant sur le pont d'Iéna, celui d'*avenue d'Iéna*;

La quatrième, ouverte dans l'axe transversal de l'Arc de Triomphe, celui qu'elle a déjà reçu en fait, d'*avenue du Roi-de-Rome*;

La cinquième, conduisant à la porte de la Muette, celui d'*avenue d'Eylau*;

La sixième, conduisant à la porte Dauphine, celui qu'elle a déjà reçu en fait, d'*avenue de l'Impératrice*;

La septième, ouverte dans l'axe principal de l'Arc de Triomphe et conduisant à la porte de Neuilly, celui d'*avenue de la Grande-Armée*;

La huitième, qui sera ouverte sur l'emplacement de la cité de l'Étoile, celui d'*avenue d'Essling*;

La neuvième, qui conduira à l'avenue des Ternes et à la place de Courcelles, celui d'*avenue du Prince-Jérôme*;

La dixième, ouverte dans l'axe transversal de l'Arc de Triomphe, aboutissant au prolongement du boulevard Malesherbes et connue sous le nom de boulevard Bezons ou de l'Étoile, celui d'*avenue de Wagram*;

La onzième, ouverte entre la place de l'Étoile et le parc de Monceau et connue sous le nom provisoire de boulevard Monceau, celui d'*avenue de la Reine-Hortense*;

La douzième, ouverte entre la place de l'Étoile et la place formée à la rencontre des rues du Faubourg-Saint-Honoré, de Monceau et de l'Oratoire-du-Roule, et connue sous le nom provisoire de boulevard Beaujon, celui d'*avenue de Friedland* ;

Art. 2.

La partie de la rue circulaire contournant au nord la place de l'Étoile, prendra le nom de *rue de Tilsitt*.

La partie de cette rue contournant au sud la place, recevra le nom de *rue de Presbourg*.

Art. 3.

L'avenue continuant le Cours la Reine, de la place du Pont-de-l'Alma à la porte de la Muette, prendra le nom d'*avenue de l'Empereur*.

L'avenue projetée dans l'axe du pont de l'Alma, entre le quai de Billy et l'avenue des Champs-Élysées, prendra le nom d'*avenue de l'Alma*.

Art. 4.

Les dix-neuf sections de la rue Militaire transformée en boulevard de ceinture, conformément à notre décret en date du 9 septembre 1861, prendront les dénominations suivantes :

Sur la rive droite de la Seine :

Boulevard Poniatowski, de la porte de Bercy à la porte de Picpus.

Boulevard Soult, de la porte de Picpus à la porte de Vincennes.

Boulevard Davout, de la porte de Vincennes à la porte de Bagnolet.

Boulevard Mortier, de la porte de Bagnolet à la porte de Romainville.

Boulevard Serrurier, de la porte de Romainville au passage du canal de l'Ourcq.

Boulevard Macdonald, du passage du canal de l'Ourcq à la porte d'Aubervilliers.

Boulevard Ney, de la porte d'Aubervilliers à la porte de Saint-Ouen.

Boulevard Bessières, de la porte de Saint-Ouen à la porte de Clichy.

Boulevard Berthier, de la porte de Clichy à la porte de la Révolte.

Boulevard Gouvyon-Saint-Cyr, de la porte de la Révolte à la porte de Neuilly.

Boulevard Lannes, de la porte de Neuilly à la porte de la Muette.

Boulevard Suchet, de la porte de la Muette à la porte d'Auteuil.

Boulevard Murat, de la porte d'Auteuil à la Seine.

Sur la rive gauche de la Seine :

Boulevard Masséna, de la porte de la Gare à la porte d'Italie.

Boulevard Kellermann, de la porte d'Italie à la porte de Gentilly.

Boulevard Jourdan, de la porte de Gentilly à la porte d'Orléans.

Boulevard Brune, de la porte d'Orléans au passage du chemin de fer de l'Ouest.

Boulevard Lefebvre, du passage du chemin de fer de l'Ouest à la porte de Versailles.

Boulevard Victor, de la porte de Versailles à la Seine.

ART. 5.

Notre Ministre Secrétaire d'État au département de l'Intérieur est chargé de l'exécution du présent décret.

Fait au palais des Tuileries, le **2 mars 1864**.

Signé : NAPOLÉON.

Napoléon, par la grâce de Dieu et la volonté nationale, Empereur des Français,

A tous présents et à venir, salut.

Sur le rapport de notre Ministre Secrétaire d'État au département de l'Intérieur,

Vu la délibération du Conseil Municipal de Paris, en date du **20 mars 1863** ;

Vu l'ordonnance du **10 juillet 1816** ;

Avons décrété et décrétons ce qui suit :

ART. 1er.

L'avenue qui rayonne de la place du Trône et doit se prolonger jusqu'au boulevard de Fontarabie, prendra le nom de *Philippe-Auguste*.

ART. 2.

La rue et la place de l'Église (13e arrondissement) prendront le nom de *rue et place Jeanne-d'Arc*.

La rue des Trois-Ormes recevra le nom de rue *Dunois*.

Les deux voies ouvertes sur la place de l'Église, la première conduisant au chemin du Bac, de rue *La-*

hire ; la deuxième conduisant à la rue de la Croix-Rouge, de rue *Xaintrailles.*

ART. 3.

La voie longeant le jardin du Luxembourg, de la rue de Vaugirard au boulevard de Sébastopol, prendra le nom de *rue de Médicis.*

ART. 4.

La rue ouverte à l'est du jardin Montholon et devant aboutir rue Bellefond, prendra le nom de *rue Baudin.*

La rue ouverte à l'ouest du même jardin et conduisant à la rue Rochechouart, recevra le nom de *rue Mayran.*

ART. 5.

Les deux rues ouvertes parallèlement à l'avenue du Roi-de-Rome, entre cette avenue et celle qui a pris la dénomination d'Iéna, en vertu de notre décret de ce jour, recevront : la première, joignant la rue circulaire, le nom de *rue La Pérouse ;* la deuxième, celui de *Dumont-d'Urville.*

ART. 6.

Les deux rues ouvertes parallèlement et aux abords de l'église de la Trinité, prendront : la première, située à l'est, le nom de *rue de Cheverus ;* la deuxième, située à l'ouest, le nom de *rue Morlot.*

ART. 7.

La voie ouverte aux abords du boulevard Malesherbes, et conduisant de la rue de la Pépinière à la rue de la Bienfaisance, prendra le nom de *avenue Portalis.*

ART. 8.

Les six voies ouvertes aux abords de la prison des jeunes détenus et du dépôt des condamnés, suivant le plan approuvé par notre décret du 11 juillet 1860, seront dénommées ainsi qu'il suit :

La première passant au nord de la prison des jeunes détenus, de la rue Saint-Maur à la rue de la Folie-Regnault, recevra le nom de *rue Duranti ;*

La deuxième, parallèle à la précédente et située entre les deux voies qui suivent, de *rue Omer-Talon ;*

La troisième, située à l'est de la prison des jeunes détenus, de *rue Merlin ;*

La quatrième, située à l'ouest du même établissement pénitentiaire, de *rue Servan ;*

La cinquième, située à l'est du dépôt des condamnés, de *rue Gerbier ;*

La sixième, située à l'ouest et parallèle à la précédente, de *rue de la Vacquerie.*

ART. 9.

La partie de la rue Aubry-le-Boucher, comprise entre le boulevard de Sébastopol et la rue Saint-Denis, la rue aux Fers, et la partie de la rue des Deux-Écus, jusqu'à la rue du Louvre prolongée, ne formeront qu'une seule et même voie qui prendra le nom de *rue Berger.*

ART. 10.

La voie ouverte parallèlement à la rue Cretet et conduisant de la rue Bochard-de-Saron à la rue Beauregard, prendra le nom de *rue Say*.

La voie ouverte entre la rue Ambroise-Paré et le boulevard de la Chapelle, recevra le nom de *Guy-Patin*.

Le boulevard projeté entre la rue de Lourcine et la rue d'Enfer, prendra la dénomination de *boulevard Arago*.

La voie projetée de la place Maubert à la rue Mouffetard, recevra le nom de *rue Monge*.

La rue ouverte de la rue des Postes à celle dite des Feuillantines, de *rue Vauquelin*.

La rue ouverte du boulevard de Sébastopol à la rue d'Ulm, de *rue Gay-Lussac*.

La rue ouverte entre celle dite des Feuillantines et un boulevard projeté (dit de Port-Royal), de *rue Bertholet*.

La rue ouverte au nord du jardin des Arts-et-Métiers, prendra le nom de *rue de Salomon de Caus*.

Le prolongement de la rue du Caire compris entre la rue Saint-Martin et le boulevard de Sébastopol, de *rue Papin*.

Les voies au nombre de six ouvertes dans la plaine de Monceau, prendront les dénominations suivantes :

La première, parallèle au boulevard Militaire, et

conduisant de la rue Brémontier, ci-après dénommée, au boulevard Malesherbes, de *rue Brunel ;*

La deuxième, conduisant du boulevard de Neuilly au boulevard Militaire, de *rue Brémontier ;*

La troisième, commençant au boulevard Pereire et finissant au boulevard Militaire, de *rue Séguin ;*

La quatrième, se dirigeant du boulevard de Monceau au boulevard de Neuilly, de *rue Prony ;*

La cinquième, commençant au boulevard Malesherbes et finissant au boulevard Péreire, de *rue Ampère ;*

La sixième, conduisant du boulevard de l'Étoile à la rue Cardinet, de *rue Jouffroy.*

ART. 15.

La voie ouverte du rond-point de la Fontaine à la porte de Saint-Cloud, recevra le nom de *Michel-Ange.*

ART. 16.

Les voies ouvertes aux abords de l'Opéra, suivant les plans approuvés par nos décrets des 14 novembre 1858 et 16 juillet 1862, prendront les dénominations suivantes :

La première, partant du boulevard des Capucines et aboutissant à la rue de la Chaussée-d'Antin, celle de *rue Halévy ;*

La deuxième, ouverte entre le boulevard des Capucines et la rue de la Ferme-des-Mathurins, celle de *rue Auber ;*

La troisième, prolongeant la rue de Mogador de la rue Neuve-des-Mathurins au boulevard des Capucines, celle de *rue Scribe.*

Art. 17.

La rue ouverte derrière le Théâtre-Lyrique, entre le quai de Gesvres et l'avenue Victoria, recevra le nom de *rue Adam*

Art. 18.

Les deux rues ouvertes entre la rue de Charenton et la rue du Faubourg-Saint-Antoine, seront dénommées ainsi qu'il suit :

La première, située à l'est, prendra le nom de *rue Chaligny*,

La deuxième, située à l'ouest, de *rue Crozatier*.

Art. 19.

Notre Ministre, secrétaire d'État au département de l'Intérieur, est chargé de l'exécution du présent décret.

Fait au palais des Tuileries, le 2 mars 1864.

Signé : Napoléon.

———

Paris, le 2 mars 1864.

Napoléon, par la grâce de Dieu et la volonté nationale, Empereur des Français,

A tous présents et à venir, salut :

Sur le rapport de notre Ministre, secrétaire d'État au département de l'Intérieur,

Vu la délibération du Conseil Municipal de Paris, en date du 13 février 1863, portant : « Le Conseil décide » à l'unanimité que le nom de M. *Haussmann*, séna-

» teur, Préfet de la Seine, sera donné à l'une des prin-
» cipales voies publiques ouvertes sous son admini-
» stration. »

Vu notre décret en date de ce jour, qui attribue le nom d'avenue de Friedland à la voie plantée de 40 de largeur ouverte sous le nom provisoire de boulevard Beaujon, de la place de l'Étoile à la place formée à la rencontre des rues du Faubourg-Saint-Honoré, de Monceau et de l'Oratoire-du-Roule ;

Avons décrété et décrétons ce qui suit :

ART. 1er.

La voie plantée de 30^m de largeur ouverte ou en cours d'exécution entre la place formée à la rencontre des rues du Faubourg-Saint-Honoré, de Monceau et de l'Oratoire-du-Roule, et le carrefour formé à la rencontre des rues Tronchet, du Havre et de Rouen, prendra le nom de *boulevard Haussmann*.

ART. 2.

Notre Ministre, secrétaire d'État au département de l'Intérieur, est chargé de l'exécution du présent décret.

Fait au palais des Tuileries, le 2 mars 1864.

Signé : NAPOLÉON.

L'ANCIEN PARIS

COLLECTION D'EAUX-FORTES

PAR MM. MARTIAL & POTÉMONT (1)

Ier ARTICLE.

—

En consultant les registres de la Ville et ceux du
Conseil Municipal de Paris, nous voyons nos Édiles ré-
compenser, à toutes les époques, les écrivains et les
artistes dont les œuvres intéressaient l'administration
ou la splendeur de la Capitale.

Ce qui rendait ces récompenses plus précieuses et
naturellement plus enviées, c'était la difficulté de les
obtenir, de s'en rendre digne, et l'honneur qui en
résultait pour ceux qui les avaient conquises.

En effet, depuis François Ier jusqu'à nos jours, les
écrivains qui ont su mériter les suffrages des Magistrats de Paris sont au nombre de trente-sept et les artistes de quarante-deux.

Ce que les uns et les autres ambitionnaient, c'était
la mention sur les registres de la Ville de l'utilité de
de leurs productions.

C'est précisément parce que nous avons obtenu l'insigne honneur d'une de ces approbations, d'un de ces
titres de noblesse administrative, que nous regardons

(1) Chez Cadart et Luquet, rue de Richelieu, 79 ; et chez
l'un des auteurs, M. Martial, avenue de Clichy, 61.

comme un devoir de signaler à l'administration municipale les artistes ou les écrivains, nos frères, dont les œuvres nous paraissent mériter cette flatteuse distinction.

C'est une magnifique épopée administrative que cette transformation de Paris qui s'opère en ce moment. Il faut avoir vu ces ruelles sombres et humides, ces maisons étroites et serrées où toute une population naissait, souffrait, mourait sans sortir d'une atmosphère putride, pour apprécier les bienfaits de cette régénération d'une grande Capitale.

Soixante-douze de ces ruelles, réceptacles de toutes les misères, courtisanes de tous les vices, ont été transformées ou effacées complétement de la carte de Paris.

A leur place, que voyons-nous ? De larges voies, de précieux ventilateurs, la circulation partant du centre de Paris, affranchi de toute entrave, qui s'opère librement jusqu'aux extrémités de la ville. — Riches ou pauvres, tous respirent le même air, assaini, purifié.

Ces jardins publics, qui font la joie des mères si heureuses de voir leurs petits enfants s'ébattre sous leurs yeux, c'est en faveur des classes laborieuses que le Souverain en a prescrit l'établissement.

Cette transformation de Paris ne saurait être envisagée seulement comme une question de splendeur, mais mieux encore comme une œuvre de justice et de charité. — C'est l'administration qui plaît le plus à Dieu.

Pour se rendre compte du bien qui s'est produit, et

fixer un jour l'histoire administrative de la ville de Paris sur les actes de notre époque, il était nécessaire, grandement utile de conserver les types les plus curieux de l'ancienne cité.

Grâce à la collection d'eaux-fortes de MM. Martial et Potémont, il deviendra facile, même dans plusieurs siècles, de reconstituer le Paris d'aujourd'hui, et d'apprécier dignement tout ce que la Capitale doit au règne de Napoléon III.

Examinons les dessins émanant des deux artistes.

Voici *la Tour Bichat* qui se dressait au milieu de l'enclos Saint-Jean-de-Latran.

Aujourd'hui, la rue des Écoles occupe l'emplacement de cette tour dans laquelle les commandeurs de Saint-Jean-de-Latran recevaient les pauvres pèlerins et les malades. L'enclos était habité par des artisans, trop pauvres pour acheter la maîtrise. Moyennant une faible redevance, ils exerçaient librement en cet endroit, réputé *lieu de franchises*, toute espèce de métiers. L'emploi si généreux et si populaire que la commanderie de Saint-Jean-de-Latran faisait de ses biens, n'empêcha pas la Révolution de s'en emparer. Ils devinrent propriétés nationales, et furent vendus les 11 thermidor an V et 9 pluviôse an VI. Leur église a été démolie en 1824, et la tour au commencement de 1855. Cette dernière avait pris le nom de l'illustre Bichat, qui s'y occupait de travaux anatomiques. Bichat mourut le 22 juillet 1802, n'ayant pas encore trente et un ans; il léguait à son pays une gloire impérissable, sans laisser à ses héritiers de quoi lui acheter une tombe.

Il y a loin de la tour Bichat à *la tour du Temple*, que reproduit le dessin de MM. Martial et Potémont. Si l'une fut honorée par le génie, l'autre fut consacrée par le malheur.

Dans la tour du Temple ont été prisonniers Louis XVI et la famille royale. Le square, si gracieusement dessiné, que nous voyons aujourd'hui, succède au triste jardin où le roi captif allait parfois respirer un peu d'air. Sur l'enclos du Temple s'est élevé le marché au vieux linge, qu'on démolit en ce moment, et que remplacera bientôt un bazar plein d'élégance et de bon goût.

Laissons le dessin de la tour du Temple, qui vous serre le cœur, pour celui qui nous rappelle la joyeuse physionomie du *boulevard du Temple*, alors qu'il comptait avec tant de plaisir sept théâtres qui faisaient sa fortune.

Nos pères l'avaient vu commencer, grandir, prospérer, ce fameux boulevard du Temple dont le nom était européen. Le gamin de Paris le considérait comme sa terre promise ; c'était une kermesse parisienne, une foire perpétuelle, un landit de toute l'année. On y trouvait à rire, à jouer de jour et de nuit ; aussi Désaugiers le chansonnait ainsi, aux applaudissements de tous :

> La seul' prom'nade qu'ait du prix,
> La seule dont je suis épris,
> La seule où j' men donne, où ce que j' ris,
> C'est l' boul'vard du Temple, à Paris.

Voici *l'ancienne place du Carrousel*, peuplée de marchands de bric-à-brac et de vendeurs de petits oiseaux.

Le Louvre inachevé semblait attristé de ses ruines si jeunes. Son abandon servait de prétexte aux étrangers pour persifler notre caractère national si oublieux de notre gloire, si dédaigneux de nos richesses artistiques.

Dès qu'il fut parvenu à sa dernière et suprême élévation, l'Empereur ordonna l'achèvement du Louvre. Lorsqu'on prend ainsi fait et cause pour l'honneur d'une grande nation, on se montre déjà par cela même digne de la commander.

Le prolongement de la rue de Rivoli et l'achèvement du Louvre ont amené la transformation ou exigé la destruction de trente-huit ruelles, parmi lesquelles dix-neuf faisaient honte à Paris. Voici les noms de ces rues, places, impasses et passages :

Rues d'Angiviller, — d'Avignon, — de Beaujolais-Saint-Honoré, — de Béthisy, — de la Bibliothèque, — du Carrousel, — du Chantre, — de Chartres-Saint-Honoré, — du Chevalier-du-Guet, — du Coq-Saint-Jean, — du Doyenné, — des Écrivains, — des Fossés-Saint-Germain-l'Auxerrois (partie), — de la Vieille-Harengerie, — Pierre-Lescot, — Saint-Louis-Saint-Honoré, — Montpensier-Saint-Honoré, — du Musée, — Saint-Nicaise, — des Orties-du-Louvre, — des Mauvaises Paroles, — Perrin-Gasselin, — des Quinze-Vingts, — du Roi-de-Sicile (partie), — de la Savonnerie, — Saint-Thomas-du-Louvre, — de la Tixéranderie, — Trognon, — de Valois-Saint-Honoré.

Places du Musée, — de l'Oratoire, — Petite-Place-du-Carrousel.

Passages de l'Empereur, — des Quinze-Vingts.

Impasses de la Petite-Bastille, — Saint-Benoît, — de la Heaumerie, — du Doyenné, — Saint-Faron.

Il est à regretter que l'Administration Municipale, dans l'intérêt de l'histoire de Paris, n'ait pas conservé, au moyen de la photographie, la curieuse physionomie de plusieurs de ces voies publiques dont la transformation s'est opérée, ou qui, pour la plupart ont été complétement supprimées.

Ainsi la *rue Saint-Thomas*, dont l'emplacement se trouve confondu aujourd'hui dans la rue de Rivoli et les nouvelles constructions du Palais du Louvre, méritait bien qu'on la préservât de l'oubli.

Dans cette rue on voyait anciennement les hôtels de Rambouillet et de Longueville.

La première de ces deux habitations princières s'étendait autrefois jusqu'au jardin de l'hôpital des Quinze-Vingts dont une rue voisine avait retenu le nom. Cette propriété, connue successivement sous les dénominations d'*Hôtel d'O*, *de Noirmoutiers* et *de Pisani*, prit le nom de Rambouillet lorsque Charles d'Angennes, qui avait épousé mademoiselle de Vivonne, vint s'y établir, après avoir rebâti presque entièrement cette demeure.

L'esprit, les grâces, les connaissances variées de Catherine de Vivonne, son goût pour les sciences et les lettres, attirèrent dans son hôtel, nommé depuis le *Parnasse français*, les meilleurs poëtes et la fine fleur de la noblesse de l'époque.

La société de l'hôtel de Rambouillet ne fut pas exempte des défauts qui déparent presque toujours ces sortes de réunions; elle donna dans le pédantisme et dans une affectation de langage un peu ridicule. Néanmoins, cette brillante compagnie sut réveiller en France le goût des lettres et montrer le chemin aux hommes célèbres qui bientôt illustrèrent le siècle de Louis XIV.

L'hôtel de Longueville fut le berceau de la Fronde. La sœur du grand Condé, la duchesse de Longueville, n'aimait pas, comme sa voisine la marquise de Rambouillet, les madrigaux et les soupirs cadencés, il lui fallait le bruit des armes et les périls de la guerre civile.

Pourquoi n'avoir pas préservé de l'oubli *la rue du Chevalier-du-Guet*, qui rappelait une institution plusieurs fois séculaire ? Le nom que portait cette rue lui venait d'une maison que le Roi avait acquise pour loger le commandant ou chevalier du guet. « Il y a grande apparence, dit l'historien Jaillot, que ce fut en conséquence de l'ordonnance du Roi Jean, du 6 mai 1363, que cette maison fut achetée et destinée au chef de cette compagnie. »

Il y avait le guet assis et le guet royal. Les communautés des marchands et artisans se trouvaient obligées de fournir un certain nombre d'hommes. Le chiffre en était fixé par le Prévôt de Paris. Ces soldats, qui devaient se rendre à des corps de garde fixes, formaient ce qu'on appelait le guet assis.

Le guet royal était ainsi nommé, parce qu'il était composé de militaires entretenus aux frais du Roi. Il comptait dans l'origine 20 sergents à cheval et 26 sergents à pied. Cette compagnie faisait des rondes, la nuit surtout, pour maintenir la sûreté de la ville. Le commandant est nommé *miles gueti* dans une Ordonnance de saint Louis de l'année 1254.

A cette charge étaient attachées de très-belles prérogatives. Celui qui la remplissait pouvait entrer chez le Roi à toute heure, et *même en bottes*. Il rendait compte directement à Sa Majesté et prenait ses ordres.

A la mort du sieur Choppin de Goussangré, dernier chevalier du guet, le Roi, par arrêt du 31 mars 1733, ordonna le remboursement de la charge de ce gentilhomme au profit de ses héritiers.

On réunit toutes les compagnies d'ordonnance, tant à pied qu'à cheval, sous le commandement d'un seul officier. A l'époque de la Révolution, le guet de Paris se composait de 69 archers à pied, de 111 à cheval et d'une troupe d'infanterie de 852 hommes.

Il est également à regretter qu'on n'ait pas reproduit, pour un autre motif, la figure si affreuse de la *rue Jean-Saint-Denis*, dont l'emplacement est confondu maintenant dans le grand hôtel du Louvre. La destruction de ce bouge n'est pas le moindre bienfait que les Parisiens doivent à leur Édilité. D'où vient qu'on ait insulté la mémoire de *Pierre Lescot* en burinant, il y a un demi-siècle, le nom de ce grand artiste dans la pierre aux quatre angles de cette rue, dont l'histoire peut se résumer dans ces quatre mots : assassinat, vol, misère, prostitution?

Il fallait aussi qu'un dessin nous conservât l'aspect de la place Saint-Germain-l'Auxerrois, qu'on appelle à tort officiellement place du Louvre.

Le cloître Saint-Germain-l'Auxerrois, où furent fondées les premières écoles de Paris, était antérieur de plus de douze siècles à la construction de la colonnade du Louvre.

Un arrêt du Conseil, à la date du 13 novembre 1784, ordonna la démolition de plusieurs maisons situées au nord-ouest du cloître, pour former une place devant le Louvre. Parmi les habitations qui furent abattues, se trouvaient les débris d'un vaste hôtel connu sous le nom de *Maison du Doyenné*.

Dans cette maison mourut, la veille de Pâques 1599, Gabrielle d'Estrées. Voici deux lettres très-curieuses du roi Henri IV à sa belle maîtresse :

« Mes belles amours, deux heures après l'arrivée de
» ce porteur, vous verrez un cavalier qui vous ayme
» fort, que l'on appelle roy de France et de Navarre,
» titre certainement honorable, mais bien pénible;
» celuy de vostre sujet est bien plus délicieux. Tous
» trois ensemble sont bons en quelque saulce qu'on
» les puisse mettre, et n'ay résolu de les céder à per-
» sonne.

» J'ai veu par vostre lettre la haste qu'avez d'aller à
» Saint-Germain. Je suis fort ayse qu'aimiez bien ma
» sœur, c'est un des plus asseurez tesmoignages que
» vous me pouvez rendre de vostre bonne grâce, que je
» chéris plus que ma vie, encore que je l'ayme bien.
» Bon jour, mon Tout, je baise vos beaux yeux un
» million de fois.

» Ce 12 septembre, de nos délicieux déserts deFon-
» tainebleau.

» *Henri.* »

Voici la seconde lettre :

« Mon bon ange, si à touttes heures m'estoit permis
» de vous importuner de la mémoire de votre sujet, je
» croy que la fin de chaque lettre seroit le commence-
» ment d'une autre.

» Ainsy, incessamment je vous entretiendrois puis-
» que l'absence me prive de le faire autrement. Mais
» les affaires, ou pour mieux dire les importunitez
» sont en plus grand nombre qu'elles n'estoient à
» Chartres. Ils m'arrestent encor demain que je devois
» partir. Dieu sçait les bénédictions que ma sœur leur
» baille. Souvray nous faict aujourd'huy festin, où
» seront toutes les dames. Je ne suis vestu que de
» noir, aussy suis-je veuf de ce qui me peut porter de
» la joye et du contentement. Il ne se vit oncques une
» fidélité si pure que la mienne, glorifiez vous en,
» puisque c'est pour vous. Si d'O est où vous estes,
» avertissez-le quand mes laquais partent, afin qu'il
» me mande des nouvelles des ennemis. Des que j'au-
» ray veu ma sœur, je vous envoyeray la Varenne, qui
» vous apportera le jour de mon retour asseuré, que
» j'advanceray comme la personne du monde qui a le
» plus d'amour et qui est absent de sa Deité. Croyez-
» me, la chère Souveraine, et recevez ces baise-mains
» d'aussy bon cœur que je vous les fis hier.

» Ce 4 février.

» *Henri.* »

LETTRE DE GABRIELLE AU ROI.

« Je meurs de peur, asseurez-moi. je vous supplie,

» en me disant comme se porte le plus brave du
» monde. Je crains que son mal soit grand, puisqu'au-
» tre cause ne me devroit priver de sa présence. Dy
» m'en des nouvelles, mon cavalier, puisque tu sçais
» combien le moindre de tes maux m'est mortel!
» Combien que par deux fois j'aye sceu de vostre
» estat, aujourd'huy je ne sçaurois dormir, sans vous
» envoyer mille bons soirs, car je ne suis pas douée
» d'une ladre constance. Je suis la princesse constante
» et sensible pour tout ce qui vous touche, et insensi-
» ble pour tout ce qui est au monde, soit bien ou mal.

» Gabrielle. »

Il est à regretter que MM. Martial et Potémont
n'aient pu entreprendre leur travail, dès le moment où
l'Administration municipale commençait les démolitions qui se sont succédé. Il en résultera certainement
des lacunes très-fâcheuses.

Toutefois, cette collection d'eaux-fortes, utile déjà,
deviendra précieuse, si elle est continuée avec la même
intelligence, en reproduisant surtout les rues détruites
ou les hôtels démolis, alors qu'ils rappellent des souvenirs historiques toujours intéressants à conserver.

C'est ainsi que nous ne saurions trop approuver le
dessin de <i>la rue de la Tixéranderie,</i> laquelle se re-
commandait par son ancienneté. Le poëte Gillot, qui
mettait en vers les noms des rues de Paris, en 1280,
sous Philipe le Bel, en parle ainsi :

De la viez Tisseranderie
Alai droi en l'Escullerie.

Nos deux artistes ont bien fait de reproduire plusieurs maisons de cette ruelle où passe maintenant la rue de Rivoli, où s'élève la caserne Napoléon. Voici pourquoi nous leur en savons gré :

Au deuxième étage d'une de ces maisons, faisant le coin de l'impasse Saint-Faron, on voyait encore, en 1837, deux petites chambres qui avaient reçu quelquefois la visite du grand Turenne, de Mᵐᵉ de Sévigné, et qui s'ouvrirent plus souvent à Villarceaux, au peintre Mignard et à Ninon de l'Enclos : c'était l'appartement du poëte Scarron. Il y avait loin de la rue de la Tixéranderie, habitée par Françoise d'Aubigné, au palais de Versailles et à Marly, où brillait Mᵐᵉ la marquise de Maintenon.

Puis, MM. Martial et Potémont nous conduisent à la place de Grève pour nous montrer *la petite tourelle* autrefois située à l'angle de la rue du Mouton. Cette petite tourelle a été vendue 1,500 fr. pour les matériaux seulement à l'entrepreneur Vilcoq, en 1852, lors du prolongement de la rue de Rivoli. Elle rappelait cependant quelques souvenirs historiques utiles à conserver.

Ce petit monument faisait anciennement partie de l'hôtel du Mouton, que le Roi Charles VII donna le 14 octobre 1436 au comte de Dunois, en récompense des services que le bâtard d'Orléans avait rendus à la France.

En remettant au guerrier l'acte de propriété, Charles VII dit au comte de Dunois : *C'est un lion qui va demeurer dans la maison du mouton.*

Ce fut dans la tourelle du Mouton qu'Henriette de

Clèves, femme de Louis de Gonzague, duc de Nevers, se rendit pour aller, la nuit, enlever la tête de Coconas qu'on avait exposée sur un poteau, en place de Grève. L'épouse adultère fit embaumer la tête de son amant, qu'elle garda longtemps dans l'armoire d'un cabinet derrière son lit.

Dans la petite tourelle de l'Hôtel de Ville fut porté le corps de Jacques de Flesselles, assassiné le 16 juillet 1789, vers onze heures du matin, alors que le Prévôt des marchands descendait le grand escalier du palais municipal.

Les émeutiers enfoncèrent la porte de la tourelle, s'emparèrent du cadavre, qu'ils traînèrent dans la boue. Bientôt la tête du Magistrat, séparée du corps, est plantée au bout d'une pique, et promenée dans les rues de Paris. Ainsi finit le dernier et glorieux représentant d'une institution qui, pendant douze siècles, avait honoré la ville de Paris.

De la place de Grève, MM. Martial et Polémont nous conduisent dans la rue des Bourdonnais pour nous montrer les restes de l'ancien hôtel de *la Trémouille*. Le commerce, on le comprend, ne pouvait s'accommoder de cette habitation princière ; on la démolit en 1841. Toutefois, pour ne pas tout perdre de ce charmant édifice, manoir aux pierres brodées comme par les fées, le propriétaire, M. Cohin, donnait à l'école des beaux-arts une tourelle et un escalier très-remarquables par leur gracieuse architecture.

La maison du négociant doit disparaître en partie pour l'ouverture de la rue du Pont-Neuf, et bientôt il ne resteraplus le moindre vestige de l'hôtel des ducs de la Trémouille.

De la rue des Bourdonnais aux Halles il n'y a pas loin. **M.** Martial nous a conservé l'ancienne physionomie du *Marché des Innocents*, qui avait pris la place d'un cimetière. Le square qui absorbe à son tour une partie du marché n'a pas assez d'étendue ; c'est un cadre trop mesquin pour la jolie fontaine de Jean Goujon.

N'oublions pas le *Pilori des Halles* que reproduisent nos deux artistes. Les corps des suppliciés exécutés en place de Grève étaient déposés au pilori des Halles, avant d'être transportés aux fourches de Montfaucon. Ce pilori était situé sur la place où l'on voyait encore, il y a quelques années, le marché à la Marée. Il se composait d'une tour octogone, surmontée d'une construction en bois tournant sur un pivot ; cette machine était percée d'ouvertures circulaires, assez larges pour que le condamné y passât la tête et les mains ; il restait dans cette position pendant un temps plus ou moins long, selon la gravité du délit, et, par intervalle, on tournait le pivot, afin que le peuple pût jouir de la vue du patient.

A côté du pilori des Halles, on voyait une croix en pierre au pied de laquelle les débiteurs insolvables venaient faire publiquement la cession de leurs biens et recevoir le bonnet vert des mains du bourreau. Cet usage s'est conservé fort longtemps ; on le modifia vers la fin du dix-septième siècle, mais très-injustement ; les pauvres seuls durent s'y rendre en personne. Le bourreau avait affermé sa charge pour cette prérogative à un portefaix de la Halle; mais bientôt les insolvables de noble origine envoyèrent demander un acte écrit de leur cession, dont souvent même ils préféraient se passer. Au dix-septième siècle le pilori des Halles n'était plus employé aux exécutions ; mais le bourreau tirait toujours un bon revenu des boutiques dont le pilori était environné. — Le pilori des Halles et la croix des insolvables ont disparu vers 1786.

N'oublions pas, avant de quitter les Halles, de rendre visite à la *rue Tirchape*, qui va bientôt disparaître emportée par la rue du Pont-Neuf. MM. Martial et Potemont ont bien fait de nous reproduire la physionomie de la rue Tirechape, ainsi dénommée depuis l'année 1233, parce que les fripiers établis dans cette localité tiraient les passants par leurs *chapes*, pour les faire entrer dans les boutiques mal éclairées qui bordaient cette voie.

Jetons aussi un coup d'œil aux piliers de la Tonnellerie, dont les derniers seront démolis prochainement. Ces piliers dataient de 1548, sous Henri II.

L'espace nous manque, arrêtons-nous ici. Dans une prochaine livraison nous rendrons compte des autres dessins qui font partie de cette curieuse collection que nous recommandons à toute la sérieuse attention de l'Autorité Municipale.

Elle ne saurait trop encourager cette remarquable publication, à laquelle nous portons un vif intérêt, en raison des services qu'elle peut rendre aux administrateurs ainsi qu'aux écrivains qui s'occupent de l'histoire de Paris.   Louis LAZARE.

APPROVISIONNEMENT DE PARIS

LA

QUESTION DES MARCHÉS

(1er article.)

La ville de Paris a contracté des emprunts pour l'exécution d'un certain nombre de voies publiques. Pour le même objet, elle a passé un traité avec l'État. Sans doute, l'argent consacré à l'amélioration de la viabilité est un argent bien employé, car il importe que la circulation soit libre et dégagée du centre aux extrémités de la ville. Mais on se demande comment il se fait que l'Administration municipale n'ait affecté aucune partie de ses emprunts à l'établissement de marchés dans les quartiers qui en sont complétement dépourvus.

On nous répondra que ces emprunts avaient une destination spéciale.

Nous répliquerons tout de suite qu'il y avait nécessité de se procurer de l'argent aussi bien pour les marchés, pour les écoles et autres établissements utiles, que pour la création de rues et de boulevards.

Il est encore utile d'ajouter que certains percements exécutés dans des quartiers riches, où la circulation se trouvait parfaitement assurée, pouvaient fort bien se faire attendre en laissant à l'indispensable la priorité sur le superflu.

Il est aussi d'autres constructions dont la Ville pouvait se dispenser de payer les frais.

Certainement, il eût été réellement préférable de créer au profit des arrondissements excentriques autant de marchés qu'il leur en fallait pour satisfaire aux besoins qui s'accusaient depuis longtemps, que de construire, par exemple, des théâtres municipaux dont l'industrie particulière se serait chargée bien volontiers, et sans qu'il en coutât un centime à la ville de Paris.

Mais bornons là nos réflexions qui nous entraîneraient trop loin ; occupons-nous uniquement de la question des marchés.

Lorsque nos arrondissements excentriques appartenaient à l'ancienne banlieue, on pouvait expliquer les privations dont ils souffraient, et que la modicité des budgets de ces communes expliquait parfaitement.

Toutefois il importe d'ajouter que les habitants de ces communes profitaient de certaines compensations, en échappant aux droits de Paris.

Mais le jour où ces localités, pauvres pour la plupart, ont été soumises aux mêmes taxes que les quartiers riches, dès ce jour il fallait songer à procurer aux nouveaux venus le nécessaire.

La mesure de l'annexion était une combinaison trop grave pour comporter l'improvisation. Elle a dû être prévue et longuement méditée. D'où vient qu'on n'ait pas étudié, d'après un système d'ensemble, l'établissement de marchés dans les différentes localités suburbaines, même plusieurs années avant l'extension des limites de Paris?

Il eût été rationnel et plus humain de leur assurer le nécessaire avant de leur faire, au nom de l'octroi de Paris, une demande d'argent.

Un emprunt contracté pour des établissements de cette utilité n'eût-il pas été un emprunt facilement couvert et même acclamé? La Ville a trouvé autant d'or qu'elle en a voulu pour des créations de luxe, cet or se serait-il caché pour des établissements de première nécessité?

Cet oubli ne date pas seulement de 1860, de l'agrandissement de Paris, cet oubli remonte à une époque antérieure de plusieurs années.

L'administration municipale avait été sagement inspirée en dégageant le centre de Paris obstrué par des ruelles étroites et malsaines. Mais les vieilles maisons étaient habitées par nos ouvriers et artisans qui profitaient du voisinage des grandes halles pour se procurer, relativement à bas prix, les denrées de première nécessité.

Mais le jour où ces vieilles maisons abattues ont été remplacées par de belles constructions établies sur des voies magistrales, dès ce jour, toutes les locations sont devenues inaccessibles à nos ouvriers.

De là leur émigration vers les quartiers excentriques et plus tard dans la banlieue annexée.

Nous disons donc que dès l'instant où cette émigration commençait, il fallait la suivre et se mettre en mesure de procurer le nécessaire aux artisans et ouvriers que les démolitions forçaient d'abandonner le centre de Paris.

Faute de marchés, se fait-on une idée de l'énorme disproportion qui s'accuse entre les prix des denrées aux Halles Centrales et celui qui résulte des achats en détail et chez les fruitières ?

Il nous a fallu dépenser 50 fr. pour nous procurer en détail et chez les fruitières une quantité de légumes égale à celle que nous avions fait acheter en bloc pour 10 fr. seulement aux Halles Centrales.

Maintenant, veut-on savoir ce que la vie matérielle coûtait dans la banlieue en 1859 et connaître l'excédant de dépense causé par le fait de l'annexion ?

Nous possédons un établissement à Ménilmontant, banlieue autrefois, Paris aujourd'hui.

La différence sur la nourriture en opposant 1859 à 1864, a été de 15 p. % plus forte dans cette dernière année.

Cette différence est bien plus cruellement sensible pour la femme de l'ouvrier que pour la dame dont le mari jouit d'une certaine aisance qui permet d'acheter en gros au lieu de subir les intermédiaires.

Nous écrivons sous la dictée d'une bonne ménagère, femme d'un ouvrier.

« Pour mon mari, mon enfant et moi, nous avons
» dépensé en 1859, la somme de 1,170 fr., je ne compte
» ni le loyer ni l'entretien qui sont à part. En 1860, la
» dépense a été de 1,280 fr. ; en 1861 de 1,320 ; en 1862

» de 1340 ; en 1863 de 1365. Mon mari gagne 4 fr. 50
» par jour, ce qui fait 1,520 fr. par an. Mais il faut en
» déduire 48 dimanches, soit 216 fr., il nous reste
» 1,304 fr. de sa paye. Ce n'est pas avec cette somme
» que nous pouvons nous donner le nécessaire, puis-
» que nous dépensons 1,365 fr. pour la nourriture et
» que nous avons en outre 150 fr. de loyer et 100 fr. à
» peu près d'entretien, tel que blanchissage, achats de
» blouses, robes, en tout 1615. Nous eussions été en
» déficit de 250 fr., mais après avoir fait mon petit
» ménage et conduit mon enfant à l'école, je travaille
» le reste du jour et quelquefois la nuit. En 1864 j'ai
» gagné 325 fr. qui m'ont permis d'équilibrer mon
» budget. Mais si mon mari tombait malade, comme
» nous ne pouvons mettre grand'chose de côté, que
» deviendrions-nous?... »

L'octroi de Paris a donc prélevé sur la paye de l'ouvrier, sur le salaire de la pauvre femme une somme
relativement importante. Qu'avez-vous donné par
exemple au 20° arrondissement, où habitent ces braves
gens, comme compensation à ce prélèvement?

Chose extraordinaire, l'Administration Municipale
pouvait gratifier les quartiers excentriques de marchés
qui leur manquent, et cela non-seulement sans dépense,
mais en bénéficiant encore d'un droit de location.

En cette circonstance, c'est une petite commune qui
donne un exemple que la grande devrait suivre.

La commune de Vincennes était privée d'un marché
que réclamait depuis longtemps la population de cette
ville.

Il y a une année environ, un géomètre, *M. Cordon-nier* proposait à M. le maire de Vincennes l'application d'un système de *tentes-abris* destinées à remplacer les ignobles parapluies ou cabanes en toile sous lesquels s'abritent les détaillants.

Ces tentes-abris, dont la charpente est en fer pudlé et la couverture en toile goudronnée, occupent chacune et recouvrent une surface de terrain de 4 mètres super-ficiels, 2 mètres en longueur sur une largeur égale. Elles sont juxtaposées et se composent de pièces arti-culées se rattachant les unes aux autres à leur partie supérieure et fixées à leur partie inférieure par des pitons à redon. On les monte, on les démonte à volonté, instantanément. Lorsqu'on sonne la fin du marché, tout l'appareil, démonté en cinq minutes, est placé dans une boîte en fonte scellée dans le sol et de manière à ne jamais contrarier la circulation. Ainsi, sur une place publique quelconque, on peut improviser un marché couvert, puis en moins de temps que ne s'opère dans nos théâtres un changement de décoration , l'on fait disparaître les tentes , et la voie publique a repris sa physionomie accoutumée.

Cet établissement fonctionne depuis une année, à la grande satisfaction des habitants de Vincennes. Les marchands n'ont à payer qu'une rétribution de 30 cen-times pour 4 mètres superficiels, et tous l'acquittent gaiement.

La commune de Vincennes n'a pas avancé un centime pour exaucer les vœux de ses administrés; au contraire, elle perçoit un droit de location de la voie publique.

Ce qui est excellent pour Vincennes serait-il mauvais dans nos quartiers excentriques, lesquels n'étaient ni plus ni moins que Vincennes en 1859, c'est-à-dire banlieue de Paris? Pourquoi ne pas essayer dans les 19ᵉ et 20ᵉ arrondissements, par exemple, ce qui a si bien réussi ailleurs?

Les marchés mobiles ont cet avantage sur les marchés fixes, les premiers empruntent la voie publique pour quelques heures seulement, tandis que les seconds l'absorbent pour toujours.

N'y aurait-il pas aussi à expérimenter ce système articulé au profit des marchés aux fleurs qu'on doit établir?

Messieurs les Conseillers, allez visiter, comme nous l'avons fait plusieurs fois, le petit marché de Vincennes, qui compte déjà une cinquantaine de tentes-abris, et vous verrez qu'il y a là une idée utile à féconder dans l'intérêt de nos arrondissements excentriques, où les classes ouvrières sont en majorité.

Louis LAZARE.

L'AVENUE DE SAINT-CLOUD

On sait que l'avenue de Saint-Cloud commence à la place de l'Arc-de-Triomphe et finit à la Porte de la Muette, et que cette voie se développe dans une longueur de 2150 mètres.

Nous lisons dans *la Patrie* du 26 mars dernier, le fait suivant :

« L'Empereur a visité, le 14 mars, les travaux en
» cours d'exécution sur l'avenue de Saint-Cloud. Sa
» Majesté a suivi la rampe laissée en bordure des mai-
» sons du côté gauche de cette avenue, et qui, sur cer-
» tains points, s'élève à plus de cinq mètres au-dessus
» de la nouvelle chaussée. L'Empereur a accueilli avec
» bienveillance les explications qui lui ont été données
» par un honorable et ancien commerçant de ce côté de
» l'avenue, M. Pellier, limonadier, n° 45 ; Sa Majesté
» a bien voulu donner l'assurance que sa sollicitude
» ne perdrait pas de vue les intérêt des commerçants et
» industriels qui souffrent beaucoup par suite de l'état
» actuel de cette grande voie, réduite depuis neuf mois
» au plus déplorable isolement, et à laquelle donne
» accès aujourd'hui un escalier de trente et une
» marches. »

On comprend aisément le préjudice considérable que
doit causer aux maisons riveraines, surtout aux commerçants et industriels, cette déplorable situation. En
effet, pour raccorder le sol de la voie avec la place de
l'Arc-de-Triomphe et faire disparaître la montée, il a
fallu creuser jusqu'à une profondeur *maxima* de 5
mètres 92 centimètres.

Ensuite, l'on a construit deux murs de soutènement,
entre lesquels est établie la nouvelle chaussée appelée
à desservir la circulation des voitures et que suivent
les piétons qui veulent s'épargner une montée de 31
marches.

Que deviennent les établissements perchés à une
hauteur aussi considérable, et qui se trouvent en de-

hors de la circulation ? Autrefois les promeneurs à pied ou en voiture pouvaient lire les enseignes, remarquer les établissements ; aujourd'hui toute la circulation qui a lieu entre les deux murs de soutènement est perdue pour l'avenue de Saint-Cloud.

Cette voie n'est fréquentée que par les rares piétons qui consentent à tourner la voie, en montant par les rues du Belair et du Dôme.

Évidemment, il en est résulté pour les commerçants une diminution sensible dans le chiffre de leurs affaires ; tous les établissements, grands ou petits, ont cruellement souffert, et si la Ville tardait à réparer le préjudice qu'elle a causé, la ruine de plusieurs d'entre eux ne serait que trop certaine.

Heureusement, Sa Majesté a pu apprécier par elle-même toute la vérité, et nous en somme certain, justice sera faite.
Louis Lazare.

PROJET D'AMÉLIORATION

De la Place de la Bastille et de ses Abords

L'achèvement du boulevard Saint-Germain, qui, sous un autre nom, traversera le quartier de l'arsenal, doit amener vraisemblablement, dans un avenir plus ou moins prochain, la transformation bien nécessaire de la place de la Bastille et de ses abords.

Comparée à sa sœur, la place de la Concorde, si riche, si princièrement décorée, la place de la Bastille est laissée dans un accoutrement si triste, si misérable qu'elle fait naître bien des regrets par la pitié qu'elle inspire.

Quoique le projet municipal de transformation de cette voie publique, à l'est de Paris, n'ait pas encore été sanctionné par l'autorité supérieure, cependant certaines dispositions que nous avons pressenties plutôt qu'elles ne nous ont été indiquées, nous semblent si heureuses, que nous ne saurions résister au désir de les faire apprécier par le public.

La place de la Bastille aurait la forme d'un carré long. On sait que le faubourg Saint-Antoine, dont le numérotage, pour être régulier, devrait commencer à la place du Trône en suivant le cours du fleuve, forme une espèce de courbe, pour aboutir à la place de la Bastille. Au lieu de subir cette courbure si fâcheuse, la voie se poursuivrait, en se complétant par une ligne droite.

On sait également que la rue de Charonne fait un circuit assez long, et jette tout à coup dans le faubourg Saint-Antoine un pêle-mêle de voitures et de piétons qui viennent compromettre la circulation. A la hauteur de la rue de Lappe, la rue de Charonne serait rectifiée, et se poursuivrait en ligne droite jusqu'à la place de la Bastille.

On connaît aussi les dangers de toute nature que présente la rue de la Roquette, à sa naissance vers la place de la Bastille ; ces inconvénients devraient cesser. La rue de la Roquette recevrait un élargissement considérable jusqu'à la rue de Lappe et celle Daval.

Telles sont les principales combinaisons dont l'application assurerait, de la façon la plus heureuse, les abords de la place de la Bastille.

Louis Lazare.

TRAVAUX DE VIABILITÉ

Projet de prolongement de la rue des Pyramides jusqu'au boulevard des Italiens, à la hauteur des rues Taitbout et Laffitte.

L'assainissement de Paris sera une des gloires du règne de Napoléon III. L'amour du beau et de l'utile a porté sa haute et bienfaisante sollicitude sur tous les points de la Capitale, sans excepter ceux qui, jusqu'ici, avaient été les plus déshérités. Nous croyons donc entrer dans les vues de l'Autorité en appelant son attention sur un projet dont l'exécution nous paraît non moins importante sous le rapport de l'utilité que sous celui de l'embellissement.

Au centre du quartier le plus brillant de Paris, dans ce vaste quadrilatère qui s'étend, d'une part, entre la rue de la Paix et la rue de Richelieu, de l'autre entre les boulevards et la rue de Rivoli, existe derrière la belle église Saint-Roch, et à quelques pas du palais des Tuileries, un labyrinthe de rues étroites et tortueuses, une agglomération de masures dont le misérable aspect peut être comparé aux quartiers que la rue de Rivoli a fait disparaître.

Ce même quartier donne lieu à une autre remarque qui, chaque jour, à mesure que s'augmente la circulation, frappe davantage tous ceux que leurs affaires appellent des boulevards vers le faubourg Saint-Germain et réciproquement. Entre la rue de la Paix et la rue de Richelieu, l'insuffisance évidente des rues Neuve-Saint-Roch et Sainte-Anne, toutes deux ruelles étroites et tortueuses, pour atteindre le boulevard, rend d'une urgente nécessité la création d'une voie de communication intermédiaire et directe.

Un projet conçu par l'empereur Napoléon Ier, et dont l'exécution fut commencée par lui, la *rue des Pyramides*, remplirait le double but que nous venons d'indiquer. Il s'agirait de prolonger cette rue, qui, de la place du même nom, viendrait aboutir au boulevard des Italiens, à la hauteur des rues Taitbout et Laffitte. Elle ne tarderait pas à transformer et vivifier une portion de ce quartier qui déshonore le centre de Paris, et, de plus, placée à distance égale des rues de Richelieu et de la Paix, elle relierait le plus directement possible les boulevards et la rue de Rivoli.

Cette rue, si nécessaire, offre également l'avantage d'une facile exécution. On a vu, dans ces derniers temps, nos Édiles, pour obtenir des voies régulières, ne pas reculer devant les plus grands sacrifices et saper hardiment les plus somptueuses constructions. Ici, il s'agirait moins de créer une rue nouvelle que de relier, du moins dans la majeure partie du parcours, des rues déjà existantes, qui, par une heureuse coïncidence, se trouvent sur un même axe longitudinal et ne sont séparés que par des terrains qui offrent beaucoup d'emplacement sans valeur.

Un simple coup d'œil jeté sur le plan de Paris suffit pour s'en convaincre. Ouverte par une belle place à arcades, la rue des Pyramides vient, en débouchant sur la rue Saint-Honoré, s'arrêter brusquement devant les maisons qui s'étendent à la droite de Saint-Roch ; cependant, il faut le reconnaître, dans tout l'espace entre la rue Saint-Honoré et la rue d'Argenteuil, elle ne rencontre que deux corps de bâtiments et des jardins. Elle trouve ensuite jusqu'à la rue des Moineaux des terrains d'une valeur bien inférieure à celle des quartiers de luxe qui l'environnent. Il en serait à peu près de même depuis la rue des Moineaux jusqu'à l'extrémité de la rue Thérèse. A cette extrémité, elle viendrait se confondre avec la rue Ventadour déjà existante, puis au delà de la rue des Petits-Champs, avec la rue Méhul, la place Ventadour, la rue Monsigny, qui nous conduisent jusqu'à la rue Neuve-Saint-Augustin ; et l'on peut dire que, depuis la rue de Rivoli jusqu'à la rue Neuve-Saint-Augustin, la rue en question existe déjà, sauf quelques terrains intermédiaires dont la mise en valeur serait un immense bienfait.

Dans l'espace qui reste à parcourir, de la rue Neuve-Saint-Augustin aux boulevards, on trouve de vastes jardins ; et là, où le terrain semblerait devoir être le plus coûteux, c'est-à-dire en abordant les boulevards, après avoir traversé la rue de Choiseul, on atteint des emplacements qui ne sont pas en valeur, tels qu'une impasse et une maison basse située sur le boulevard.

Ainsi, cette utile entreprise serait beaucoup moins coûteuse qu'on ne le supposerait de prime-abord, et pourrait même devenir une source de bénéfices.

Indépendamment des deux intérêts que nous avons signalés, la rue des Pyramides offrirait une foule d'avantages. C'est ainsi que, par sa proximité de Saint-Roch, elle conduirait nécessairement à déblayer les constructions qui s'attachent au côté droit de cette église, et elle se relierait parfaitement au projet d'une place qui doit isoler l'édifice et le débarrasser des misérables masures et de l'affreux passage qui fait honte à cette église en lui donnant un aspect extérieur indigne du culte, indigne de la Majesté Impériale qui l'a prise sous son haut patronage.

Derrière Saint-Roch, nous avons tout à l'heure arrêté nos regards sur le misérable quartier qui se transformerait bientôt devant la nouvelle voie ; à l'autre extrémité et par delà la rue Neuve-des-Petits-Champs, il en est un autre qui, avec l'extérieur de la régularité et de l'élégance, offre cependant un aspect non moins morne et semble comme frappé de mort ; telle est l'impression pénible qu'on éprouve en parcourant les rues silencieuses de Méhul, de Monsigny, et la place Ventadour. On se demande quelle est la cause de cette étrange anomalie dans un pareil quartier, et l'on arrive bientôt à reconnaître qu'il n'en est pas d'autre que cette circonstance : la ligne en question ne présente de débouché à aucune de ses extrémités.

Quel changement, alors quelle formerait une partie de cette grande artère centrale entre la rue de Rivoli et

les boulevards. Elle serait vraiment digne du nom glorieux qu'elle porte.

Louis Lazare.

~ ◦◦◦ ~

Élargissement de la rue Mouffetard.

◦◦◦

Parmi les voies publiques qui doivent être bientôt
transformées par suite du traité consenti entre l'État et
la ville de Paris, le 18 mars 1858, figure l'élargissement
à quarante mètres de la *rue Mouffetard*, entre la barrière d'Italie et le carrefour formé par les rues de Lourcine et Censier.

La rue Mouffetard, qui continue dans Paris la grande
route d'Italie, a un caractère d'utilité publique d'autant
plus important qu'elle se complète par l'ouverture de
deux voies, dont l'une est commencée depuis quelques
mois.

Il s'agissait de rendre praticables les versants de la
Montagne Sainte-Geneviève, de rattacher aux diverses
parties de la ville les quartiers groupés dans l'ancienne
vallée de la Bièvre, de faciliter enfin aux voitures l'accès
direct de la barrière d'Italie à laquelle on ne peut,
arriver aujourd'hui qu'en allant chercher soit le boulevard de l'Hôpital, soit le boulevard Saint-Jacques.

La première de ces deux rues, déjà en cours d'exécution, aura vingt mètres de largeur. Elle partira de la

petite place Soufflot pour aboutir au point de rencontre des rues Mouffetard et du Fer-à-Moulin.

Voici le tracé de cette voie :

Il coupe les rues Sainte-Catherine, Royer-Collard, Saint-Jacques et des Ursulines, puis se raccorde avec la principale rue ouverte sur les terrains du quartier Rollin qui, sans ce dégagement, n'aurait aucune animation. En sortant du quartier Rollin, le tracé croise les rues de l'Arbalète, de Lourcine et Pascal, pour arriver à sa destination indiquée plus haut.

Telle est la voie qui doit permettre à la circulation d'atteindre le versant occidental de la Montagne Sainte-Geneviève.

La seconde rue, d'une largeur de vingt mètres, partira du point où le boulevard Saint-Germain croise la place Maubert et doit aboutir au carrefour formé par la rencontre des rues Mouffetard, du Fer-à-Moulin et de la voie nouvelle, ci-dessus décrite.

Cette rue tournera le versant oriental de la Montagne Sainte-Geneviève, pour mettre en communication facile avec les rives de la Seine et le centre de Paris les quartiers extrêmes du 5e arrondissement. Le tracé de cette seconde voie coupera les rues des Bernardins, du Mûrier, du Paon, du Bon-Puits, de Versailles, des Fossés-Saint-Victor, Neuve-Saint-Étienne, de Lacépède, du Puits-de-l'Ermite, d'Orléans-Saint-Marcel et Censier. En cet endroit, la voie franchira la Bièvre et débouchera sur le carrefour Mouffetard.

Une place sera formée entre la voie nouvelle et la rue

Gracieuse, derrièrela caserne Mouffetard, pour le dégagement de ce poste militaire.

Résumons en quelques mots l'utilité de ces trois projets.

La rue Mouffetard élargie, au lieu d'être une longue ruelle sinueuse, devient une grande artère pénétrant librement jusqu'au centre de Paris.

Les deux voies, à l'est et à l'ouest de la Montagne Sainte-Geneviève, viennent rattacher à la rue Mouffetard les quartiers au sud des 5e et 13e arrondissements, jusqu'ici en dehors du mouvement, et qui sont ramenés, par cette double création, vers le milieu de la ville, où ils participeront aux avantages d'une circulation générale.

Louis Lazare.

TABLE DES MATIÈRES

QUATRIÈME VOLUME

Paris. — Typ. Morris et Comp., rue Amelot, 64.

www.ingramcontent.com/pod-product-compliance
Lightning Source LLC
Chambersburg PA
CBHW050203030726
47505CB00005B/1498